KB251420

TIM BOWLER
BLADE

4

블레이드 4

진실 그리고 영원한 탈출

팀 보울러 지음 신선해 옮김

놀

한국판 〈블레이드〉 시리즈는 총 여덟 권인 원서 시리즈를 두 권씩 합본하여 총 네 권으로 제작한 것임을 알려 드립니다. 또한 원 문장의 의미에 충실하되 한국적 상황에 맞게 변형한 표현이 있음을 알려 드립니다.

기회를 엿보다가, 쳐들어간다.
힘껏 친다.

확실하게 한 번 더.

1

내 손아귀에서 다리 난간이 스르륵 미끄러져 나간다. 강을 내려다본다. 까만 밤, 저 아래서 시커먼 아가리를 벌리고 기다리는 강. 나는 날개 잃은 새처럼 강을 향해 추락한다. 몸이 죽고, 마음이 죽는다. 다시 죽을 준비가 됐다.

하지만 죽지 못한다.

무중력과 황홀한 공포의 순간도 잠시뿐, 뭔가가 몸통을 옥죄고 가슴께를 우악스럽게 낚더니 몸이 홱 젖혀진다. 딱딱한 것이 등에 쿵 부딪힌다. 다리의 난간 가로대다. 축 처진 내 두 발이 다리 가장자리 돌출부에 닿았다가 다시 미끄러진다.

몸통을 감싼 것이 팽팽해지면서 나를 힘차게 끌어 올린다. 나는 속절없이 매달린 채 낑낑대며 몸부림을 친다. 루비가 나를 잡아먹을 기세로 고함을 질러댄다.

"이 멍청한 자식!"

그녀가 뒤에서 나를 붙잡고 있다. 내가 손을 놓은 순간, 그녀가 난간 너머로 팔을 뻗어 붙잡은 것이다. 두 팔을 내 겨드랑이에 끼워 넣고 몸통을 둘러 안은 채 나를 끌어 올리고 있다.

"쓸모없는 닭대가리 자식!"

그녀는 연신 욕설을 퍼붓는다.

"이 망할 놈의 멍청한……."

"루비……."

"이렇게 죽으면 다 해결될 줄 알았어?"

"루비……."

"내 딸에게 진 빚을 이런 식으로 갚겠다고?"

"아줌마……."

"참 내, 어림도 없어! 다리에서 뛰어내려도 베키한테 지은 죄를 갚을 순 없어! 누구에게도 이런 식으로 죗값을 할 순 없다고!"

"루비!"

내가 외친다.

"아줌마!"

그녀는 들은 체도 않고 나를 들어 올리는 데 여념이 없다.

"놔줘요!"

"성질 돋우지 마. 진짜 확 놓아버릴까 보다."

"난 살 가치도 없는 놈이라고!"

"당연하지, 내가 모를까봐?"

나는 허공에 발길질을 하며 다시 몸부림친다. 벗어나고 싶다. 살고 싶지 않다. 목숨을 부지할 자격이 없는 놈이란 말이다, 나는. 저 강물 아래에 베키가 있다. 나 때문에 죽은 그녀가. 그러니 나 역시 저기서 죽어야 한다. 나도 저기서 죽어야 한다.

똥물 마녀를 내려다본다. 강은 여전히 시커먼 아가리를 활짝 벌린 채 나를 맞이할 준비를 하고 있다. 나는 다시 한 번 버둥거려본다. 소용없다. 루비는 팔과 손에 더욱 힘을 주고 안간힘을 쓰며 나를 끌어올린다. 내 두 발이 다리 바깥쪽 돌출부에 안착한다. 이제 루비는 내 복부의 옷자락을 움켜쥐고 난간 쪽으로 세차게 끌어당긴다.

내 두 손이 차가운 난간 살을 감싸 쥐는 게 느껴진다.

나 자신의 의지와는 상관없이.

두 눈을 질끈 감는다. 다리 위는 적막하다. 사람 목소리도, 자동차 소리도 들리지 않는다. 나와 루비의 거친 숨소리와 저 아래 강이 속삭이는 소리뿐. 하지만 분노에 찬 루비의 목소리가 적막을 깨뜨린다.

"자살로 네놈 죄를 씻을 수 있다고 생각해? 그래?"

난 대답하지 않는다.

"그런 거야? 엉?"

나는 눈을 뜨고 다시 아래를 쳐다본다. 똥물 마녀는 유유히 흐르고 있다. 난 저 강이 삼켜버린 베키를 생각한다. 밴에 탄 놈들이 그녀를 총으로 쏘고는 시신을 다리 너머로 던져버렸던 3년 전 그날. 그렇게 그녀는 영원히 사라졌다.

나 때문에 죽었다. 놈들은 나의 적이었기 때문이다. 그녀의 적이 아니었단 말이다. 한데 그녀는 죽고 나는 살았다. 이 얼마나 부당한 일인가. 베키는 내 친구였다. 단 하나뿐인 베스트프렌드. 난 그녀와 함께해야 한다. 당장 그녀의 곁으로 가야 한다. 그 애 엄마가 뭐라고 지껄이건 간에.

루비는 내 몸통을 한층 더 세게 부둥켜 안는다. 이 아줌마가 정말 날 끌어낼 수 있다고 생각하는 걸까?

"지금이라도 뛰어내리고 싶지, 엉?"

그녀가 콧김을 씩씩 뿜어내며 말한다.

난 입을 열지 않는다. 루비가 난간 바깥쪽으로 고개를 쑥 내민다.

"당연히 그러시겠지. 뛰어내리고 싶어 죽을 지경일 거야. 왜 그런지 알아? 넌 비겁한 인간이거든. 비겁한 동시에 비열하지. 강물로 뛰어들면 깨끗이 죽을 수 있을 것 같지? 근데 어쩌나, 그렇겐 안 될 텐데. 자살이라고? 겁먹고 내빼는 것밖에 더 돼? 하긴 너한테 어울리는 방식이긴 하네. 비겁한 탈출이라. 배알 따위 내버리면 그만이지, 안 그래? 책임감도 내팽개치고, 또……."

"루비……."

"그냥 뒈져버려!"

그녀가 버럭 고함을 내지른다.

"네놈이 할 수 있는 게 그것뿐이라면, 그렇게 하라고. 근데 이거 하나는 알아둬. 네가 베키를 위해 해줄 수 있는 최선이 그거라면, 넌 진짜 하찮은 쓰레기야! 스스로 목숨을 끊겠다? 어디 맘대로 해봐!"

그녀가 손을 풀고 팔을 빼낸다.

"아님 좀 더 괜찮은 방법을 생각해. 그게 네놈이 할 일이야."

쿵쾅쿵쾅 성난 발소리가 들린다. 루비가 강 북부로 걸어가는 소리다. 나는 난간 살 틈으로 한참 동안 그녀를 바라본다. 그녀는 돌아보지 않는다. 단 한 번도. 돌아봐주면 좋을 텐데. 그러나 그녀는 돌아보지 않을 거다. 저대로 쭉 걸어서 가버릴 거다.

내가 뛰어내려도 이젠 눈길조차 주지 않겠지.

난 다시 발아래의 강을 내려다본다.

"똥물 마녀."

작게 내뱉는다.

"나쁜 년."

고개를 들고 루비를 찾아본다. 내 눈이 닿는 곳을 벗어났지만 분명 여전히 성큼성큼 걸어가고 있을 것이다.

여전히 뒤 한 번 돌아보지 않고.

"나쁜 년."

난 그녀가 사라진 방향에 대고 뇌까린다.

“그래, 아줌마. 당신도 나쁜 년이야.”

난간을 기어올라 다리 위로 내려선다. 루비는 다리를 거의 건넜다. 북부를 향해 걷고 있다. 난 그녀를 뒤따라 걸어간다. 이유는 묻지 마라, 구경꾼 양반. 나도 모르니까. 지금 이 순간 그녀는 내가 원하는 유일한 인간이다.

나 역시 그녀가 원하는 유일한 인간이다.

그러나 난 걸을 뿐이다. 걷고, 걷고, 또 걷는다.

그러다 퍼뜩 깨닫는다. 자동차 소리. 남부 쪽에서 들려온다. 문제가 될 것 같진 않다. 어차피 자동차 소리 따위에 신경 쓸 이유도 없다. 이슥한 밤, 한적한 시간대. 그래도 자동차 한두 대쯤 다리 위를 달린들 이상할 건 없다.

하지만 아니다. 이상하다. 저건 그냥 다리 위를 달리는 차가 아니다.

어떻게 아느냐고 묻지 마라.

고개를 돌려 확인해볼 필요도 없다. 그러나 난 굳이 확인해본다. 역시 짐작대로다. 밴 한 대가 달려온다. 나를 향해, 루비를 향해. 베키가 죽은 그날과 똑같다. 오늘은 그녀의 엄마가 똑같은 위험에 처했다.

그리고 또다시…… 나 때문이다.

루비를 향해 외친다.

“달려! 달려요! 도망쳐요!”

미친 듯이 그녀 쪽으로 내달린다. 그녀는 달리지 않지만 돌아본다. 허겁지겁 다리를 가로질러 달리는 나를 본다.

"루비! 도망쳐요!"

그녀는 달리지 않는다. 그 자리에 선 채 나를 볼 뿐이다. 도대체 왜 저러지? 내 뒤로 추격해 오는 밴을 못 봤을 리 없는데. 베키 때처럼 놈들이 안에 있을 텐데. 그 일이 똑같이 반복되려는 거야. 3년 전의 그 일이 똑같이.

총소리가 울려 퍼진다.

나도 루비도 맞지 않았다. 이제야 그녀가 달리기 시작한다. 다만…… 맙소사! 그 방향이 아니잖아! 북부로 내빼야 한다고, 아줌마! 하지만 그녀는 곧장 나를 향해 달려오고 있다.

"루비! 돌아가요! 골목길로 가요! 큰길 건너로!"

엔진 소리가 점차 커진다. 흘깃 뒤돌아본다. 밴은 다리 중간까지 쫓아왔다. 앞좌석에 남자 셋, 한 놈이 차창 밖으로 상체를 내민다. 또 한 번, 탕!

다행히 또 빗나간다.

내가 넘어질 듯 휘청하는 순간 루비가 다가와 손을 뻗는다.

"아줌마 제발, 이 무슨……."

그녀는 다짜고짜 내 손을 붙잡고 다리 반대편으로 끌어당긴다. 밴이 도로 중앙선을 넘어 우리 쪽으로 질주해 온다. 난 뭐든 나타나길 간절히 빌어본다. 자동차, 버스, 택시, 뭐든 간에. 하지만 역시 아무것도 나타나지 않는다.

밴이 방향을 틀며 급정거한다. 남자 둘이 튀어나온다.

루비는 여전히 고집스레 나를 다리 가장자리로 끌고 가는 중이다. 그녀가 어디로 가려는지 이제 알겠다. 계단을 통해 부두로 내려가려는 것이다.

"거긴 안 돼요, 루비."

그녀는 아랑곳 않고 나를 질질 끌고 간다.

"아줌마!"

그녀가 나를 더 세게 잡아끈다.

"알았어요, 알았어. 뭐 하려는 건지 알았다고요."

그녀는 나를 놓아준다. 우리는 계단에 발을 디딘다. 등 뒤로 놈들의 다급한 발소리가 들려온다.

이거…… 안 될 거다. 루비한테 이렇게 이끌려 오는 게 아니었다. 도망치긴 다 틀렸다. 놈들은 너무 강하고, 너무 빠르다. 빠져나갈 길은 없다. 게다가 놈들에겐 총도 있다.

이런 빌어먹을!

처음엔 베키를 죽게 하고, 이젠 그녀의 엄마까지 죽음으로 몰아가고 있잖아. 그런데도 루비는 목숨을 걸고 날 놈들의 사정거리에서 벗어나게 해주려 했다고. 난 그녀를 위해 최선을 다해야 한다. 베키를 위해서도. 머리 위로 발소리가 울린다.

쿵쿵쿵, 탁탁탁.

두세 계단 내려온 상태다. 우리가 앞서 있지만 따라잡히는 건 시간문제다.

"서둘러."

루비가 말한다.

계단 아래, 부두에 닿는다. 딱히 숨을 만한 곳이 없다. 좁은 수로로 막혀 강둑으로는 갈 수 없다. 왼편에는 아무것도 없고, 오른편에 초라한 부두가 보인다. 부두 끝에 낡아빠진 보트 몇 척과 오래된 대형 유람선 한 척이 둥둥 떠 있다. 배는 모두 시동도 불도 꺼져 있다.

하지만 어차피 여기에 숨을 건 아니다. 내려오면서 난 루비의 계획을 눈치챘다. 그녀는 놈들의 총격을 피해 북부의 큰길 건너 골목길까지 갈 수는 없다고 판단했다. 그래서 놈들을 이 아래로 유인하기로 한 것이다. 우리는 놈들이 오기 전에 다리 반대편 계단으로 다시 올라가야 한다.

그 와중에 놈들은 우리를 놓치게 되는 거고.

그래, 어쩌면 되겠다. 두 놈 다 이쪽 계단으로 내려오는 중이니까. 발소리가 이쪽에서만 들린다. 잘하면 반대편 계단을 이용해 놈들을 따돌릴 수 있겠다. 나는 지체 없이 반대편으로 가려는데 루비가 내 팔을 붙잡는다.

와 미치겠군. 이번엔 또 뭐야?

그녀는 보트에 시선을 던지고는 나를 왼쪽으로 끌고 간다. 난 이해할 수 없다는 표정으로 그녀를 쏘아본다. 머리 위로 거친 숨소리와 발소리가 점점 크게 들려온다. 루비는 내 눈빛을 당당하게 맞받아치며 더 세게 끌어당긴다. 아하, 알았다. 그녀는 반대편 계단으로 가려는 게 아니다. 이쪽 계단 뒤편으로 돌아가려는 거다.

아이디어 하고는. 애초에 여기로 내려온다는 아이디어 자체가 별로 탐탁지 않았지만, 이건 그보다 더하다. 하지만 이제 다른 방법을 생각해낼 시간이 없다. 금세 놈들이 들이닥칠 것이다. 난 자포자기의 심정으로 그녀 손에 이끌려 계단 아래를 돌아간다. 그녀는 나를 가까이 끌어당기고는 내 어깨에 팔을 두른다. 가쁘게 몰아쉬는 숨소리와 내 몸에 닿은 그녀 몸의 온기가 느껴진다.

두려운 기색은 느껴지지 않는다.

구경꾼이여, 이 말은 해야겠다. 정말 대단하다, 이 아줌마. 이쪽으로 내려온다는 멍청한 판단을 하긴 했지만, 대단한 건 대단한 거다. 베키가 그토록 배짱이 두둑했던 것도 다 이유가 있었다. 엄마를 닮은 것이다.

쿵, 쿵.

조용해진다.

놈들이 부두에 닿았다. 그런데 계단 아래에서 더 이상 움직이지 않는다. 우리에게선 보이지 않는 쪽, 계단 반대편에 서서. 나는 루비를 힐끔거린다. 그녀가 휴대폰을 꺼낸다.

계단 바깥쪽에 두 놈이 서 있고, 우린 이 안쪽의 어둠 속에 웅크리고 앉아 있다. 루비는 한 팔로 날 끌어안은 채 다른 손으로 문자메시지를 보낸다.

나와 눈을 마주쳤다가 다시 내리깔고 문자메시지 쓰기에 열중한다. 보내기 버튼을 누르고는 휴대폰을 주머니에 도로 넣는다. 아무것도 아니라는 듯 태연한 태도. 절대 나 같지 않은 사람. 왜냐하면 난 역시…… 얼핏 피비린내를 맡은 것 같거든.

아니, 내 머릿속은 피비린내가 진동하거든. 어느새 내 두 손은 늘 그렇듯 코트 안자락을 더듬어 칼을 단단히 쥐고 있다. 그러나 이번엔 다르다. 왜냐하면 내가 더 이상 이놈들을 사랑하지 않기 때문이다. 난 이 칼들을 증오한다. 그렇다고 달라지는 건 없지만.

내 손은 여전히 이놈들을 찾고야 만다.

손에 힘이 잔뜩 들어간다. 이놈들은 준비가 됐다. 그래도 크게 활약하진 못할 것이다. 계단 저편의 놈들 중 적어도 한 놈은 총을 들고 있을 테니. 두 놈, 어쩌면 세 놈 다 총이 있을지도 모른다. 그러나 아직 우리를 찾진 못했으니 우리도 나름의 깜짝 무기가 있는 셈이다.

바로 그게 기회다.

루비가 나에게 눈빛을 보낸다. 어둡지만 난 그녀의 표정에 담긴 뜻을 파악하려 애써본다. 분명 뭔가 말하는 눈빛인데, 뭘 말하는 건지 모르겠다. 그러다 문득 깨닫는다. 과거의 기억에서 오는 깨달음. 저 표정, 저 눈빛, 본 적이 있다. 베키가 저런 표정을 지었었지.

거기에 담긴 뜻은 '안 돼'였다.

그녀의 표정에, 그 눈빛에 담긴 뜻.

안 돼.

그거였다.

뭐가 안 된다는 거냐고? 이봐 구경꾼 양반, 둔해빠진 건 여전하군. 전부 다 안 된다는 거다. 아무것도 하지 말라는 뜻이라고. 정확하게는, 나쁜 짓은 전부 다 안 된다는 뜻이다. 그때는 그녀가 말릴 만한 나쁜 짓이 넘쳐났더랬다. 당신도 잘 알다시피. 그리고 지금 이 순간 나쁜 건, 바로 칼이다.

그렇다. 여기서조차, 놈들이 우릴 죽이려고 바짝 뒤쫓아 온 순간에도, 루비는 내 손이 코트 안자락을 더듬는 걸 감지하고 거기에 무엇이 있는지도 간파했다. 그리고 나에게 그 눈빛으로 간절히 말하고 있다.

안 돼.

내 손의 긴장이 풀리는 게 느껴진다.

아주 약간뿐이지만.

계단 저편에서 놈들이 움직이는 소리가 들려온다. 천천히, 신중하게 움직이고 있다. 다른 곳으로 가는 건 아니다. 이 주변을 돌아보며 시간을 끌어보려는 것이다. 놈들은 우리가 아직 이 아래에 있다는 걸 안다. 우리가 저쪽 계단으로 도망친 줄 안다면 지금쯤 저들도 그리로 달려갔어야 한다.

루비가 노린 게 그거였을 것이다.

그 계획이 빗나간 게 탈이지.

놈들은 이 아래를 샅샅이 뒤질 것이다. 우리가 있는 이 장소를 포함해서.

그리고 놈들은 바보가 아니다. 저들 중 하나는 이 계단을 벗어나지 않을 것이다. 봐라, 내가 뭐랬나. 오른쪽으로 움직이는 그림자가 보이지? 루비도 그림자를 보고는 날 더 가까이 끌어당기고 몸을 한껏 더 웅크린다. 그림자는 고개를 돌리지 않았고, 아직 우리를 발견하지도 못했다. 부두 밑을 살피고 보트도 전부 뒤진다.

다른 놈은?

당신이 짐작한 대로다. 그 자식은 아직도 계단 아래에 서 있다. 우리가 다시 거기로 올라가지 못하게 원천 봉쇄하는 거다. 간단한 일이지. 저기 서서 계단을 지키는 동시에 반대편 계단도 감시하는 것이다. 계단을 지키는 놈은, 감시만 잘하면 된다.

다리 위에 남은 놈 역시 아래를 살핀다. 거기선 다리에 가려 여기가 보이지 않을 것이다. 그러니 우리가 다리 위에 있는 놈의 눈에 띌 걱정은 없지만, 그놈도 우리가 해치워야 할 골칫거리이긴 마찬가지다.

그림자가 부두 중간쯤에서 움직임을 멈춘다. 보트 하나를 뚫어 져라 응시한다. 보트는 넘실대는 강 물결에 흔들리고 있다. 놈의 동료가 기침을 한다. 여전히 계단 아래에서 꼼짝도 않는다. 우리 와는 달랑 벽돌 한 장을 사이에 둔 셈이다. 난 다시 그림자를 확 인해본다.

움직이고 있다. 보트 위로 넘어간다. 선실 뒤로 돌아가 시야에 서 사라진다. 그런데 이제 루비도 뒤척인다. 손바닥으로 내 입을 틀어막는다.

알았어요, 아줌마. 아무렴 내가 느닷없이 잡소리라도 낼까봐? 이래봬도 나, 평생 미꾸라지같이 숨고 도망치는 데 이골이 난 놈 이라고요. 난 고개를 흔들며 그녀를 쏘아본다. 그녀는 손을 치우 고 내 팔을 붙들더니 부두 옆으로 밀기 시작한다.

끄아악, 싫어.

망할 놈의 물이 코앞으로 밀려드는 것 같잖아. 오래된 공포가 또다시 엄습한다. 막을 수가 없다. 루비는 전혀 모른다. 아마 내 가 놈들 때문에 겁을 집어먹었다고만 생각할 거다. 뭐, 그것도 맞 긴 하다. 난 놈들이 뭘 할 수 있는지 아니까. 분명 루비보다는 내 가 더 잘 알 것이다. 하지만 지금 내 숨통을 조이는 건 바로 저 물 이다.

내 팔을 잡아끌던 손이 멎는다. 루비는 뒤를 살피고 있다. 난 그럴 필요가 없다. 이미 다 살폈다. 한 놈은 여전히 계단 너머에 있고, 또 한 놈은 여전히 보트 안에 있다. 그러나 이제 우리는 어두운 그늘에서 벗어나 부두 가장자리로 나와 있다.

보트에 있는 놈이 나오는 순간 우린 꼼짝없이 들키고 말 것이다. 난 루비를 붙잡아 계단 뒤로 끌어보지만 그녀가 한사코 버틴다. 오히려 나를 물속으로 처넣을 기세다. 그 순간 나는 발견한다.

부두 벽에 걸쳐진 사다리.

곧장 강물로 이어져 있다.

보트는 고사하고 아무것도 없다. 똥물 마녀가 탐욕스레 입맛을 다시고 있을 뿐. 물결이 부두 벽을 철썩철썩 때린다. 난 부르르 몸서리를 치고는 다시 한 번 사다리를 살펴본다. 미끌미끌한 수초로 뒤덮여 있다. 루비가 나를 그쪽으로 내몬다. 난 고개를 돌려 그녀의 눈빛을 읽는다.

'어서!'라며 재촉하고 있다.

부두를 확인해본다. 그림자가 다시 보인다. 보트에서 나와 부두로 넘어오는 중이다. 아직 이쪽을 보지는 않았다. 하지만 언제든 고개를 돌릴 수 있다. 그러지 마라, 이 자식아. 저쪽으로 쭉 가. 그 옆에 있는 보트나 확인하라고.

내 주문이 통하지 않는다. 놈은 부두에 가만히 서서 다른 쪽 계단만 지그시 노려볼 뿐이다. 여차하면 고개를 돌릴 것 같다. 놈의 동료가 여전히 이쪽 계단에 있으니까. 놈은 분명 저기 서서 한 바퀴 휘둘러볼 것이다. 바로 그때 우릴 발견하겠지. 루비가 다시 내 팔을 힘주어 잡는다. 이번엔 나도 움직인다.

부두 끝으로 다가가 사다리를 잡는다. 차갑고 축축하다. 강물에서 올라오는 냄새도 역겹다. 난 되도록 천천히, 단 너무 느리지는 않게 아래로 내려간다. 루비도 내려와야 하고, 서둘러야 하니까.

그런데 이 아줌마, 아주 능숙하다. 마치 평생 사다리만 타고 다닌 것처럼 신속하고도 조용하게 따라 내려온다. 내 바로 위에서 멈추고는 나를 내려다보며 강 쪽으로 턱짓을 한다. 으으, 정말이지 한 발짝도 더 내려가고 싶지 않다.

그녀가 다시 턱으로 강을 가리킨다.

내 손을 통제하는 것도 힘에 부친다. 사정없이 떨리고 있다. 내 몸의 나머지 부위도 전부 다 부들부들 떨린다. 그래, 안다. 조금 전만 해도 내가 자진해서 똥물 마녀를 향해 몸을 던지고 싶어했던 거. 하지만 그건 다리에서 떨어지는 것이었다.

강물에 부딪히는 순간 충격으로 즉사할 줄 알았단 말이다. 설령 그 순간은 죽지 않아도 어차피 실신 직전인 상태니까 물 한 번 들이키면 그대로 익사해버릴 줄 알았다. 하지만 이건 다르다. 지금은 피처럼 스멀스멀 기어 다니는 물이 내 발 바로 밑에 있잖은가.

그런데 문득 낯선 소리가 귓전을 때린다. 다리에서 내려오는 분주한 발소리. 그리고 목소리. 계단뿐 아니라 부두에서도 들려온다. 그건 두 놈의 것이 아니다. 이번엔 여자들이다. 여자 하나가 고함을 내지른다.

"야, 너네 뭐야?"

까칠한 목소리. 한 성깔 하는 여자 같다. 난 사다리에 매달린 채 위를 쳐다본다. 루비가 부두 위를 엿보고 있다. 나처럼 귀를 쫑긋 세우고. 또 다른 여자가 외친다.

"무슨 문제라도 생겼어?"

거칠게 툭툭 내뱉는 듯한 목소리다.

세 번째 여자가 이어서 빈정거린다.

"재미 좀 보려고 온 거면, 아저씨들, 여기선 볼일 없을 거야."

발소리가 점차 커진다. 이건 여자들 것이 아니다. 사내들이다. 적어도 셋 이상이다. 어떻게 아는지 묻지 마라. 저들끼리 시시덕거리며 오고 있다. 여자들 못지않게 왈패다. 그리고 또 다른 소리가 들린다.

달리는 발소리.

무슨 소린지 뻔하다. 계단에 있던 놈이 내빼는 소리다. 사람들이 내려오는 걸 보고는 반대 방향으로 똥줄 빠지게 튀는 거다. 놈의 동료도 곧 뒤따르겠지. 아무렴, 그렇고말고. 여자들 말을 들어봐라.

"그만하기 싫다면 어쩔 건데, 아저씨들?"

"자자, 아저씨들, 이제 가진 것 좀 보여줘봐!"

구경꾼이여, 놈들이 뭘 가졌는지 나는 안다. 놈들은 총을 가졌다. 이런 왈패 아가씨들, 입조심하는 게 좋을 텐데. 뭐, 별일은 없을 테지만. 놈들이 여기서 아무 이유 없이 총을 사용할 리는 없으니까. 왈패 일당이 너무 가까이 접근하면 놈들도 총을 꺼내 들긴 하겠지만, 공연히 소란을 일으키고 싶진 않을 것이다.

놈들이 찾는 건 나다. 나를 찾는 데 방해가 되는 게 아닌 한, 총을 사용하는 건 나중으로 미룰 것이다. 신이 난 여자들이 목소리를 높인다.

"잘 가, 아저씨들!"

"꺼지라고!"

"쪼다 새끼들!"

반대편 계단으로 올라가는 발소리. 난 고개를 쭉 빼고 올려다본다. 여긴 다리 바로 밑이라 위에서는 이 사다리가 보이지 않는다. 안 보일 것 같다. 물론 도로에서 봐도 여긴 사각지대다. 고로 놈들이 우리의 위치를 안다 해도 총을 쏠 수는 없을 거란 얘기.

그렇다고 우리가 위험에서 벗어난 건 아니다.

어림도 없지.

새롭게 등장한 왈패 일당이 골치다. 놈들 역시 멀리 가진 않을 것이고. 근처에서 기다리다가 이 골치들이 사라지면 돌아올 것이다. 루비와 내가 달아나는 순간을 포착하지 못했으므로, 일단은 아직 우리가 여기 있다고 판단하고 있을 것이다.

다리 위에서 엔진 소리가 들린다. 밴이 시동을 걸고 출발한다.

속지 마라, 구경꾼 양반. 내가 한 말 잊지 않았겠지. 놈들은 멀리 가지 않는다. 계단 위가 보이는 곳을 지키고 있을 것이다. 우린 여전히 곤경에 처한 거다. 루비가 몸을 비틀어 나를 내려다본다.

"이제 잘 들어. 여기서 기다려. 사다리에 딱 붙어 있어. 꼼짝도 하지 말고, 알았지? 누군가가 찾아올 때까지 여기서 기다리는 거야."

"아줌만 뭐 하시게요?"

"친구들하고 얘기해야지."

난 그녀의 얼굴을 물끄러미 올려다본다.

"저기 있는 사람들…… 방금 내려온 사람들 말이에요. 아줌마가 부른 거죠, 맞죠? 아까 문자메시지 보냈잖아요."

그녀는 고개를 젓는다.

"여자들한테만 보냈어. 부두 끝에 있는 유람선에서 일하거든."

"일을 한다고요?"

"그래."

그녀가 날 노려본다.

"일."

적막이 흐른다. 사다리 아래의 잔물결이 부두 벽에 찰랑찰랑 부딪치는 소리뿐.

"여기서 기다려."

그렇게 말하고는 루비가 사다리를 오르기 시작한다.

"고마워요."

"누가 올 때까지 기다려."

그녀는 내 인사에 별 대꾸도 없이 부두 벽 너머로 사라져버린다.

잠시 후 왈패 사내들 목소리가 터져 나온다.

"어이, 루비!"

"자기, 어떻게 된 거야?"

"문제가 좀 있다며?"

난 사다리에 매달린 채 듣기만 한다. 여자들도 끼어들고 곧 루비가 뭔가 말한다. 하지만 소리가 작아 무슨 얘긴지 들리지 않는다. 여기서 알 수 있는 거라곤 그녀가 말하고 왈패들이 듣는다는 것뿐이다. 내가 뭐랬나, 구경꾼 양반. 저 아줌만 참으로 대단한 사람이다.

그리고 한 가지 더 일러두지. 저 아줌만 똑똑하기도 하다. 왜냐하면 말이다…… 나도 방금 깨달은 사실인데, 루비는 다리 건너 골목길을 딱 보자마자 거기까지 무사히 닿지 못하리란 걸 알고 지체 없이 계단을 택했다.

원래 계획은 이랬을 것이다. 놈들을 이 아래로 유인하고 눈속

임해서 저쪽 계단으로 올라가게 하는 것. 하지만 놈들이 너무 빨리 내려오는 바람에 그 계획이 틀어져버렸다. 난 계단 아래 부두에 닿는 순간 다 틀린 걸 알았다. 그리고 루비도 그걸 몰랐던 게 아니다.

그러나 그녀에겐 두 번째 계획이 있었다. 부두에 내려와 우왕좌왕하는 와중에도 그녀는 오래된 유람선을 살피고 있었다. 왈패 아가씨들이 있을지 모르고, 어쩌면 도움을 얻을 수도 있겠다고 생각한 거다. 그렇지만 배 안에 불 켜진 곳이 없었다. 그런데도 그녀는 침착하게 세 번째 계획을 모색했다.

유람선 쪽으로 뛰어가는 건 역시 무모한 생각이었다. 배 안에 정말 아무도 없을 경우 우린 꼼짝없이 그 안에 갇히는 꼴이 되니까. 놈들이 배로 쫓아와 우릴 잡으면 전혀 도망갈 길이 없다. 그래서 그녀는 날 이끌고 보이지 않는 곳에 숨어 친구들에게 문자메시지를 보낸 것이다. 동료들을 모아 되도록 빨리 여기로 오라고.

그런 다음에 자그마치 네 번째 계획까지 세웠다.

우리 둘이 사다리를 타고 내려가도록 한 것 말이다. 친구들이 도우러 오지 않을 경우에 대비해 자구책을 마련한 것이다. 정말 대단한 여자다. 하지만 루비를 생각하니 다시 베키가 떠오른다. 괴로운 마음을 안고 시커먼 물을 내려다본다.

눈물이 비어져 나오려 한다.

그러고 보니 부두 쪽에서 들려오던 사람들 목소리가 사라졌다. 그들은 저쪽 계단을 오르고 있다. 계단을 다 올라 다리 위로 올라서더니…….

그대로 사라진다.

나는 철제 사다리 가로대를 그러잡는다. 온몸이 덜덜 떨리기 시작한다. 똥물 마녀가 내 신발과 바짓단을 적시며 올라온다. 난강의 얼굴에 대고 침을 퉤 뱉고 또 한 번 뱉는다. 나직이 욕을 지껄여주고는 두 단 올라가다 멈춘다.

루비는 기다리라고 일렀다. 난 기다리기 싫다. 부두로 올라가 내 발로 달아나고 싶다. 놈들이 돌아오기 전에. 그렇지만 루비가 기다리라고 했다. 그러니 난 여기 그대로 있어야 한다. 그녀가 시킨 대로 해야 한다. 딱히 맘에 들지 않는 명령이라 해도.

문득 고개를 들어 보니, 부두에서 이쪽을 내려다보는 얼굴이 있다.

여자, 나이는 스물다섯쯤. 새까만 머리칼, 쪽 째진 눈. 입술, 코, 귀, 눈썹까지, 온통 피어싱으로 뒤덮인 얼굴. 어딜 더 뚫었을지 짐작도 안 간다. 하지만 저 여자가 누군지는 짐작할 수 있다. 유람선에서 일한다는 여자들 중 하나다.

벌레 보는 듯한 표정으로 나를 한참 내려다보던 여자가, 이윽고 말을 건다. 목소리를 들으니 더욱 확실해진다. 아까 놈들을 큰 소리로 놀려대던 여자가 분명하다.

“나와.”

여자가 명령조로 외친다.

나는 사다리를 타고 부두에 오르자마자 사방을 둘러본다. 다른 인간들은 흔적도 없다. 나와 이 여자 단 둘이서 여기 서 있을 뿐이다. 난 재빨리 그녀를 훑어본다.

몸에 걸친 건 별로 없는데 꾸밈새는 아주 가관이다. 달랑 손수건 한 장 두른 듯 배꼽이 다 드러나는, 새까만 가죽 소재의 톱 차림. 하지만 목걸이, 팔찌, 발찌, 반지, 하여간 액세서리란 액세서리는 모두 걸치고 둘러서 여자가 움직일 때마다 찰랑찰랑 반짝반짝 난리도 아니다. 게다가 팔과 몸통을 덩굴처럼 휘감은 문신. 거의 다 뱀 무늬다.

여자가 씨익 웃어 보인다. 겨울밤처럼 차가운 미소다. 여자의 치아와 혀에서도 금속성의 무언가가 반짝 빛난다. 그러고 보니 저건 미소가 아니다. 그냥 뭔가 말하려고 입을 벌린 것뿐이다.

“따라와.”

그뿐이다.

그대로 돌아서서 낡은 유람선으로 향한다.

걸음걸이가 경쾌하다. 뭔가 부자연스럽고 내 취향이라기엔 너무 사납다. 하지만 난 놈들이 더 무섭다. 말했다시피, 놈들은 가버린 게 아니다. 더 나쁜 건…… 놈들이 지원요청을 했을 거란 사실이다.

여자는 거침없이 유람선으로 타박타박 걸어간다. 나는 계속 두리번거리며 따라간다. 위험의 징후는 보이지 않는다. 강물에 흔들리는 보트들과 부둣가를 핥아대는 똥물 마녀, 그리고 머리 위로 보이는 꽁초 다리의 밑면. 그 위에는, 밤하늘을 수놓은 별들이 있다.

여자가 유람선 앞에 멈춰 서서 나를 돌아본다.

"들어가."

또 한 번 전율이 온몸을 훑는다. 그렇다, 구경꾼 양반. 당신은 나와 보트에 대해 알고 있지. 나와 빌어먹을 물에 대해서도. 그러나 달리 뾰족한 수가 없는 것 같다. 유람선 외벽에 붙어 기어오르기 시작한다. 여자가 쯧, 하고 혀를 찬다.

"그 배 말고."

고물 쪽을 턱으로 가리킨다.

"뒤에 붙은 놈."

나는 그쪽을 살펴본다. 밧줄 하나에 매달려 까딱거리는 작은 그림자. 맙소사, 나더러 저걸 타라고? 지난번 벡스가 날 태웠던 나룻배보다도 더 작잖아. 강물은 그때보다 더 심하게 일렁이고. 어이 구경꾼 양반, 그렇게 설레설레 고개 젓지 마라.

정말 그렇단 말이다.

저 물살을 봐라.

“저 배에 타.”

여자가 떠밀듯 내뱉는다.

나는 내키지 않는 걸음으로 부두 아래로 내려가 구명선 앞에 선다. 낡고 후진 배다. 나 가라앉고 싶소, 라고 절규하는 것 같다. 진짜 저대로 가라앉아버리면 좋겠다. 안에 노가 놓여 있다. 노 고정 장치? 정확한 명칭은 모르지만 아무튼 그것도 있다. 난 심호흡을 하고, 부두 귀퉁이에 쪼그려 앉는다. 저 망할 배로 들어가는 통로가 있어야 할 텐데.

풀쩍 뛰어 넘을 순 없다.

“사다리를 써.”

여자가 말한다.

그녀는 여전히 유람선 앞에 서 있다. 왜 안 따라오는지 모르겠다. 난 다시 한 번 부두 외벽을 살펴본다. 오케이, 저 여자 말대로다. 미끌미끌한 가로대가 부두 벽을 따라 물속까지 이어져 있다.

다시 여자를 돌아본다.

여자는 아직도 그 자리다. 왠지 불길하다, 구경꾼이여. 아까는 물 때문이었고 지금은 내 신경을 긁는 저 여자 때문이다. 여자가 내는 잡음이 거슬려 미치겠다. 나는 사다리를 타고 내려가 더듬거리며 구명선에 오른다. 뒤돌아본다. 여자는 한동안 나를 더 지켜보다가 유람선으로 넘어가 선실 벽을 주먹으로 쾅쾅 친다.

안에서 인기척이 들리더니 웬 사내가 고개를 빠끔 내민다. 얼굴은 보이지 않지만 겁먹은 기색이 역력하다. 나이대는 여자와 비슷한 것 같다. 여자가 다가가 사내에게 귓속말을 한다. 그는 고개를 쑥 빼고 나를 확인하고는 다시 여자를 쳐다본다.

둘 사이에 대화가 오간다.

그런 다음 여자가 이쪽으로 온다. 거칠 것이 없다는 듯 행동이 신속 정확하다. 사다리를 타고 와서 구명선으로 들어와 나에게 뒤쪽으로 가라고 신호한다. 난 시키는 대로 한다. 여자는 노 젓는 자리에 앉아 밧줄을 풀고는 노를 잡는다. 배가 뒤집힐 듯 크게 출렁한다. 난 배 옆을 부여잡는다. 뱃속이 울렁인다.

여자는 신경도 쓰지 않고 노를 젓는다. 구명선이 유람선 곁을 지나간다. 하지만 우린 똥물 마녀를 향해 들어가는 게 아니다. 방향을 틀어 부두 벽으로 향한다. 꽁초 다리 바로 아래로. 강둑과 부두 사이로 난 좁은 수로를 따라 천천히 나아간다.

난 여자를 쳐다본다.

"어디로 가려고요?"

"나한테 묻는 거야?"

여자의 목소리가 채찍처럼 매섭다.

"그냥 궁금해서……."

난 웅얼웅얼 말꼬리를 내린다.

여자는 계속 노를 저어 부두 벽으로 붙는다. 나와 루비가 매달렸던 사다리가 가까워진다. 물 위에서 보니 한층 더 섬뜩하지만,

강물 자체보다 더 섬뜩하진 않다. 강 복판으로 돌아 나갈 걸 생각하면 차라리 기절하고 싶은 심정이다.

하지만 배는 강 복판으로 가지 않는다.

루비 손에 이끌려 내려온 계단 옆에 멎는다. 여자가 노를 놓는다. 그렇게 우리 둘은 어둠 속에 앉아 있다. 뭘 기다리는 거냐고 묻고 싶지만 엄두가 나지 않는다. 여자의 눈이 아무 말 말고 얌전히 있으라고 으르는 듯하다. 난 아무 말 않고 얌전히 기다린다. 배 옆을 단단히 붙들고서.

잠시 후 소리를 듣는다.

둔탁한 엔진 소리다. 여자가 부두 끄트머리를 내려다보기에 나도 그쪽을 본다. 유람선이 움직이고 있다. 그 안에 둘이 있다. 아까 봤던 사내가 조타실에서 운전대를 잡았고, 또 다른 남자 하나가 밧줄을 감고 있다.

여전히 불을 켜지 않았다.

유령선처럼 음산하게 클클대며 강을 향해 나아간다. 다리 밑을 따라 남부로 향하고 있다. 난 슬쩍 여자를 본다. 여자는 '뭘 봐?' 하는 눈빛으로 응수하고는, 노를 다시 잡는다.

구명선이 다리 밑에서 벗어난다. 이젠 위에서도 우리가 보일 것이다. 여자가 올려다본다. 나 역시 고개를 들어 놈들이 있는지 확인해본다. 다리 위에 사람 형체는 보이지만 워낙 캄캄해서 놈들인지 확인해내긴 어렵다. 루비의 형체도 보이지 않는다.

그들 중 하나가 고개를 까딱한다.

아주 작은 움직임이지만 내 눈을 피할 순 없다. 그건 나를 향한 게 아니다. 여자를 향한 것이다. 장담할 수 있다. 일종의 신호인 거다. 무슨 신호인지는 모른다. 어쩌면 강 반대편으로 가로질러 가는 유람선에게 보내는 신호인지도 모르겠다.

여자는 수로를 따라 계속 노를 젓는다. 강 복판에서부터 물결이 넘실넘실 밀려온다. 철썩, 철썩, 강둑에 부딪혔다 밀려나와 배에 와 부딪힌다. 철썩, 철썩. 이거 정말 기절할 노릇이다. 나는 배 옆을 으스러져라 꽉 붙든 채 부들부들 심하게 떨고 있다.

여자가 나를 건너다본다.

"왜 그래?"

"아무것도 아니에요."

"너무 떠는데."

"…… 물이 싫어요."

"무서워?"

"아뇨."

"아니긴, 무서워 죽는구먼."

여자는 인상을 팍 쓰고 계속 노를 젓는다. 난 다리 위쪽을 살핀다. 내려다보는 사람은 없다. 도로 쪽에서 여긴 아직 사각지대다. 다시 강으로 시선을 돌린다. 유람선은 보이지 않지만 소리는 들린다. 한참 멀리 떨어진 듯 아득하게 들려온다.

구경꾼이여, 이거 영 못 미덥다. 좀 전까지만 해도 루비가 듬직해지려던 차였다. 그녀가 나를 다리에서 끌어내고 놈들에게서 벗어나게 해준 건 사실이니까. 그런데 이제는? 난 이 왈패 여자가 맘에 들지 않는다. 이 여자 동료들도 맘에 들지 않는다.

구명선이 강둑에 더 가까이 붙는다. 다시 한 번 다리 위를 살펴본다. 이 여자는 그늘 속에 모습을 감추려고 하는 것이리라. 하지만 왠지 다른 이유가 있는 것 같다. 그래, 역시 그렇다. 저거 보이나? 강둑을 따라 쌓은 벽 중간에 난 계단. 여자는 그리로 노를 저어가고 있다.

"내려."

여자가 말한다.

난 배 옆을 건너다본다. 강물이 계단을 삼켰다 토해내고 있다. 저기에 내 발을 딛다니 말도 안 된다.

"내려."

여자가 다시 말한다.

참 나, 내리는 게 말처럼 쉬운가? 퍽이나 그렇겠다.

"아, 내리라니까!"

여자가 신경질을 낸다.

난 얼굴을 찡그리고 여자를 쳐다본다. 소용없다. 그녀는 연거푸 턱으로 계단을 가리킨다. 나는 배 난간을 꼭 붙들고 엉거주춤 그 위에 걸터앉는다. 강물은 쉬지 않고 강둑의 벽을 철썩철썩 후려친다.

한 발로 계단을 딛는다. 휘청 하고 미끄러진다. 헐떡이며 다시 잘 딛는다. 손은 여전히 배를 붙들고 있다. 한 발은 계단에, 또 한 발은 배 안에 있는데 이 망할 놈의 배가 강둑에서 슬금슬금 멀어진다.

"환장하겠네."

여자가 못마땅한 듯 내씹는다. 찰방찰방 노를 저어 배를 다시 강둑 쪽에 붙인다.

"됐지? 당장 내려!"

난 나머지 발도 계단에 내려놓고, 허둥대며 뭔가 잡을 것을 찾는다. 물살이 다리를 휘감는 통에 균형이 흐트러진다. 난 넘어질 듯 휘청이며 팔을 퍼덕거린다.

"난간!"

여자가 외친다.

나는 난간을 붙들고 꼭 쥔다. 이가 딱딱 부딪힐 정도로 덜덜 떨면서 숨을 헉헉 몰아쉰다. 잠시 시간을 두었다가 올려다본다. 계단은 도로로 이어져 있다. 몇 번 더 심호흡을 하고는 주위를 돌아본다.

여자는 이미 부두 쪽으로 돌아가는 중이다. 나와 눈이 마주치자 인상을 팍 구기고는 다시 노 젓기에 열중한다. 나는 다시 계단을 올려다본 후, 천천히 오르기 시작한다. 하지만 무지 불길하다,

구경꾼 양반. 물 얘기를 하는 게 아니다. 저 위에서 나를 기다리고 있을 일을 말하는 것이다.

그 왈패녀가 단지 루비가 시킨 대로 했을 뿐이라고 믿고 싶다. 나를 부두에서 구출해 강둑 위의 도로로 올려 보내도록, 그래서 내가 알아서 도망칠 수 있도록. 여기까지 전부 그녀가 계획한 거라 믿고 싶다. 하지만 일이 그렇게 쉽고 간단할 리 없다.

그걸 어떻게 아느냐고 묻지 마라.

난 계속 계단을 오른다. 한 걸음, 한 걸음. 마침내 계단 꼭대기에 닿고…… 그럼 그렇지. 도로가 있다. 그리고 밴 한 대.

나를 기다리고 있다.

그러나 내가 틀렸다. 물론 나를 기다리고 있는 건 맞다. 하지만 밴에 대한 게 틀렸다. 다른 밴이다. 같은 색에 같은 차종이지만 그 밴은 아니다. 그 밴보다 더 꾀죄죄하다. 흑인 남자 하나가 밴에 기대어 서 있다. 서른한 살쯤 돼 보인다. 인상이 퍽 더럽다. 반짝이는 액세서리는 전혀 없다. 근육이 장식품 대신이다.

나를 싫어한다. 딱 보니 알겠다.

하지만 나도 그쪽이 싫긴 매한가지다.

"뒤에 타."

목소리가 우렁차다.

나는 움직이지 않는다. 대신 도로를 둘러본다. 왼편에 어느 정도 거리를 두고 꽁초 다리가 반쯤 보인다. 도로가 굽은 탓에 전체가 보이진 않는다. 오른편으로는 굴러다니는 택시 외엔 아무것도 없다. 놈들의 기척도 느껴지지 않는다. 그러나 놈들은 멀리 있지 않을 것이다. 흑인 남자를 돌아본다.

저 사람하고 같이 밴을 타는 일은 없을 거다.

그가 언짢은 표정으로 노려본다.

"루비가 뒤에 태우랬어."

"루비도 저 안에 있어요?"

"아니."

"그런데 내가 왜 저걸 타야 하죠?"

그는 대답하지 않는다. 얼굴에 언짢은 기색만 가득하다.

"날 도와줬죠, 형씨랑 형씨 친구들이요. 그건 고마워요. 하지만 여기서부턴 내가 알아서 할게요."

그가 총을 꺼내어 나를 겨눈다.

"뒤에 타."

"루비가 그러래요?"

"아니. 내가 그러래."

밴에 오른다. 어쩔 수 없다. 뒷좌석에 왈패녀 둘이 앉아 있다. 루비와 비슷한 연배로 보이는 흑인 여자들. 그녀들은 가만히 날 보기만 한다. 남자가 차문을 쾅 닫고는 돌아서 운전석에 올라탄다. 조수석에는 아무도 없다. 그가 뒤돌아본다. 눈빛으로 나를 뚫어버릴 기세다.

"거기 얌전히 있어."

위협적인 말투다.

"알아들었어?"

나도 지지 않고 노려본다.

"얌전히 있어야지 별 수 있나. 형씨한테 총이 있는데."

남자가 미간을 찌푸린다.

이런. 괜한 말을 뱉어버렸다. 대체 무슨 생각으로 마구 지껄인 거지? 그가 나를 노려보며 팔을 들어 총으로 내 심장을 조준한다. 내 몸이 뻣뻣이 굳는다. 등받이를 파고들어서라도 총구를 피하고 싶다. 하지만 동시에 꼼짝도 하지 않고 의연하게 받아치고 싶기도 하다.

난 가까스로 움찔하지 않고 버틴다. 사실 움직여봐야 소용도 없다. 이 안에서 어디로 숨겠나. 바로 곁에서 지켜보는 여자들의 시선이 느껴진다. 남자가 씨익 웃더니 방아쇠에 손가락을 걸고는…… 당긴다.

짤깍.

그뿐이다.

여자들이 쿡쿡 웃는다. 남자도 웃는다. 아주 박장대소를 한다. 그러고는 내 쪽으로 총을 휙 던진다. 바닥에 떨어진 총이 미끄러져 내 발치에 툭 부딪힌다. 난 줍지 않는다. 계속해서 남자를 노려보기만 한다. 그는 나에게 냉소를 날리고는 다시 앞을 보고 시동을 건다. 밴이 도로로 미끄러져 들어간다.

꽁초 다리 방향으로.

그렇다, 구경꾼이여. 이젠 나도 헷갈린다. 도대체 이 인간들이 원하는 게 뭔지 모르겠다. 내가 이들에 대해 아는 거라곤 루비하고 아는 사이라는 것뿐이다. 이들은 아직 날 해코지하지 않았고, 적어도 잠시나마 놈들에게서 날 구출해준 것 같기도 하다.

그런데 또 확실한 건, 이들이 날 싫어한다는 거다.

눈곱만치도 좋아하지 않는다.

구명선의 왈패녀만 그런 게 아니다. 밴을 운전하는 저 남자는 날 경멸한다. 말투나 행동이 다 그렇다. 그리고 뒷좌석의 왈패녀 둘이 나를 쳐다보는 눈빛도 아까 구명선의 그 여자 눈빛과 똑같다.

벌레 보듯 한단 말이다.

하지만 구경꾼이여, 그 눈빛이 솔직한 건지도 모른다. 어차피 난 벌레 같은 놈이니까.

루비가 원망스럽다. 그냥 다리에서 뛰어내리게 내버려둘 것이지. 좀 더 괜찮은 방법을 생각해, 그녀는 그렇게 말했다. 알았어, 하지만 그게 뭔데? 좀 더 괜찮은 방법이라는 게 뭔데? 할 수 있는 건 이미 다 했다. 갱단 두목들을 부추겨 매를 엿 먹였다. 배너만에게도 매에 관한 정보를 찔러줬다. 물건들이 있는 장소, 특히 매가 쓰던 컴퓨터의 백업 드라이브가 어디 있는지도 알려줬다. 이제 열쇠는 그에게 넘어갔다.

그가 반드시 그 백업 드라이브를 찾아가야 한다.

그래야 매를 끝장낼 수 있다. 매를 끝장낼 수 있는 유일한 물건이다.

그런데 더 이상 뭘 어쩌라는 건가?

뭘 더 바라는가? 벌레만도 못한 인간쓰레기한테.

죽는 것 말고 뭘 하라는 거냐고.

좀 더 괜찮은 방법을 생각하라고? 알았어요, 아줌마. 하지만 그게 뭘까요?

밴이 방향을 틀어 꽁초 다리에서 멀어진다.

불행 중 다행이다. 그렇지만 두려움은 가시지 않는다. 이 인간들이 누군지, 뭘 원하는지 도통 파악이 안 되기 때문이다. 여자 하나가 입을 연다.

"너 같은 쓰레기 때문에 베키가 죽었단 말이지?"

그거였군. 베키 얘기를 들은 거야. 루비가 얘기했겠지. 그러고는 어디론가 사라졌겠지. 이제야 이들이 날 싫어하는 게 납득이 된다. 하지만 이건 또 무슨 뜻일까? 이 사람들은 날 놈들에게서 달아나게 도와주었다. 루비가 지시한 대로 움직이고 있겠지. 하지만 이들은 뭘 원하는 걸까? 또한 루비가 바라는 건?

난 내 목숨을 내놓았다.

허나 그마저도 충분하지 않았다.

그렇다면 목숨 외에 무엇을 더 내놓을 수 있단 말인가?

왈패녀들은 계속 못마땅한 눈총을 쏘아댄다. 아까 말했던 여자가 내 쪽으로 몸을 숙인다.

"너 같은 쓰레기 때문에 베키가 죽었어."

"방금 전에도 들었어요."

"다시 한 번 말하는 거야."

다른 여자도 나를 잡아먹을 듯이 노려본다.

나도 쏘아본다. 둘 다 아주 사무치게 싫다. 베키에 대한 저들의 말이 사실이란 건 안다. 나에 대한 말도 사실이다. 나는 쓰레기다. 그렇다고 내가 주눅 들어 공손해져야 한단 법은 없잖은가. 상대방부터가 공손하고는 담을 쌓았는데.

밴은 밤을 헤치며 달려간다. 밖을 보지 않아도 난 우리가 어디쯤에 있는지 알 수 있다. 예전의 도시에서 그랬듯이. 이 동네 지리도 빠삭하게 꿰뚫는 나다. 길을 모르려야 모를 수가 없다. 밴 안에 갇힌 신세라 해도.

뭐, 차 앞 유리를 통해 밖이 훤히 보이긴 하지만 말이다. 꽁초다리와 멀어지는 방향으로 충분히 돌긴 했지만, 이제 다시 똥물마녀 방향으로 돌아가는 중이다. 아무래도 우린 강 이남으로 가려는 모양이다.

역시나.

밴이 털털거리며 꽁초 다리 다음에 있는 다리를 건넌다. '늙은 연기.' 내가 붙인 이 다리의 이름이다. 언제나 그렇게 불렀다. 이유는 묻지 마라. 난 앞 유리로 계속 바깥을 응시한다. 하늘이 뿌옇게 밝아온다. 아주 약간. 오늘의 새벽은 또 어떤 모습일까? 나는 또 몇 번이나 이걸 궁금해했던가?

말해주지, 구경꾼 양반. 헤아릴 수 없을 만큼이다.

결국 그런 것이다. 새벽이 가면 또 다른 새벽이 오고, 그 새벽이 가면 또다시 새벽이다. 나도 어언 열다섯 살이다, 구경꾼이여. 내가 누려 마땅한 것보다 더 많은 새벽을 맞이한 셈이다. 그리고 새로운 새벽을 맞이할 때마다, 이것이 나에게 마지막 새벽이 될지 자문해본다.

늙은 연기를 다 건너고 강 남부로 들어선다.

나는 차창에 기대어 여자들을 멀거니 바라본다. 그녀들은 서로 꼭 붙어서 뭔가 속닥거리고 있다. 까칠한 여자들이다. 구명선의 그 왈패녀만큼 사납진 않다. 그 여자는 웬만한 남자도 못 당해낼 만큼 거칠었다. 이 둘이라고 해서 훨씬 나을 것도 없지만.

옛 발전소(現 테이트 모던 미술관)에서 좌회전한다.

남자가 기침을 하더니 한 손을 운전대에서 떼고 담배를 꺼내 불을 붙인다. 그가 차창을 내리자 바람이 휘잉 들어온다. 금세 차가운 공기가 밴 안을 메운다. 나는 코트를 여민다. 안자락에 칼이 있는 게 생각난다. 퍼뜩 정신이 든다.

왜 이제야 생각났을까?

칼 말이다. 어째서 좀 더 일찍 생각해내지 못한 거지? 그러니까, 위험이 닥쳤을 때. 구명선의 사나운 왈패녀, 밴에 있는 이 인간들, 모두 위험한데. 어째서 내 손이 예전처럼 칼자루를 찾지 않았느냔 말이다.

그렇다. 예전이라면 이럴 리가 없다.

구경꾼이여, 내가 변한 건가?

한때는 칼을 떠올릴 필요도 없었던 나다. 당신도 알다시피. 말했잖은가, 내 손이 저절로 칼을 움켜쥔다고. 그런데 종잡을 수 없는 위험에 처한 지금, 내 손은······.

가만히 허리 양옆에 놓여 있을 뿐이다.

게다가 여태껏 난 칼을 떠올리지도 않았다.

바로 이 순간까지도.

어쩌면 난 이놈들의 속박에서 벗어난 모양이다.

아니면 이 칼들이 나에게서 자유로워진 것인지도.

어느 쪽이든 상관없다. 그렇게 됐다는 게 중요한 거지. 한 가지 분명한 사실이 있거든. 내가 칼을 가지고 뭘 할 수 있건 간에, 그건 개똥만큼의 가치도 없다. 칼로는 나를 구할 수 없다. 정말이다. 나의 일부분, 그나마 지킬 만한 가치가 있는 부분은 칼로 지킬 수 있는 게 아니다. 메리 할멈이 발견해준 부분. 어린 재스가 봐주었던 부분.

그리고 베키가 알아주었던 부분. 아름다운 나의 베키.

그들 중 누구도 칼을 필요로 하지 않았다. 그러니 나한테 왜 칼이 필요하겠는가?

코트 안자락으로 손을 넣어 칼을 꺼내 든다. 여자들을 건너다본다. 그녀들은 이쪽을 쳐다보지도 않는다. 아예 나의 존재 자체를 잊어버린 것 같다. 여전히 서로 찰싹 붙어서 엔진 소리보다 낮은 목소리로 귓속말을 주고받을 뿐이다.

운전하는 남자도 못 알아채긴 마찬가지다. 마지막 담배연기를 후욱 내뿜고는, 차창 밖으로 꽁초를 휙 내버린다. 그러고는 한 대를 또 꺼내어 불을 붙인다. 밝아오는 새벽을 바라보며 한 손으로 계속 운전한다.

나는 다시 칼들을 내려다본다.

이놈들을 한두 번 내버린 게 아니다. 아무리 멀리 던져버려도 이놈들은 늘 스스로 되돌아왔다. 그렇지만 왠지 이번만은 다를 것 같다. 이번만은 정말 이놈들과의 인연을 끊어버릴 수 있을 것 같다. 그리고 자유로워지는 거다.

밴 앞쪽으로 칼들을 던져버린다. 놈들은 철컥, 하며 바닥으로 떨어져 운전석 아래로 미끄러져 들어간다. 여자들이 대화를 멈추고 한참 동안 나를 멍하니 쳐다본다. 남자도 백미러로 나를 힐끔거린다. 그러고는…… 그뿐이다.

여자들은 다시 귓속말로 수다를 떤다.

남자는 다시 담배를 피운다. 그리고 새벽의 거리를 바라본다.

내가 던진 게 뭔지도 모르는 것 같다. 알아도 관심 없다는 투다.

나는 밴 바닥에 널브러져 몸을 둥글게 만다. 이 인간들이 날 어디로 데려가건 상관없다. 이젠 신경 쓰지 않는다. 뭔가 단단한 것이 내 옆구리를 짓누른다. 손으로 더듬어본다. 총이다. 총신이 내 옆구리를 파고든다. 그 총을 잡아서 아까 칼을 던진 곳으로 휙 던져버린다.

눈을 감는다.

잠으로 빠져든다.

깬다. 아니, 누가 깨운 거다. 남자의 호통이 나를 흔들어 깨운다.

"일어나!"

남자의 새까만 얼굴이 코앞까지 다가와 있다. 역한 담배냄새가 훅 끼친다.

"일어나!"

그가 언성을 한층 더 높인다.

"꺼져."

그가 내 볼을 찰싹찰싹 때린다. 난 아슴푸레 눈을 끔뻑이다가 그에게 침을 뱉어버린다. 베키 꿈을 꾸고 있었단 말이다. 착하고 아름다운 베키, 나의 베키. 그런데 이 멍청이 때문에……

철썩!

뺨에 번쩍 불이 붙는 듯하다. 그가 내 귀에 대고 으르렁댄다.

"나한테 침 뱉지 마. 꺼지라고 말하지도 마. 절대, 다시는, 그런 짓 하지 마."

옷깃을 우악스럽게 움켜잡고는 홱 잡아끌어 나를 일으켜 앉힌다. 나는 그를 노려본다. 머릿속으로는 베키의 얼굴을, 그녀의 아름다운 미소를 부여잡고 놓치지 않으려 애쓰면서. 하지만 그 모습은 점차 흐려지고 지금 내 눈앞엔 날 갈아 마실 듯이 쏘아보는 남자뿐이다. 밴은 멈춰 섰고, 뒷문이 열려 있다. 그는 밖에 선 채 안으로 상체만 들이민 상태다. 여자 둘은 그의 뒤에 붙어 있다.

그리고 루비도.

그녀들 뒤에 있다.

"걔 괴롭히지 마."

그녀가 말한다.

"왜?"

남자가 딱딱하게 대꾸한다.

"아주 버릇없는 놈이야. 네 딸을 죽인 놈이고. 아무도 신경 쓰지 않지. 너는 물론이고 베키도……."

주먹에 불끈 힘이 들어간다. 미처 막을 틈도 없다. 그가 베키의 이름을 내뱉는 순간……

그의 얼굴에 힘껏 주먹을 갈긴다. 그에겐 솜방망이 수준이겠지만 깜짝 놀라게 하기엔 충분했다. 그가 거의 포효를 내지르며 팔을 쳐들고 주먹을 쥔다. 루비가 다급하게 외친다.

"세스!"

그건 부탁이 아니다. 명령이다. 의문의 여지가 없다. 그리고 남자는 순순히 복종한다.

행동만은.

여전히 불끈 쥔 그의 손이 부들부들 떨리고 있다. 그의 몸도 사정없이 떨린다. 이글이글 불타는 시선이 나에게 들러붙어 있다. 입으로는 증오 가득한 욕설을 중얼중얼 뱉어낸다. 나를 죽이고 싶은 거다. 나를 영원한 암흑 속에 가두어 다시는 세상 빛을 보지 못하게 하고 싶은 거다.

"세스."

루비가 다시 말한다. 더 낮지만 더 단호한 말투다. 왈패녀들을 제치고 앞으로 나와 남자의 주먹을 손바닥으로 감싸 쥐고는 천천히 내린다. 그런 다음 밴 안으로 몸을 숙이고는 나를 노려본다. 그러고는 내 얼굴을 세게 갈긴다.

"냉큼 밴에서 튀어나와."

그녀가 나직이 명령한다.

"입은 닥치고 있는 게 좋을 거야."

나는 밴에서 내린다. 흑인 덩치가 가로막고 움직이지 않으려 해서 어쩔 수 없이 그를 쓱 밀친다. 하지만 그는 주먹을 내지르지 않는다. 그냥 선 채로 나를 노려볼 뿐이다. 나는 그와 여자들에게서 한 걸음 물러서서 주위를 살펴본다. 건물 지하의 주차장이다. 그런 것 같다.

우리 말고는 아무도 없다. 공간이 꽤 넉넉하다. 다른 차 두 대와 이 밴뿐, 나머지 공간은 텅텅 비었다. 루비와 다른 이들을 돌아본다. 넷이 전부다. 세스, 루비, 그리고 나머지 두 왈패녀.

모두 나를 지켜보고 있다.

엔진 소리가 들린다. 소리가 나는 쪽으로 고개를 돌린다. 차 한 대가 들어오며 끼이익 타이어 밀리는 소리를 낸다. 앞좌석에 흑인 남자 둘, 뒷좌석에 여자 하나. 구명선의 그 왈패녀.

다시 마주하고 싶지 않은 얼굴.

차가 새된 비명을 내지르며 서고, 사람들이 내린다.

밴 무리와 합류한다.

모두 나를 쳐다본다.

"이만 가지."

루비가 말한다.

나머지가 비상구 쪽으로 향한다. 루비는 그대로 선 채 나를 계속 쳐다본다.

"너한테 한 말이야."

그녀가 나직이 딱딱거린다.

난 그녀에게 다가간다.

"아무 말 말고 따라와."

그녀가 다시 이른다.

그녀를 따라서 비상구로 나가 계단을 오른다. 짐작한 대로다. 지하 주차장이었다. 모두 말없이 계단을 오른다. 그들의 침묵이 위협처럼 묘하게 나를 조여 온다. 왜인지는 묻지 마라, 구경꾼 양반. 하지만 동시에 그들은 내가 입을 열기만을 기다리는 것 같기도 하다.

입은 닥치고 있는 게 좋을 거야, 라고 루비는 말했다. 하지만 그게 진심일 거란 생각은 들지 않는다. 일단 입 닥치고 따라와, 하지만 잠시 후엔 입을 열어야 할 거야. 이런 의미일 거다. 곧 대화가 오갈 테고, 말문을 트는 건 나일 것이다. 모두가 내 얘기를 듣고 싶어한다. 어떻게 아는지는 묻지 마라. 아무튼 내 얘기를 듣기 전까지는 아무도 입을 열지 않을 거다.

때문에 저들이 이렇게 침묵하는 것이다.

이렇게 걷는 내내.

건물 밖으로 나와 상점가 뒷길로 돌아간다. 주택단지를 통과해 반대편으로 빠져나온다. 구경꾼이여, 난 이곳을 안다. 잘 아는 건 아니다. 뭐, 잘 모른다기보다는 야수의 다른 곳들만큼 속속들이 꿰지 못할 뿐이다. 여긴 강에서도 남쪽으로 한참 떨어진, 야수의 외곽 지역이다. 하지만 이 동네에 몇 번 와본 적이 있다.

'불모지.'

난 이 동네를 그렇게 부른다. 처참한 몰골의 가게와 주택들. 가난한 이들이 옹기종기 모여 사는 동네. 우린 왼쪽 길로 꺾어서 아담한 공원으로 들어가 반대편으로 나온다. 날이 밝아온다. 정확히 몇 시나 됐는지 모르겠다.

시계는 도통 구경도 못했고 이 인간들한테 물어볼 생각도 없다. 해가 뜨진 않았다. 차가운 하늘이 서서히 회색빛으로 바뀌어갈 뿐. 멀리 북쪽에서 야수의 코 고는 소리가 들리는 듯하다. 여기까지 와서도 야수의 악취에 숨이 턱 막힌다. 세스의 담배냄새 섞인 역한 숨결이 코를 찌를 때처럼.

왼쪽으로 꺾어 좁은 거리로 들어선다. 길 끝은 낡고 허름한 주택가다. 텔레비전과 라디오 소리, 어느 집 주방에서 남자가 아이에게 호통치는 소리. 그 집을 지나쳐 오른쪽으로 방향을 튼다. 대문 안으로 들어서니 비닐봉지며 쓰레기 따위가 아무렇게나 널린 정원이 있다. 정원을 가로질러 어느 집 뒷문으로 향한다.

우리가 다가가자 기다렸다는 듯이 문이 벌컥 열린다.

열린 문 안에 남자가 서 있다.

나를 제외한 우리 일행처럼 흑인이지만, 나이 지긋한 노인네다. 처음 보는 영감이지만 왠지 눈에 익다. 그러고 보니 누군지 알 것도 같다.

"안녕, 파파."

루비가 말한다.

그는 대답하지 않는다. 그 자리에 꼿꼿이 선 채 쳐다볼 뿐이다. 노망 난 게 아니다. 그건 내가 보장하지. 저 노인네 정신은 말짱하다. 난 그가 움직이지 않는 이유를 안다. 그는 쳐다보고 있다. 그의 시선이 향한 곳은 분명하다.

바로 나다.

그와 나의 시선이 서로 얽힌다.

그러다 내 시선이 스르르 떨어진다. 나도 어쩔 도리가 없다. 도저히 안 된다. 베키 할아버지의 얼굴을 똑바로 쳐다볼 수가 없다. 더구나 지금처럼 전혀 준비가 안 된 상태에서는……. 그녀에게 할아버지가 있는 줄은 몰랐다. 한 번도 내게 얘기한 적 없었다. 하지만 그렇다면, 그건…….

생각해보면 늘 이런 식이었던 것 같다.

그걸 지금에 와서야 절감한다.

우린 그녀에 대해서는 제대로 얘기해본 적이 없다. 그래, 그렇지. 학교 얘기는 했었다. 하지만 그건 그녀가 학교를 무척 좋아했기 때문이다. 나를 돕고 싶어서, 그토록 좋은 학교를 나와 함께 다니고 싶어서 그랬던 거다. 그래서 학교 얘기는 자주 나누었다.

실은 거의 일방적으로 그녀 혼자 떠든 셈이지만.

하지만 그녀 자신에 대해 얘기한 적은 없다. 제대로 된 얘기를 털어놓은 적은. 우린 항상 내 얘기만 했다. 나, 나, 나, 빌어먹을 내 얘기만 늘어놓았다. 그리고 그녀는 늘 흔쾌히 내 얘기를 받아주었다. 왜 그랬을까? 그녀가 원하는 건 오로지 날 돕는 것뿐이었기 때문이다. 나를 곤경에서 건져내어 더 나은 사람으로, 가치 있는 존재로 만들어주는 것.

하지만 난 지금 이런 꼴로 서 있다.

아무 가치도 없는 쓰레기로.

고개를 든다. 마음을 다잡는다. 저편에서 베키의 할아버지가 아직도 나를 바라보고 있다. 눈동자도 흔들리지 않는다. 아, 저 영감도 아는구나. 베키가 어떻게 죽었는지. 루비가 전화 혹은 문자 메시지, 뭐로든 알려줬겠지. 영감도 안다. 틀림없이 날 죽도록 증오하겠지.

"들어와라."

영감이 나직이 말한다. 깊고 그윽한 목소리. 조금은 다정하게 들린다.

왈패 일당이 천천히 발걸음을 옮긴다. 다들 입은 꾹 다문 채다. 바로 전과 똑같다. 기다리는 듯한 분위기. 내가 입을 열기만을 기다리는 것이다. 그래 맞아, 틀림없어. 이 침묵을 깰 사람은 바로 나다. 다만 지금이 아닐 뿐이다. 저들이 들을 준비가 될 때까지 기다려야 한다.

그때가 언제인지는 자연히 알게 되리라.

일당은 차례로 집 안으로 들어간다.

나도 뒤따른다. 들어가고 싶지 않다. 사실 얼마든지 도망칠 수도 있다. 난 모두의 뒤에 있고 아무도 나를 돌아보지 않는다. 그러나 나는 걸어 들어간다. 들어가야 한다는 걸 안다. 거실로 들어서니 모두 거기에 서 있다.

루비가 파파라고 부른 영감의 손을 잡고 있다. 세스라는 덩치 큰 흑인은 여전히 나를 향한 분노를 불태우고 있다. 밴 뒤에 함께 탔던 여자 둘과, 구명선 노를 저었던 여자도. 뾰족뾰족한 피어싱이 얼굴을 뒤덮은 여자 말이다. 그리고 새로운 인물 둘이 더 있다.

그래, 이제야 누군지 알아보겠다.

유람선에 있던 사람들. 조타실의 남자와 밧줄을 감던 남자. 그리고 이제야 그 부분이 이해가 된다. 낡은 유람선이 쿨렁대며 똥물 마녀 복판으로 나아가던 이유. 유람선은 미끼였다. 저들은 날 뾰족녀와 함께 구명선으로 보냈고, 그녀는 나를 강둑 벽의 계단으로 데려다줬으며, 그 계단은 밴으로 이어져 있었다. 그리고 그 유람선은 다리 아래를 주시하고 있을 놈들의 주의를 분산시키기 위한 미끼였다.

루비는 혼자서 여기까지 왔고.

대충 그렇게 된 거다.

그렇겠지, 뭐.

어쨌든 난 여기에 있다. 이 사람들도 여기에 있다. 그리고 맙소사…… 또 다른 누군가가 여기에 있다. 그 사람이 내 뒤에 있는 것을 방금 깨달았다. 벽난로 선반에.

베키다.

아아, 제발.

루비의 집에 있는 것과 똑같은 사진이다.

똑같이 미소 띤 얼굴.

난 고개를 돌린다. 차마 저 미소를 마주 대할 수가 없다. 죄책감이 밀려든다.

파파가 소파에 앉는다. 루비가 곁에 앉아 그의 무릎에 손을 얹는다. 나머지도 앉는다. 뾰족녀는 안락의자에, 남자들은 바닥에, 밴 뒷자리 여자들은 남자들 맞은편에 자리를 잡는다.

더 움직이는 이는 없다. 담배에 불을 붙이거나 찻물을 끓이러 가는 이도 없다. 다들 그냥 앉아 나를 바라볼 뿐이다. 앉아서 기다릴 뿐이다. 난 아직 선 채다. 베키를 다시 한 번 흘긋 바라보자, 또다시 죄책감이 밀려든다. 바닥에 주저앉는다. 영감 앞이다.

나를 지그시 내려다보는 영감의 눈빛. 그 눈빛을 보니 뭔가가 떠오른다. 뭔가…… 모르겠다…… 지금껏 살아오며 거의 경험해보지 못한 뭔가가 저 눈빛에 담겨 있다. 루비, 그리고 베키의 모습이 언뜻 보이는 것도 같다. 하지만 그게 전부는 아니다. 다른 것도 있다. 재스에게서 저것을 본 적이 있다. 메리 할멈에게서도.

그들 모두가 가진 것.

그리고 나에겐 없는 것.

이거 그냥 상상인가, 구경꾼? 아니, 절대 아니다. 내가 똑똑히 보고 있다. 분명히 저기에 있다. 저건…… 그들 모두에게 있다. 저 특별한…… 무언가는. 그리고 난 저것을 붙잡아야 한다. 다시는 저것을 볼 수 없을 것만 같아서…….

저것을 사랑이라고 부르고 싶진 않다. 사랑이 아니니까. 하지만 한 가지는 분명히 말할 수 있다.

저것은 증오와 정반대되는 것이다.

영감이 손을 뻗어 루비의 손을 잡는다.

두 눈은 나를 향한 채로.

"이제 들어볼까."

그가 말한다.

"베키에 대해서. 그리고 널 죽이려 하는 사람들에 대해서."

난 이야기를 시작한다. 그리고 결코 의도하지 않았던 일이 벌어진다. 이 사람들에게 이럴 마음은 결단코 없었다. 내가 모든 걸 털어놓고 있다. 그렇다, 구경꾼이여. 그 빌어먹을 일들을 빠짐없이 이야기하고 있단 말이다. 벡스나 배너만, 누구에게도 털어놓지 않은 이야기까지.

그냥 입으로 줄줄 쏟아져 나온다. 도저히 멈출 수가 없다.

그리고 어느 순간부턴가, 멈추고 싶지도 않아진다.

처음에 살았던 집 얘기. 집 밖에서 내가 어떤 모습으로 발견되었는지, 그 안에서 무슨 일을 겪었는지, 기억이 아닌 상상에 의존한 것이지만 얘기한다. 그 집을 불태우고 달아나 더 깊은 수렁으로 뛰어든 얘기도 털어놓는다.

매의 소유가 되고, 그에게 훈련을 받은 얘기. 살인 훈련 말이다. 내가 얼마나 유능한 킬러였는지도 말한다. 그렇다, 구경꾼. 내가 죽인 사람의 수를 말하고, 그들의 이름도 낱낱이 밝힌다. 그리고 매의 이름도 알려준다. 그렇다. 난 그들이 알길 원한다.

하플러—데베룩스 경.

그 이름을 두 번 반복해 말한다. 그리고 한 번 더. 그의 생김새, 그의 말투, 그의 생각. 그가 어린 소년들을 데리고 무슨 짓을 즐기는지. 나에게 무슨 짓을 했는지.

그리고 베키에 대해 얘기한다. 그녀를 얼마나 사랑했고 사랑하며 사랑할 것인지. 그녀의 죽음을 목격하고, 야수에게서 달아나 예전 도시에서 죽은 척 살았던 3년. 트릭시와 여자 패거리. 메리 할멈. 오두막집, 날 잡으러 온 괴한들. 벡스와 어린 재스에 대해서도 말한다.

리프가 나를 찾고, 디그가 살해당하고.

재스가 납치당하고.

그래서 이 냄새나고 역겨운 야수에게로 돌아왔다고 털어놓는다. 매의 아들을 납치하고, 재스를 돌려받은 얘기. 그런 다음 그 애를 영원히 떠나보낸 얘기. 떠나는 그 애를 지켜보는 게 내 운명이었을까. 언제나 그랬듯이. 내가 마음을 준 이들은 모두 그렇게 떠나갔으니까. 베키, 재스, 메리 할멈. 전부 다.

나는 끊임없이 주절거린다. 아무도 끼어들지 않는다. 모두 듣기만 한다. 이제 게임 얘기. 이 세계를 쥐락펴락하는 권력 놀이. 맨 꼭대기에 앉은 윗대가리들과 그 밑의 하류인생들. 이지와 스핏을 만난 일을 얘기한다. 내가 넬슨 일당을 비롯해 야수의 갱단들을 어떻게 움직였는지도.

그리고 배너만에게 연락한 얘기. 그에게 알려준 것, 이지와 스핏에게 적어준 목록, 야수 전역의 갱단 두목들이 아는 정보. 핑크가 총에 맞아 죽었다는 얘기도 전한다. 앞으로 더 많은 목숨이 희생될 거라고. 도시 전역에 피비린내가 진동할 거라고.

그런 다음 돌연 입을 다문다. 눈을 들어 베키의 사진을 바라본다.

눈물이 솟구친다.

의도한 건 아니다. 처음 이야기를 시작할 때와 똑같다. 그냥 눈에서 줄줄 쏟아져 나온다. 도저히 멈출 수가 없다. 눈을 질끈 감아버린다. 무릎을 가슴에 모아 안고 얼굴을 파묻는다. 오열이 터지고, 온몸이 미친 듯이 들썩인다.

언제까지 이 모양일지 모르겠다.

영원처럼 길게만 느껴진다.

다시 눈을 떴을 때, 그들은 가고 없다. 나는 여전히 무릎을 껴안고 있지만 눈물도 떨림도 어느새 멎었다. 눈물 때문에 눈앞이 뿌옇다. 옷소매로 쓱 닦아내고, 코를 훌쩍 길게 들이켠다. 누군가가 내 머리에 손을 얹는다.

살며시 얹었다가, 거둬들인다.

루비다. 봐서 아는 게 아니다. 그냥 그녀인 걸 안다. 내 뒤에 서 있다. 나는 고개를 돌려 그녀를 올려다본다. 입술을 앙다문, 일그러진 얼굴. 나는 다시 한 번 눈가를 훔친다.

"죄송해요."

눈물이 다시 차오른다.

"죄송해요."

눈꺼풀을 쥐어짜듯 힘껏 감는다. 눈물은 그 틈마저 비집고 흘러내린다. 루비의 손이 다시 내 머리에 닿고, 머뭇거린다. 또다시 손길을 거두려는 거다. 나는 손을 머리 위로 올려 루비의 손을 붙잡는다.

그렇게 하염없이 목 놓아 운다.

루비의 손은 그대로 머문다. 쓰다듬거나 어루만지거나, 그런 건 아니다.

하지만 그대로 머물러 있다.

그들이 들어오는 소리가 들린다. 최소한 몇 명은 들어왔다. 난 우느라 바빠서 돌아볼 겨를이 없다. 하지만 울음도 어느 정도 잦아들었다. 더 이상 눈물은 흘리지 않고 그저 훌쩍일 뿐이다. 내 손에 죽을 거라 여기며 매의 아들이 차 안에서 잔뜩 움츠려 있을 때처럼. 하필 이런 순간에 왜 데미안을 떠올리는지 모르겠다.

루비의 손길이 사라진다. 나는 눈을 뜨고 고개를 들어 쳐다본다. 그녀는 소파로 돌아가는 중이다. 밴에 함께 탔던 여자 둘과 유람선에 있던 남자 둘이 보인다. 다른 이들은 없다.

복도 끝에서 라디오 소리가 들려온다. 주방의 식기들이 달그락거리는 소리, 낮고 느린 파파의 목소리. 높고 쾌활한 웃음소리. 아마 뾰족녀일 거다. 세스가 낄낄대는 소리도 들린다. 다시 파파의 목소리. 무슨 말을 하는지 잘 들리진 않는다.

나는 루비를 건너다본다. 이제 그녀는 소파에 앉아 있다. 나머지 넷은 바닥에 앉았다. 복도로 걸어오는 발소리. 세스와 뾰족녀가 거실로 들어온다. 루비가 그들을 돌아본다.

"파파가 돌려보냈어."

뾰족녀가 변명하듯 말한다.

"도울 것도 없대."

세스도 덧붙인다.

루비는 대꾸하지 않는다. 그저 그들이 바닥에 앉는 걸 가만히 바라볼 뿐이다.

그러고는 나를 돌아본다.

“그나저나, 그 인간 이름이 뭐라고? 넌 알지?”

그녀는 눈을 가늘게 뜨고 내 기색을 살핀다. 그녀가 원하는 게 뭔지 알고 있다. 베키를 쏜 자의 이름. 물론 그 이름도, 나는 안다. 암, 알고말고.

주방에선 달그락 소리가 끊이지 않는다. 라디오도 계속 떠들어 대지만 파파가 채널을 바꾼다. 제대로 들리지가 않는다. 내 귀에 들리는 거라곤 이 공간을 감도는 정적, 그리고 내 안에서 날카롭게 울부짖는 나 자신의 두려움뿐이다.

벽난로에서 베키가 지켜보고 있다. 나도 마주 보다가, 그녀의 얼굴에서도 발견한다. 증오의 반대말. 사랑일 리는 없지만…… 어쨌든 그것. 난 다시 루비에게로 시선을 돌린다.

“리키 딘. 이게 그놈 이름이에요. 하지만 다들 ‘밀키’라고 불러요. 머리칼 때문에 생긴 별명이죠.”

그녀가 일순간 긴장하며 좌중을 둘러본다.

“들어본 적 있어?”

모두 고개를 젓는다. 그녀의 시선이 다시 나에게로 향한다.

“어디 살지?”

“쳐들어가봤자 소용없…….”

“쳐들어갈 생각 없어.”

그녀의 눈이 날카롭게 빛난다.

“경찰을 보낼 거야.”

“루비⋯⋯.”

“아무리 3년 전 일이라도⋯⋯.”

“루비⋯⋯.”

“그래도 정의가 살아 있다면, 아직은 늦은 게 아니야.”

“루비, 그놈도 죽었어요.”

다시 침묵. 모두의 시선이 나에게로 와 꽂힌다. 달그락 소리가 갑자기 크게 들린다. 그러고 보니 라디오도 어느새 꺼졌다. 복도를 걸어오는 발소리가 또 들린다. 자박, 자박, 느린 발소리.

“죽었어요, 루비. 내가 죽였어요.”

그녀의 숨소리가 거칠어진다. 파파가 쟁반을 들고 문간에 나타난다. 내 쪽으로 걸어와 끄응, 하면서 몸을 숙이고 바닥에 쟁반을 내려놓는다. 난 내려다본다. 낡아빠진 싸구려 쟁반. 찌든 때로 얼룩덜룩하고 칠도 벗겨졌다. 소시지, 콩, 달걀, 버섯이 담긴 이 빠진 파란 접시가 놓여 있다. 나이프와 포크. 오렌지 주스가 담긴 유리잔. 냅킨이 꽂힌 빨간 홀더도 있다.

냅킨에 베키의 이름이 새겨져 있다.

맙소사, 말도 안 돼.

파파가 내게 끄덕이며 턱으로 음식을 가리킨다.

“먹어보렴.”

나는 나이프와 포크를 집는다. 냅킨은 건드리지 않는다. 그럴 수 없다. 그러면 안 될 것 같다. 이 영감의 속내가 뭐든 간에. 나는

먹기 시작한다. 파파는 곁에서 떨어지지 않는다. 그가 헛기침을
한다. 말할 때와 다름없이 그윽하고 느린 소리. 나는 그를 올려다
보고는, 그의 눈빛에 담긴 의미를 알아챈다.

그래도 소용없다. 그래도 난 못 한다.

그가 천천히 몸을 숙인다. 아까 쟁반을 내려놓을 때처럼 힘겨
워 보인다. 도저히 그냥 두고 볼 수가 없다.

"됐어요."

재빨리 말한다. 그는 엉거주춤 동작을 멈춘다. 나를 바라보는
그의 눈빛에 담긴 그것이 내 죄책감을 한층 더 깊숙이 파고든다.

"알았다고요."

난 다시 말한다. 내가 냅킨 홀더를 집어 드는 것을 보고 나서야
그는 허리를 짚으며 몸을 편다. 위에서 나를 굽어본다. 커다란, 슬
픈 눈동자. 루비와 똑같은 눈빛. 나는 홀더에서 냅킨을 빼낸다. 내
안에서 다시 눈물이 울컥 솟구친다.

"먹어라."

영감이 말한다. 그는 여전히 나를 보고 있다. 나도 여전히 그를
보고 있다. 나는 단단히 심호흡을 하고 간신히 눈물을 삼킨다. 파
파가 내게서 떨어져 소파의 루비 옆에 앉는다. 그녀가 그의 어깨
에 머리를 기댄다. 나는 냅킨을 무릎 위에 놓고는 정성 들여 판판
하게 편다. 홀더는 다시 쟁반에 내려놓는다. 베키의 사진을 올려
다본다.

다시 먹기 시작한다.

실내는 고요하다. 아무도 입을 열지 않는다. 내가 음식을 다 먹고 쟁반을 옆으로 밀어놓자 파파가 허리를 숙인다.

"도시 전역에 폭력이 심해졌단다."

그가 입을 연다.

영감은 서두르지 않는다. 신중하게 할 말을 고른다. 우리가 오기 전에 라디오에서 들은 뉴스, 그리고 조금 전 요리를 하며 들은 소식을 전해준다.

일단, 내가 예전 도시의 비밀금고에 남겨두고 온 다이아몬드와 작은 예술품들을 짭새들이 찾아냈다고 한다. 파파가 이 뉴스를 들은 게 오늘 새벽 여섯 시였다고 하니, 배너만 그 인간이 아주 번개같이 움직인 모양이다. 도난당한 예술품의 강력한 마력이란. 더구나 목숨을 걸 만한 가치가 있는 물건들 아닌가. 세상에, 구경꾼이여. 그게 다 놈들 손에 들어갔었다 이거지.

그러나 야수의 품 안에서 그 물건들은 산산이 공중분해 될 것이다.

세 번의 총격 사건이 더 있었다. 희생자 이름이 언급되진 않았지만 꽤 고위층 인사인 것 같다고. 짐작건대 이지에게 건넨 목록의 맨 위에 자리한 세 명일 것이다. 그 정도 거물급을 넬슨이 혼자 처리했을 리는 없다. 다른 조직의 협조가 필요했을 테니, 적어도 피츠와 스파이스는 이 일에 연루됐을 것이다. 그 외에 다른 조직 두목과 똘마니들도 개입되었을 수 있고.

이제 매도 이 전쟁의 중심에 자신이 있다는 걸 알겠지.

그러나 그 사실만으로는 충분치 않다. 그 인간은 지나치게 영악하니까. 이 일이 언론을 장식하자마자 매는 보호막을 치고 자신에게 불리한 증거를 모조리 숨겼을 거다.

아니, 이번엔 그렇게 호락호락 넘어갈 순 없을걸.

모든 건 매의 컴퓨터에서 빼돌린 백업 드라이브에 달렸다.

배너만이 그것도 찾아냈다면, 기회가 있는 셈이다.

파파는 낮고 느린 목소리로 라디오에서 들은 뉴스속보를 계속 전한다. 경찰이 수사에 착수하고, 범죄조직이 드러나고. 여전히 이름은 언급이 없다. 그러다 딱 하나 등장하는 이름.

내 이름이다.

파파의 시선이 똑바로 나를 향한다.

"속보가 뜰 때마다 네 이름이 나오더구나. 다들 블레이드라 불리는 소년에 대해 떠들어대고 있어."

둘러앉은 사람들의 시선이 그를 향했다가 다시 나를 향한다.

파파가 눈살을 찌푸린다.

"이제 선택을 해야 해."

그렇다는 걸 안다. 그가 무슨 뜻으로 하는 말인지도 정확히 알고 있다. 칼과 살인과 지금까지의 나와 절연할 것인가. 아니면 지금까지와 똑같이, 지금까지보다 더 괴로워하며 살 것인가. 하지만 파파는 그렇게 말하지 않는다.

"나랑 같이 가자꾸나. 같이 배너만 경감을 찾아가는 거야. 아니면 그냥 이대로 나가든가. 저 문으로 나가버리면 그만이다. 어디든 네 맘대로 가려무나."

영감은 잠시 말을 멈췄다가 다시 잇는다.

"그렇다면 난 혼자서 배너만 경감을 찾아갈 생각이다."

파파의 이야기는 이렇게 끝난다. 다른 이들의 따가운 시선이 느껴진다. 하지만 내 시선은 파파에게 고정돼 있다. 그가 뭘 원하는지 안다. 내가 그와 함께 가길 원하는 것이다. 이대로 나가버리는 쉬운 선택을 하지 않길 바라는 것이다.

누군가의 휴대폰이 띠링, 하고 울린다. 루비가 주머니 속 휴대폰으로 문자메시지를 확인한다. 파파는 나에게서 시선을 떼지 않는다. 그런데 말이다……. 불현듯 왠지 메리 할멈이 지켜보고 있는 것 같은 기분이다. 저기 영감 옆에 앉아서, 나더러 영감의 바람대로 하라고 재촉하는 것 같다.

난 눈을 들어 베키를 바라본다.

그래, 내 사랑. 너도 그걸 바라는 거야, 그렇지?

모두가 바라는 거야.

나는 다시 파파를 바라본다. 그의 표정이 몹시 어둡다. 그가 고개를 젓는다.

“도망 다니는 것도 그만하면 됐다. 더 이상은 안 돼. 네가 저지른 악행들을 이제는 인정하고 받아들여야 해. 하지만 넌 좋은 일도 했어. 그 사실을 잊지 마라. 그러니 이 늙은이랑 같이 배너만 경감을 찾아가자꾸나.”

내가 뭐라 답하기도 전에, 루비가 끼어든다.

다급한 목소리에 모두 벌떡 일어나 앉는다.

“벡스한테 일이 생겼어.”

난 그녀를 쳐다본다.

“무슨 일이에요?”

“그 애한테 내 휴대폰 번호를 알려줬어. 네가 처음 그 애를 나한테 맡겼을 때. 혹시 필요할지도 모르니 적어두라고 했지.”

“무슨 일인데 그래요?”

“방금 걔한테서 문자가 왔어. 오타투성이야, 간신히 알아봤어.”

“뭐라는데요?”

“두들겨 맞고 다시 도망 나왔대. 쫓기는 중인가 봐. 완전히 겁에 질렸어.”

“어디 있대요?”

“우리 집 뒷마당. 열쇠를 못 찾아서 집 안으로는 못 들어갔대.”

루비가 미간을 모은다.

“하지만 어디 있는지 알려줬는데. 보여줬어. 그 애가 도망치기 전에.”

그 여자애 겁에 질려 정신 줄을 놓은 거다. 머릿속이 하얘져서 열쇠 있는 장소마저 까먹은 거다. 그녀를 도와야 한다. 뭐라도 해야 한다. 루비는 벌써 일어서 있다.

"파파, 블레이드를 돌봐주세요. 우린 벡스한테 가봐야겠어요."

"나도 가요."

내가 말한다.

"아니, 넌 안 돼. 방금 파파가 너한테 두 가지 선택을 제시했지? 우리랑 같이 가는 건 그 선택에 포함 안 돼."

"그래도 갈래요."

루비는 들은 체도 않고 나머지 일당을 돌아본다.

"밴으로 가자. 세스가 몰아. 우리가 돌아올 때까지 상점가에서 기다려."

"우리 차는?"

뾰족녀가 묻는다.

"다 같이 밴으로 가는 게 최선이야. 파파한테 차가 필요할 거야. 블레이드 데리고 경찰서로 가려면."

"경찰서 안 가요."

난 고집을 피운다.

"나도 간다니까."

모두가 고개를 돌려 나를 쳐다본다. 하지만 그중에서도 파파의 시선이 가장 크게 느껴진다. 나에게 화나지 않은 유일한 눈길이다. 아, 베키를 잊었군. 그녀의 눈길도 화를 담고 있지 않다. 그녀의 눈길은 결코 분노를 담은 적이 없다.

"나도 가야 해요. 벡스를 위해서라고요. 내가 도울 수 있으니까. 재스가 무사하다고 얘기해줄 수 있으니까. 벡스가 궁금해할 거예요. 벡스한테는 그 꼬맹이가 전부예요. 세상 전부를 줘도 안 바꿀 거라고요. 그리고 그 얘기는 반드시 내가 전해야 해요. 내가 재스를 직접 만났으니까. 나도 따라갈래요. 데려가줘요. 벡스를 위해서."

루비는 얼굴을 찌푸리더니, 나머지 일당을 서둘러 내몬다.

"가서 밴이랑 차에 시동 걸어."

모두 분주히 나가버리고 거실엔 나와 파파와 루비만 남는다. 그리고 베키, 그녀가 조용히 지켜보고 있다. 루비는 몸을 돌려 휴대폰으로 어디론가 전화를 걸고는 귀에 갖다 대고 기다린다.

파파의 시선이 다시 나에게로 내려앉는다.

하지만 그의 입은 움직이지 않는다.

루비가 전화기에 대고 속사포처럼 말을 쏟아낸다.

"벡스, 나야, 루비. 잘 들어. 이 메시지 들으면, 우리가 가는 중인 줄 알아, 응? 넌 무사할 거야. 우리가 가고 있으니까. 그리고 블레이드도 같이 가. 얘가 재스에 대해 전부 얘기해줄 거야. 그 아이도 무사하니까. 아이는 안전해. 좋은 사람들하고 안전하게 있대. 그러니까 우리가 가서 널 찾을 거야. 자, 이제 정말 잘 들어.

열쇠는, 쓰레기통 바로 뒤 벽돌 밑에 있어. 알았지? 벽돌 밑. 쓰레기통 바로 뒤. 이제 열쇠를 찾아서 집으로 들어가. 문은 다시 잠그고 위층 침실에서 기다려. 불 켜지 말고, 창문에선 멀찍이 떨어져 있어. 알았지? 우리 지금 가는 중이야. 휴대폰 켜둘 테니까 전화하고 싶으면 해. 힘 내. 아무 일 없을 거야."

전화를 끊고, 우리를 향해 돌아서더니, 또 한 번 얼굴을 찌푸린다.

"파파, 나 잘못하는 걸까요? 블레이드 데려가는 거요."

그녀는 부모에게 꾸중 듣는 소녀처럼 파파의 눈치를 살핀다.

베키가 겹쳐 보이는 듯하다.

정말이다, 루비의 표정에서 베키의 모습이 보인다.

영감은 아주 길고 느린 한숨을 뱉어낸다. 마치 몸속에 남은 공기가 얼마나 되는지 헤아려보는 듯이. 그러더니 내 눈을 뚫어져라 응시한다.

"이게 옳은지 그른지는 오직 블레이드 자신만이 알 게야."

또 한 번의 깊은 침묵. 너무 깊고 아득해 불편한 침묵.

"곧바로 돌아올게요."

나는 결연히 그 침묵을 깬다.

"약속해요. 곧바로 돌아올게요. 돌아와서 할아버지랑 같이 배너만 경감님한테 갈게요."

그의 얼굴을 똑바로 마주 본다. 할아버지, 제발 믿어주세요. 이렇게 간절히 빌잖아요.

파파도 나를 본다.

그리고 아무 말도 하지 않는다.

밴이 덜컹거리며 잿빛 아침을 가른다. 나는 뒷좌석에 깊숙이 앉았고, 루비가 옆에 뾰족녀와 마주 앉아 있다. 세스는 올 때와 마찬가지로 운전을 한다. 조수석은 비어 있다. 나머지 여자 둘은 유람선 남자들과 함께 자동차로 움직인다.

그들이 그립다고는 말 못 하겠다.

유일하게 신경 쓰이는 건 나를 쏘아보는 뾰족녀의 시선뿐이다.

루비가 다시 벡스에게 전화를 걸어본다. 하지만 이번에도 음성 사서함으로 넘어간다. 다시 한 번 메시지를 남기고 전화를 끊는다. 난 떨고 있다. 똑바로 생각할 수가 없다. 머릿속이 벡스 생각으로 꽉 차버렸다.

도무지 이해가 안 된다. 그녀를 이렇게…… 걱정하다니. 내가 또다시 누군가를 걱정하고 있다니. 베키, 재스, 메리 할멈을 걱정하는 건 이해할 수 있다. 하지만 벡스……? 하고 많은 사람들 중에 하필 그 여자애를? 그녀가 나한테 조금이라도 의미 있는 사람일 수 있다고 생각지 않았다. 하지만 아니었나 보다.

루비네 뒷마당에서 오들오들 떨고 있을 그녀를 생각하니 가슴이 미어진다.

그냥 빨리 그녀에게로 가고 싶을 뿐이다. 재스 얘기를 들려주고 싶다. 왜냐하면 말이다, 그 얘기를 들어야 그 애가 정신을 차릴 것이기 때문이다. 다시 투지를 불태울 거다. 그녀는 배짱으로 버티는 부류가 아니다. 그건 구경꾼 당신도 직접 봐서 알 거다. 그렇다고 트릭시 말처럼 투지가 없는 겁쟁이도 아니다. 내가 진작 파악한 사실이다. 그 애한테 투지가 없다니, 몰라도 한참 모르고 하는 소리다.

하지만 그녀의 투지를 일으켜 세우는 건 배짱이 아니다.

그러니까 난 그 애한테 재스 얘기를 들려줄 것이다. 당신도 그녀가 얘기를 듣자마자 정신을 번쩍 차리는 광경을 구경하게 될 거다. 아주 생기가 넘치다 못해 펄펄 날아다닐걸? 그리고 내가 댁한테 일러둘 것이 또 있다. 난 벡스 문제를 해결할 것이다. 루비 곁에서 안전한 걸 확인한 다음, 파파에게로 돌아갈 것이다. 그리고 아까 그에게 했던 말이 진심이었음을 증명해 보이겠다.

나는 파파와 함께 배너만을 찾아갈 것이다.

그리고 자수하겠다.

"용감했어."

불쑥 들려오는 목소리.

고개를 들어 보고는, 흠칫 놀란다. 뾰족녀가 맞은편에서 나를 응시하고 있다. 내 머리를 꿰뚫어버릴 듯한 눈빛이다.

"그 꼬맹이 납치했다던 얘기."

그녀가 말한다.

"그리고 재스를 돌려받은 얘기. 너 꽤나 대담하다?"

난 멀거니 그녀를 바라볼 뿐이다. 뭐라 대꾸해야 할지 모르겠다.

어떻게 반응해야 할지도.

그녀는 한동안 더 나를 바라보다가 고개를 돌려버린다.

우리는 루비가 사는 동네를 향해 가고 있다. 그래, 구경꾼 양반. '소굴' 말이다. 기억하나? 거대한 빈민가. 적어도 이번엔 우리에게도 든든한 지원군이 있지만, 그래도 벡스가 걱정돼 미치겠다. 그 여자애는 루비의 집을 찾아갔다. 그럴 정신은 남았다는 게 그나마 다행이다.

하지만 도대체 무슨 일이 있었기에? 두들겨 맞았다, 고 했지. 내가 궁금한 건, 얼마나 많이 맞았고 누구한테 맞았느냐는 것이다. 또 지금 그녀를 뒤쫓는 건 누구고?

난데없이 뾰족녀가 빽 외친다.

"세스!"

"왜 그래, 자기?"

"누가 저기다 칼을 뒀어?"

"칼이라니?"

"운전석 밑에. 여기서는 보여."

"내 거예요."

내가 끼어든다.

뾰족녀가 다시 날 뚫어져라 쳐다본다. 세스도 백미러로 나를 보고 있다. 난 고개를 떨어뜨린다.

"내 거였어요."

다시 말한다.

"이젠 아니지만."

"무슨 소리야?"

뾰족녀가 날카롭게 묻는다.

"내가 버렸어요."

"네가 뭘 어째?"

"갖고 다니기 싫어서. 원한다면 그쪽이 가지든가. 저기 총도 같이 있어요. 세스 거. 다 가져요."

고개를 들고, 그녀의 눈동자를 쏘아본다.

"저게 무슨 문제라도 돼요?"

"아니."

그녀가 간단히 대답한다.

"그럼 됐네."

난 고개를 돌린다. 그녀를 마주 볼 수가 없다. 아무도 마주 볼 수 없다.

그리고 저 칼들을 마주 볼 수가 없다. 더 이상은. 앞으로도 영원히.

내 손에 닿는 루비의 손길이 느껴진다. 나는 홱 돌아본다. 그리고 또 한 번 이 아줌마의 얼굴에서 '그것'을 본다. 내가 그토록 간절히 원하는 것. 증오의 반대말. 난 전율을 느끼며 그녀의 눈을 들여다본다. 미안하다고 말하고 싶지만 입이 떨어지지 않는다. 다른 방법은 없을까.

단순한 말보다 더 나은 방법 말이다. 하지만 아무리 머리를 쥐어짜도 소용없다. 아무것도 떠오르지 않는다.

그녀의 손길이 내 손에서 뺨으로 옮겨간다.

그러나 그마저도 곧 거둬간다.

밴은 폭풍처럼 질주하여 소굴로 접어든다. 루비가 방향을 알려준다. 이상한 길로 에둘러 가고 있다. 하지만 난 그 이유를 안다. 일부러 지름길을 피해 돌아가는 거다. 왜냐하면 밖에 사람들이 있으니까.

벡스를 뒤쫓는 자들.

그들이 우리까지 뒤쫓게 할 순 없다.

세스가 밴의 속도를 줄이고 우린 모두 밖을 꼼꼼히 살핀다. 루비는 일어서서 조수석 쪽으로 몸을 쭉 빼고 있다.

"왼쪽."

그녀의 지시에 따라 세스가 기어를 바꾸며 좌회전한다.

"너무 빠르면 안 돼."

루비가 말한다.

그는 기어를 3단에 두고 운전한다. 여기가 어딘지 안다. 틀림없다. 역시 루비는 똑똑하다. 그렇다, 우린 그녀의 집 뒤쪽으로 진입하는 거다. 리젠시 도로를 타고 가다가 길 끝에서 밴을 세우고 내려서 주택단지로 걸어갈 작정인 것 같다.

"다시 좌회전."

봤지? 리젠시 도로다. 길을 따라 끝까지 직진. 세스가 브레이크를 건다.

"벽에 붙여서 대."

루비가 지시한다.

그는 시키는 대로 하고 시동을 끈다. 아직 아무도 차에서 내리지 않는다. 루비가 휴대폰을 꺼낸다. 먼저 벡스에게 걸어보지만 역시 음성사서함 안내 메시지만 나온다. 다른 번호로 통화를 시도한다. 자동차로 움직인 왈패녀나 유람선 남자들인 것 같다.

"도착했어?"

루비 외에는 아무도 입을 열지 않는다.

"오케이. 내가 말한 데서 만나."

전화를 끊고, 우리 모두를 돌아본다.

"가자."

밴에서 내린다. 여긴 상점가 뒷길이다. 아직 돌아다니는 사람은 많지 않다. 손수레를 밀고 가는 할머니들 두어 명. 교복 차림의 여학생. 문득 시린 떨림 같은 게 심장을 꼭 움켜쥔다. 저 여학생이 베키를 떠올리게 했기 때문이다.

같은 학교의 같은 교복.

하지만 지금은 그런 감상에 빠질 여유가 없다. 어서 루비를 뒤따라가야 한다. 그녀도 나만큼 애가 타는 것 같다. 벡스가 지척에 있지만 그녀가 어떤 상태인지는 전혀 알 수가 없다. 최악의 경우 이미 죽었을지도 모른다.

도통 전화를 받지 않으니.

루비의 음성메시지는 확인했을까. 지금쯤이면 들었어야 하는데. 다리를 점점 재게 놀리니 심장도 점점 세차게 뛴다. 하지만 난 이 와중에도 주변 경계를 게을리하지 않는다. 여기서 위험에 처한 건 벡스만이 아니다. 내 안전도 생각해야 한다. 지원군이 셋이나 있다 해도.

자동차로 왔을 인간들은 코빼기도 보이지 않는다. 루비가 그들과 약속을 정하는 것을 나는 보지 못했다. 아마 내가 안 보는 사이 문자메시지를 주고받았겠지. 문자메시지든 뭐든 간에 연락은 했겠지. 왜냐하면 이제 그들이 보이니까. 상점가 건너편에서 기다리고 있다.

남자 둘이서.

여자들은 안 보인다.

"시킨 대로 했어?"

루비가 묻는다.

“걔네는 집 밖에 내려줬어.”

대답하는 남자의 표정이 몹시 불안하다.

“정확히 어디?”

“길 건너, 샛길 끝에. 네 말대로 했다고. 걔네는 집을 볼 수 있지만 집에선 걔네가 안 보여. 무슨 일 생기면 문자 보내기로 했어.”

“벡스는?”

남자는 고개를 젓는다. 세스가 준비운동 하듯 팔을 불끈 굽혔다 편다.

“가자고.”

“잠깐.”

루비가 손을 들어 그를 저지한다. 그러고는 주의 깊게 사방을 둘러본다. 그렇다, 구경꾼이여. 난 그 이유를 안다. 이 아줌마도 나와 똑같은 걸 느낀 것이다. 나로선 수도 없이 느껴본 이 기분.

뭔가 잘못됐다는 건 알지만 그게 뭔지 모를 때 느끼는 불안감.

이제 모두 주위를 살펴보고 있다. 문제의 징후는 보이지 않는다. 길거리를 오가는 사람들이 있지만 아직까진 전부 신경 안 써도 될 만한 일반인들이다. 뭐가 문제인지 파악이 안 된다. 하지만 이런 적이 어디 한두 번이었나. 파악은 할 수 없다. 그냥 아는 거다.

루비와 내 시선이 마주친다.

그 순간 우리 둘 사이에 뭔가가 통한다. 이전에는 경험해보지 못한 뭔가가. 어쨌든 그녀의 눈에선 본 적이 없다. 지금 그녀는 내게서 알아내려 하는 중이다. 내가 발견한 것 말이다. 웬만한 인간은 알아채지 못하는 것들을 나는 다 알아챈다는 걸 알기 때문이다. 그녀는 나를 면밀히 뜯어보며 뭐라도 알려주길 기다리고 있다.

혹은 그저 나의 확인이 필요한 건지도. 자기가 제대로 하고 있다고 믿고 싶은 것이다. 왠지 조금 우쭐해지는 기분이다. 하지만 당장 중요한 건 그게 아니다. 중요한 건 벡스다. 루비는 여전히 나를 바라보고 있다.

"뭐 발견한 거 없어?"

그녀가 묻는다.

"없어요. 하지만 예감이 안 좋아요."

그녀는 대답하지 않고 다시 주위를 확인해본다. 뛰어가는 꼬맹이 둘, 개를 데리고 산책 나온 남자 하나. 잡담을 나누는 할머니 셋. 그중 한 명이 지나가며 우리를 잠깐 쳐다본다. 루비는 할머니들을 지켜보며 기다리다가, 우리를 돌아본다.

"가자."

우리는 걷는다. 주차장을 가로질러 골목으로 접어든다. 끝에서 모퉁이를 도니 주택가 뒷길 초입이다. 루비가 걸음을 멈추고 다시 한 번 주위를 살핀다. 나를 비롯한 나머지들도 연신 두리번거린다.

아무도 없다.

골목은 텅 비었다.

고양이 한 마리뿐이다. 그나마 쏜살같이 달아나버린다.

나는 내 시력이 허락하는 최대한으로 멀리까지 살핀다. 아무 것도 움직이지 않는다. 차 한 대 지나가지도 않는다. 다시 걸음을 옮긴다. 천천히, 꼼꼼히 살피면서. 심지어 뾰족녀도 긴장한 기색 이 역력하다. 난 세스에게 잠시 눈길을 준다. 내 바로 앞에서 걸 어가는 그가 왠지 더 크고 험악해 보인다. 세스 앞에 있는 두 남 자도 그렇다. 그들이 함께 있어 기쁘다는 것만은 인정해야겠다.

그렇지만 떨쳐낼 수 없는 이 불안감은 도대체 뭘까.

왼쪽에 문이 있다. 이 거리 첫 번째 집의 뒷마당으로 통하는 문 이다. 그 문을 지나고, 다음 문, 그다음 문도 지난다. 그다음이 루 비네다. 그 문을 가만히 보고 있자니, 묘한 기분이 든다. 왜인지 아는가? 흠, 이쯤에서 당신에게 또 하나의 고백을 해야겠군. 그 래, 그렇다. 또 하나의 고백.

한 번은 여기서 기다렸더랬다.

베키를 기다렸다.

맞다, 딱 한 번뿐이었다. 나와 만나면 안 됐을 때였다. 하지만 그녀는 나를 만나러 몰래 빠져나왔다. 우린 아무 데도 가지 않고 얘기만 나누었다. 그녀가 숙제를 해야 했으므로 시간이 많지 않았다. 게다가 엄마 몰래 빠져나온 게 못내 미안한 기색이었다.

그래서 난 여기서 그녀를 기다렸다.

그녀는 저 문으로 빠져나왔고 우린 저 벽에 기대앉았다.

그리고 아무도 우리 얘길 들을 수 없도록 아주 작게 속삭였다.

그러고 나서 그녀는 다시 저 문 안으로 들어갔다.

그녀가 돌아간 후 나 혼자 여기에 앉아 있었던 게 생각난다. 그냥 앉아서 그녀 생각을 했다. 달콤한 시간이었다. 그녀는 모른다. 내가 말해준 적 없으니까. 그녀는 자기가 집 안으로 들어가자마자 나도 돌아간 줄로만 안다. 범죄로 얼룩진 더러운 내 인생으로. 그녀가 그토록 말렸던 온갖 악행의 구덩이로.

하지만 난 곧장 돌아가지 않았다.

그대로 머물러 벽에 기대앉아 있었다.

네 시간 동안. 베키만을 생각하며.

난 루비를 바라본다. 또다시 죄책감이 밀려든다.

그녀도 돌아본다. 그리고 일순간, 그녀가 나의 마음을 읽은 것 같다. 하지만 내 착각이다. 그녀의 시선이 의미하는 건 다른 것이다. 뭐 좀 알아냈니? 뭐가 문제일까? 나도 그녀를 마주 바라보며, 귀를 기울여본다.

오감을 총동원해 신경을 곤두세운다.

"아직이에요. 여전히 불길해요, 루비."

그녀도 같은 생각이다. 저 표정을 봐라. 그녀도 뭔가 잘못됐다는 걸 안다. 하지만 구경꾼 양반, 이 아줌마는 안으로 들어갈 거다.

어떻게 아느냐고 묻지 마라.

"가자."

그녀가 말한다.

역시나.

문으로 들어간다.

뒷마당에 벡스는 없다.

멈추고, 둘러본다.

비좁은 공간. 풀 한 포기 없는 콘크리트 마당이다. 루비가 아무렇게나 쌓아둔 종이상자만 한가득이다. 구석의 철제 골조에 베키의 자전거가 천막에 덮인 채 매여 있다.

천막 아래로 자전거가 녹슬어가는 게 보인다.

집 쪽을 살핀다. 안에서는 아무 소리도 들려오지 않는다. 가장 가까운 주방 창 안을 들여다본다. 아무런 기척도 느껴지지 않는다. 내 시선이 벽을 따라 올라가다 위층 창문에 머문다. 창틈으로 뭔가 번쩍이지만 그뿐이다.

어쨌거나 벡스는 아니다.

루비가 쓰레기통 뒤의 벽돌을 들어 아래를 확인해본다.

"열쇠가 없어."

그녀는 허리를 펴고는 나를 쳐다본다. 무슨 의미인지, 나는 안다.

“벡스는 안에 없어요, 루비.”

“어떻게 알아?”

“그냥 알아요.”

“그 애가 아니라면 누가 집에 들어가 있다는 거지?”

“글쎄요.”

그녀의 시선이 내게 들러붙는다. 뾰족녀와 두 남자가 다가오는 게 느껴진다. 세스가 또 한 번 팔 근육을 불끈해 보인다. 루비가 그를 휙 돌아본다.

“블레이드랑 여기서 기다려. 두 눈 똑바로 뜨고 지켜. 문제가 생기면, 이 녀석 도망치게 해.”

다른 이들을 둘러보며 “너희 셋은 나랑 같이 들어간다”고 지시한다.

그러고는 내가 막을 틈도 없이 뒷문을 열고 안으로 성큼 들어가 버린다. 뾰족녀가 곧장 그 뒤를 따르고, 나머지 두 남자도 따라 들어간다. 나도 움직이기 시작한다. 어쩔 수 없다, 구경꾼 양반. 벡스는 저 안에 없다. 아마 아무도 없을 것이다.

그렇지만 어쩌면 괴한이 기다리고 있을지도 모른다.

그 위험을 루비 일당에게만 맡길 순 없다.

그런데 갑자기 상황이 변한다. 세스도 나와 동시에 알아챈다. 도로 쪽이 아니고 우리가 방금 지나온 골목 끝에서 들려오는……

발소리.

이쪽을 향해 달려오는 발소리.

"따라와."

세스가 말한다.

"사람들한테 알려야 해요."

"시간 없어. 네가 빠져나가는 게 우선이야."

그는 나를 뒷문 쪽으로 잡아끈다. 나는 집을 돌아본다. 뒷문은 굳게 닫혀 있고 루비나 다른 이들은 나올 기미를 보이지 않는다. 우리가 들은 소리를 그들은 못 들었을 것이다. 하지만 차라리 잘 된 일인지도 모른다. 저들은 저 안의 일을 처리해야 하니까.

"서둘러, 인마!"

세스가 재촉한다.

나는 그에게 질질 끌려가다시피 뒷문을 빠져나가 골목으로 들어선다. 발소리는 한층 커졌지만 아직 사람이 보이진 않는다. 빠져나갈 길은 하나뿐, 거리 방향이다. 우리는 루비의 집을 왼쪽으로 두고 골목을 따라 빠르게 내달린다. 난 뛰는 와중에도 자꾸만 집 쪽을 힐끔거린다. 저 안의 상황을 조금이라도 알고 싶은 마음이 간절하다.

그러나 아무도 보이지 않는다.

등 뒤로 고함소리가 난다.

"저기다!"

나도 세스도 뒤돌아보지 않는다. 그저 부지런히 다리를 놀려

골목에서 거리로 들어서는데 — 이런 젠장! 왼쪽에서 자동차가, 오른쪽에서 밴이 다가온다. 하지만 놈들이 아니다.

짭새다.

사이렌도 울리지 않고 끼이익 브레이크를 잡더니 문이 벌컥 열리고 짭새들이 우르르 내린다. 세스가 내 팔을 붙잡고 반대편으로 냅다 뛴다. 하지만 소용없다.

난 뜀박질에 젬병이고 세스는 더하다.

발소리가 점점 커진다. 짭새들이 빠르게 거리를 좁혀온다. 세스가 풀썩 엎어진다. 누군가가 뒤에서 덮친 것이다. 누군가가 내 팔을 붙들더니 바닥으로 내팽개친다. 발버둥을 쳐보지만 전혀 먹혀들지 않는다. 나를 잡은 짭새는 힘이 장사다. 게다가 한 놈이 더 와서 거든다.

세스는 어느새 벌떡 일어서서 야생 곰처럼 싸운다. 하지만 건장한 남자 셋이 달려들어 그의 육중한 몸을 벽으로 밀어붙인다. 아주 노련한 놈들이다.

“진정해, 덩치 씨.”

하나가 말한다.

“우린 형씨 잡으러 온 거 아니야.”

그는 아랑곳하지 않고 벗어나려고 몸부림을 친다. 그들은 그의 팔을 등 뒤로 묶은 뒤 정강이를 걷어차 무릎 꿇게 만든다. 두 놈에게 붙들린 내가 목 놓아 외친다.

"시키는 대로 해요, 세스. 저항해도 소용없어요."

그는 들은 체도 않고 필사적으로 몸부림친다.

"세스, 그만둬요!"

저쪽 상황을 살필 겨를이 없다. 집으로 들어간 루비가 어떻게 됐는지 알아볼 겨를도 없다. 순식간에 벌어진 일이다. 내 몸은 어느 짭새의 어깨에 걸쳐진 채 그의 걸음에 맞춰 들썩이며 밴으로 향하고 있다. 내 주위의 공기가 핑핑 돈다. 세상이 핑핑 돈다.

핑핑 돌아가는 세상 한가운데, 베키의 사진이 있다.

완벽하게 정지한 상태로.

하지만 곧 사라진다. 난 밴 뒷좌석으로 내던져지고, 이어서 짭새가 올라탄다. 수갑이 채워지고, 부릉부릉 엔진이 포효한다. 밴이 거리를 가르며 달리기 시작한다.

교차로에서 우회전, 사거리까지 직진, 학교를 지나 좌회전. 나는 고개를 숙인 채 머릿속으로 길을 헤아리고 있다. 한 가지는 확실하다. 이 밴의 목적지가 가장 가까운 경찰서는 아니라는 것.

짭새들을 살펴본다.

남자 둘뿐이다. 내 옆에 앉은 놈은 바닥만 내려다보고 있다. 운전대를 잡은 놈의 시선은 도로에 고정돼 있다. 나는 고개를 들어 백미러를 확인해본다. 앞의 놈은 나를 힐끔거리지 않는다.

둘 다 말도 없다.

수갑을 내려다본다. 수갑 채우는 데는 이골이 난 놈인가 보다. 솜씨가 괜찮다. 내 오른손과 자기 왼손을 채웠다. 날 제압하는 솜씨도 훌륭했다. 군더더기 없이 빠르고 정확하게. 파파 생각이 난다. 결국 영감이 원하던 대로 됐군. 나와 짭새가 만나는 것. 사실 나도 벡스 일을 해결한 다음 곧바로 자수할 생각이었으니, 뭐.

그런데 왜 이렇게 찜찜하지?

왜 이 남자들이 수상하게만 느껴지지?

그래, 역시 뭔가 수상하다. 근처 경찰서에서 오히려 멀어지고 있다. 아무래도 벡스 일과 관련이 있는 것 같다. 마치 짭새들이 내가 올 걸 알고 출동한 것 같지 않은가. 아니면 이 동네에 순찰차를 왕창 보내서 지킬 만큼 자기들한테 쏠쏠한 이득이 있거나.

내가 나타날 경우에 말이다.

결국 난 이렇게 나타났고.

확실히 뭔가 잘못됐다.

이 남자들은 분명히 짭새다. 짭새라면 신물 나게 많이 본 내가 짭새를 못 알아볼 리 없다. 그리고 이 밴은 분명히 경찰차다. 하지만 도대체 어떤 부류의 짭새냔 말이다. 감이 좋지 않다. 맹세코 뭔가 잘못됐다.

밴이 다시 방향을 틀었다. 심지어 야수의 중심으로 향하는 것도 아니다. 운전하는 놈이 밴을 동쪽으로 몰고 있다. 아직은 똥물 마녀 북부에 있고 빠른 속도로 질주하는 중이지만, 왠지 강을 건

널 것 같지는 않다.

역시나.

좌회전, 지하도로 들어가 반대편으로 빠져나오자마자 다시 좌회전.

이 길은 그 어떤 경찰서로도 이어지지 않는다. 운전자가 길을 잃어버린 게 아닌 한은. 물론 그는 길을 잃지 않았다. 또 이상한 점 하나. 본부로 연락하지 않는다. 이 짭새들 말이다. 본부건 어디건 아무 데로도 연락을 넣지 않는다. 그냥 갈 뿐이다. 마치 아무 말도 하지 말고 자기 일이나 하라는 명령을 받은 것처럼.

그렇다, 자기들 일.

하지만 그 일이란 게 뭘까?

슬슬 그게 뭔지 짐작이 되는 것도 같다.

신호등에서 우회전, 로터리를 건너 좌회전, 샛길을 따라 창고 단지 방향으로 직진. 여기 와본 적이 있다, 구경꾼 양반. 역시 불길하다. 베키의 이미지가 다시 내 머릿속으로 흘러 들어온다.

그리고 순식간에 빠져나간다.

밴이 멈췄기 때문이다.

운전하던 놈이 내려서 뒷문을 벌컥 연다. 나는 다른 놈과 수갑으로 묶인 상태에서 힘겹게 밴에서 내리고, 그도 덩달아 내린다. 발걸음을 옮겨 공터를 지나 창고를 둘러싼 높은 담을 향해 간다.

"참 요상하게 생긴 경찰서로군."

나는 짐짓 호기롭게 떠들어본다.

대구는 없다. 담벼락 중간에 뚫린 문을 통과하여 잠시 보행로를 따라가다가 벗어나 건물 뒤로 돌아간다. 이건 창고가 아니다. 오래된 사무용 건물이다. 옆문으로 들어가 복도를 따라 걷는다. 아무도 눈에 띄지 않는다.

하지만 아무도 없는 건 아니다.

장담할 수 있다. 이 건물은 비지 않았다.

복도 끝의 문을 지나니 또 다른 복도가 이어진다. 조금 전 복도보다 더 좁다. 수갑으로 연결된 놈이 앞장서서 나를 이끈다. 운전하던 놈은 내 뒤를 따른다. 나는 다른 짭새들을 떠올리고 있다. 세스와 몸싸움을 벌이던 놈들.

우리 뒤를 따라오는 경찰차 소리는 들리지 않았다.

그 이유도 짐작이 된다.

그들은 그저 힘을 보태기 위해 거기 있었던 것뿐이다. 우리를 확실히 제압하기 위한 지원군으로서. 이 두 녀석은 이른바 '배달원'이다. 드디어 때가 된 것이다. 나를 원하는 인간과 대면할 시간이다.

문이 열리고 방이 나타난다.

창문 하나 없는 좁은 사무실. 황량하고 음침한 회색 공간. 구석에 놓인 서류철 수납장, 그 옆에 옷걸이. 오른쪽으로 문이 하나 더 나 있고 바로 그 위로 책상이 있고 한 남자가 앉아 있다. 제복을 보니 고위 경찰관이다.

아주 높은 직위의 경찰관.

난 이 인간이 누군지 안다. 얼굴을 보자마자 알았다. 저렇게 닮은 얼굴을 몰라볼 수가 없지. 하지만 난 여기 들어오기 전에 이미 누가 있을지 알고 있었다.

벡스의 아버지다.

"제이크스."

내가 중얼거린다.

그는 약간 움찔하는 듯하지만 이내 의자 등받이로 몸을 기대며 턱을 쳐들고 여유만만한 미소를 지어 보인다.

"으으음. 보통은 사람들한테 내 이름에 반드시 직함을 붙여서 부르게 하는데 말이지. 고위직에 대한 존경심을 보이라는 건데."

그는 짭새 둘을 슬쩍 쳐다보고는 다시 나를 본다.

"만약 그 존경심이 보이지 않을 경우엔, 다른 사람을 시켜서 무슨 수를 써서든 그걸 만들어내게 하지."

난 대답하지 않는다. 여전히 그의 얼굴을 뜯어보고 있다. 어떤 면으로는 벡스와 무척 닮았다. 하지만 다른 면은 전혀 닮지 않았다. 그녀가 내게 해준 얘기가 생각난다. 저 인간이 그녀에게 한 짓에 대해서. 어쩌면 지금도 그러고 있겠지.

하지만 그 사실 여부와 상관없이 난 알 수 있다. 이 남자는 윗대가리다.

그는 계속해서 나를 주시한다. 기다리는 눈치다. 그는 무슨 수를 써서든 존경심을 끌어내겠다고 협박했다. 내가 그 존경심이란 걸 보이길 기다리는 것이다. 그가 짭새들을 흘긋 보고는 좀 더 기다린다. 나는 각오를 다진다. 제이크스가 내 눈빛을 보더니 또 한 번 선웃음을 짓는다.

하지만 이번엔 겉으로 보이는 미소가 아니다. 눈빛에 숨은 미소일 뿐이다.

그가 다시 한 번 짭새들에게 눈짓한다.

끄덕인다.

나도 다시 각오를 다진다.

그러나 내 얼굴로 주먹이 날아들지 않는다. 대신 수갑 찬 짭새가 나를 책상 옆의 벽으로 끌고 가서 내 팔을 거칠게 끌어내리더니 자기 손에서 수갑을 풀고 난방기에 채운 다음 뒤로 물러선다.

그러고는 제이크스에게 열쇠를 넘긴다.

제이크스는 서랍을 열어 그 안에 열쇠를 떨어뜨리고는 서랍을 연 채로 둔다.

짭새들에게 고갯짓을 한다.

그들이 아까 들어온 문으로 나간다. 복도를 걸어가는 발소리가 조금씩 멀어진다. 얼마 후 밴에 시동이 걸리고 떠나는 소리가 들린다.

조용해진다.

나와 제이크스 둘만 남았다. 나는 난방기에 매인 채 서 있고, 그는 책상 뒤에 앉아 있다. 그는 한동안 나를 응시하다가 다시 서랍에 손을 밀어 넣는다. 그리고 망치를 꺼낸다.

내 몸이 굳는다. 어쩔 도리가 없다. 움츠러드는 모습을 보이지 않으려 애써보지만 소용없다. 그가 내 공포를 눈치채고는 거만한 미소를 날리며 일어선다. 그의 오른손에 망치가 들려 있다. 내 쪽으로 걸어와 책상 모서리에 걸터앉는다.

손만 뻗으면 닿는 거리다.

구경꾼이여, 내가 할 수 있는 건 없다. 아주 정교하게 계획된 일이다. 내 오른손은 묶여 있고 왼손도 움직일 공간이 없다. 움직일 수 있다 해도 어차피 힘이 달린다. 심호흡을 한다. 깊고 세차게, 후욱. 고개를 들어 이 악당의 얼굴을 당당히 마주 봐야 한다.

그가 나에게 무슨 짓을 하건 간에.

그는 또 한 번 내 얼굴에서 공포를 읽는다.

다시는 보지 못하게 해야 한다.

나는 몸을 비틀어 할 수 있는 한 그를 똑바로 마주 본다. 침을 뱉건, 독설을 퍼붓건, 뭐든 할 준비를 한다.

그가 입을 연다.

"한동안 널 만날 날을 학수고대했지. 네 얘기를 듣고 나서 말이야. 레베카한테 들은 얘기가 좀 있어."

"나도 그쪽에 대해 들은 얘기가 좀 있는데."

“그 애는 좀 불안정한 상태야, 알다시피.”

“딸한테 무슨 짓을 한 거지?”

이 말에 그는 좀 놀란 것 같다.

“딸한테 무슨 짓을 어떻게 할 수 있겠나?”

그가 말한다.

“애가 어디에 있는지도 모르는 판에?”

이런, 이런. 그러니까 그 여자애가 진짜로 도망쳤단 말이지. 이 악당 말이 사실이라면 말이다. 그리고 바로 그 순간, 나는 깨닫는다. 내내 마음에 걸렸던 것, 내내 뭔가 불안했던 이유를.

“그쪽이 보낸 거였군. 루비한테 보낸 문자메시지. 벡스가 보낸 것처럼 꾸민 거야.”

그는 또 한 번 놀란 기색이다. 역시 내 짐작대로였다.

“벡스한테서 듣고 싶은 얘긴 다 들었을 거야. 그쪽이 딸애 입을 어떻게 열었는지는 알고 싶지도 않아. 당신 딸은 또 도망쳤어. 당신은 루비한테 문자를 보내면 내가 같이 그 집으로 올 거라고 생각했겠지. 벡스가 무지 절박한 상황에 처한 것처럼 하면 말이야.”

그는 망치를 내려다보며 공연히 슬슬 휘둘러본다.

소름끼치게 크크크, 하고 웃는다.

난 생각하려 애쓰는 중이다. 이 악당에게 한 방 먹일 만한 게 있어야 할 텐데.

"배너만 경감님하고 연락이 닿았는데 말이야……."

내가 먼저 운을 뗀다.

"아, 그 사람."

그가 말을 가로챈다.

"배너만 경감. 한때 그랬지."

"그게 무슨 뜻이지?"

제이크스는 망치로 책상 옆을 통통 쳐보며 다시 큭큭댄다.

"어떡하나, 이제 배너만 '경감'이라는 사람은 없는데. 유능한 경찰치곤 끝이 안 좋았지. 하지만 자네도 알다시피, 알코올 중독이 문제였어. 그놈의 술이 인간의 판단력을 흐린단 말이야. 언제 대형 사고가 나도 이상하지 않을 정도였지. 그동안 내 권한으로 그에게 기회를 줬지만, 지난 두 건의 실수는 너무 심각해서 도저히 그냥 간과할 수 없더군."

"무슨 말을 하는 거야?"

"여러 건의 살인 용의자인 열다섯 살 소년을, 납치당한 기억으로 고통 받는 네 살배기 소녀와 만나게 해줬어. 그것만으로도 이미 해고감이야. 그런데 그 용의자를 멀쩡히 풀어주기까지 했지. 코트 속의 칼 두 자루까지 같이 보냈어. 내 생각엔 너도 이 두 건이 심각한 판단의 오류가 빚어낸 대참사인 걸 인정할 것 같은데."

난 대답하지 않는다. 생각도 할 수 없다.

배너만이 끝장났다. 분명한 사실이다. 아마 펀도 마찬가지일 거다. 그러나 내가 그에게 넘긴 것들이 있다. 정보 말이다. 백업 드라이브도. 매의 외장 하드.

나를 보는 제이크스를 마주 본다. 다시 저 숨은 미소가 언뜻 비친다.

"그래."

그가 목소리를 깐다.

"그 정보는 아주 유용했어. 참으로 유용했지."

그러고는 몸을 돌려 서랍에서 뭔가를 끄집어낸다. 그것을 책상에 내려놓는다. 나는 즉시 그것을 알아본다. 3년 만에 보는 물건.

하지만 마치 어제 묻은 것만 같다.

매의 컴퓨터에서 나온 백업 드라이브.

제이크스가 일어서서 나를 향해 미소를 날린다. 망치를 들어 올리더니 쾅 내려친다.

드라이브를.

한 방에 산산조각 나며 사방팔방에 파편이 튀지만, 그는 얼굴 가득 광기 어린 미소를 띤 채 몇 번이고 다시 내려친다. 드라이브가 거의 가루가 될 때까지.

내 희망이 가루가 될 때까지.

그는 동작을 멈추고 다시 나를 내려다보다가, 또 한 번 망치를 높이 쳐든다. 내 마음과 다르게 몸이 움찔한다. 그는 나를 응시한다. 심연 같은 눈동자가 만족스럽게 번뜩인다.

그러고는 단 한마디 말도 없이, 망치를 휙 내던지고 방에서 걸어 나간다. 아까 짭새 둘이 나갔을 때처럼, 잠시간 복도로 나가는 그의 발소리가 들린다. 그 소리가 점점 잦아든다. 자동차 시동 걸리는 소리와 바퀴 굴러가는 소리가 들려온다. 그다음은 다시 정적이다.

그러나 그 정적은 오래가지 않는다.

내 뒤의 문손잡이가 딸깍 하고 돌아간다. 나는 고개를 돌려 문손잡이를 노려본다. 문이 천천히 열린다. 남자 넷이 서 있다.

어둠. 차가운 돌바닥. 거기에 누운 나. 더 이상은 보이지 않는다. 하지만 알 수는 있다. 난 기절했고 아직 약기운에 정신이 몽롱하다. 차에 태워져 어디론가 이동했다. 누구 짓인지 안다. 그러니 다 끝이라는 것도 안다.

그렇다, 구경꾼.

이번엔 벗어날 수 없을 것이다.

놈들에게 얻어맞은 부위가 아프다. 어지럽기도 하지만 심하진 않다. 약은 많이 먹이지 않았다. 놈들은 내가 깨어 있기를 바란다. 제기랄, 내가 깨어 있길 바란단 말이다. 그 이유가 뭐냐고? 흠, 댁도 곧 알게 될 것이다.

발소리가 들린다.

퉁, 퉁, 퉁.

나는 비틀거리며 몸을 일으킨다. 일어나야 한다. 나한테 힘이 있다는 걸 보여줘야 한다. 실제로는 그렇지 않다 해도. 문이 덜컹 열리고 딸깍 소리가 난다. 불빛이 얼굴에 쏟아진다. 머리 위에 전등 하나.

재빨리 주위를 둘러본다. 좁은 방, 창문은 없다. 방 한가운데에 기다란 탁자와 의자가 있다. 벽돌로 쌓은 벽, 안쪽에 스크린 외에는 아무것도 없다. 그리고 문간에 남자 넷.

제이크스가 나가고 나를 덮친 놈들이다. 그들은 공연히 시간을 끌지 않는다. 문을 닫고 곧장 나를 향해 온다. 내가 할 수 있는 건 없다. 안쪽으로 더 들어가는 것밖에는. 난 놈들을 때려눕힐 수도, 여기서 탈출할 수도 없다.

그들은 웃으며 나를 헝겊인형처럼 가볍게 들어 올려 의자에 내던진 다음 빙 둘러서서 비웃는다. 근육질의 덩치들, 가장 악질에 속하는 놈들이다. 이게 뭔지 안다, 구경꾼이여. 암, 알다마다. 승리의 기쁨을 만끽하는 시간이다. 그리고 그 승리를 거머쥔 인간이 바로 여기에 있다. 의자 맞은편. 스크린에 가득한 얼굴.

매다.

그가 이 재미난 구경을 놓칠 리 없지.

이 장면을 지켜보며 승리를 자축하는 거다.

그는 작은 방에 앉아 있다. 여기서 멀리 떨어진, 안락한 방. 편안해 보이는 고급 안락의자. 단추를 두 개쯤 풀어 헤친 캐주얼한

셔츠. 방금 감은 듯 윤기 흐르는 머리칼. 그가 음료를 한 모금 들이켜고 입에 올리브를 문다. 그를 바라보는 내 눈동자를 들여다본다.

싱긋 웃는다.

놈들이 나를 의자에서 끌어내 스크린 쪽으로 걸어찬다. 다시 나를 잡아 올려 얼굴을 스크린에 처박는다. 바로 코앞에서 매가 껄껄 웃는 게 보인다. 그가 음료를 한 모금 더 들이켜고 올리브를 이 사이에 문다. 놈들이 나를 더 높이 끌어 올린다.

내 얼굴이 그의 눈동자에 닿는다. 그의 눈빛이 내 눈을 다트처럼 파고든다. 이제 그가 입을 열 차례다. 승리를 기념하는 더러운 말들을 나에게 흘리겠지. 그러나 그러지 않는다. 놈들이 나를 끌어내 다시 의자에 내동댕이치는 모습을 흡족하게 바라보며 껄껄 웃어댈 뿐이다.

나는 스크린 속의 얼굴을 매섭게 쏘아본다. 고개를 숙이고 눈을 질끈 감아버리고 싶지만, 동시에 그의 시선을 똑바로 맞받아치고 싶기도 하다. 내 안에 담긴 증오를 저 역겨운 악마에게 몽땅 내던지고 싶다. 그렇기에 나는 안간힘을 쓰며 고개를 쳐든다. 그를 바라본다. 그의 눈동자를 향해 이글이글 불타는 적의를 쏘아낸다.

그러나 곧 아무것도 보이지 않는다.

어둠이 덮친다.

다시 정신이 든다. 난 또 바닥에 누워 있다. 온몸이 아프고 떨린다. 꽤 오랫동안 이렇게 누워 있었던 것 같다. 정확히 시간이 얼마나 흘렀는지 모르겠다. 마지막에 어떻게 됐는지 전혀 기억나지 않는다. 기억하고 싶지도 않다. 지금 내가 아는 건 캄캄하고 춥다는 것뿐.

그리고 이게 끝이 아니라는 것도. 오, 그럴 리가 없지. 머리에 총알이 박힌다? 제발 그랬으면 좋겠다. 그러나 그렇게 되진 않을 것이다. 매는 승리를 한참 더 만끽한 후에 직접 날 죽일 것이다.

그렇다, 구경꾼. 그가 직접 나설 것이다.

이건 개인적인 원한이다. 물론 그는 똘마니들에게 각자 할 일을 지시하고, 자신은 편안한 안락의자에 앉아 매 순간을 지켜보며 음미할 것이다. 하지만 가장 결정적인 마지막 순간은 아니다. 죽이는 것.

그것만은 자기 손으로 직접 해치울 것이다.

어떻게 아느냐고 묻지 마라.

난 몸을 일으켜본다. 움직이기가 힘겹다. 안 아픈 데가 없다. 온몸이 통증을 호소한다. 고장 난 수도꼭지처럼 눈물이 철철 흐른다. 주위를 천천히 돌아본다. 같은 방이다. 놈들은 날 옮기지 않았다. 전등을 껐지만 이젠 어둠 속에서도 충분히 보인다.

탁자, 의자, 스크린. 고맙게도 스크린은 텅 비어 있다.

그리고 나. 눈물이 그렁그렁한 채 훌쩍이는 나.

간신히 몸을 일으켜 세운다. 바닥에 피가 홍건하다. 내 피겠지.

놈들한테 맞아서 기절한 거다. 기억나는 건 아니다. 기억나는 건 갑자기 어둠이 덮친 것뿐. 손을 들어 얼굴을 만져본다.

코와 입 언저리가 끈적끈적하다.

미끌미끌한 피 바닥을 한 걸음 한 걸음 내딛는다. 방 안쪽 구석으로 간다. 한층 더 어두운 지점이다. 지금 내가 원하는 건 그 어둠이다. 무너지듯 주저앉아 벽에 등을 대고 무릎을 가슴께로 모은다.

또다시 눈물이 쏟아진다.

그래, 무서워 죽겠다. 죽는 것도 무섭지만 고문당하는 건 더 무섭다. 그런데 두 가지를 모두 겪어야 한다. 틀림없다. 이런 일이 어떤 식으로 진행되는지, 나는 잘 안다. 첫 단계가 스크린이었다. 흡족하게 지켜보는 모습을 보여주는 것. 나를 잡은 게 그라는 사실을 알려주는 것. 그다음은 기다림이다. 한 시간, 두 시간, 얼마가 될지는 모른다. 공포를 극대화하는 시간. 지금 내 심정처럼 말이다.

곧 벌어질 일들을 상상하며 공포로 미쳐가게 하려는 거다.

그런 다음 그들이 돌아올 것이다. 그리고 시작될 것이다.

매가 이겼다. 원하는 모든 것을 가졌다. 제이크스가 충성스런 애견처럼 그를 위해 움직여준다. 컴퓨터 백업 드라이브는 파기되었다. 갱단 호구들이 그에게 생채기 정도는 내겠지만, 그의 목줄을 끊어놓진 못할 것이다.

그들 힘만으론 어림도 없다. 짭새들이 해줘야 할 몫이 있는데, 이제 배너만이 끝장났으니 다 틀린 거다. 특히 제이크스가 위에서 떡하니 버티고 있으니. 말했듯이, 매는 모든 걸 가졌다. 그리고 이제 나까지 가졌다. 좋아서 팔짝팔짝 뛸 일이지.

그는 가능한 한 서서히 내 목숨을 쥐어짤 것이다.

서서히 빠져나오는 내 목숨을 남김없이 핥아 먹을 것이다.

그리고 그때, 난 듣는다.

딸깍, 문 열리는 소리. 문간에 한 사람이 서 있다. 한순간 난 그게 매라고 생각한다. 하지만 매가 나타나기엔 아직 이른데. 진정 마지막 순간이 되기 전에는 나타나지 않을 것이다. 내가 너무 약해져 움직이지 못할 때, 너무 약해져 목숨을 구걸하지도 못할 때.

그러니 저건 다른 사람이다.

아직까진 형체만 보인다. 남자, 그래 남자인 건 알겠다. 하지만 그뿐이다. 그는 문간에 선 채 가만히 안을 들여다본다. 눈으로 어둠 속을 더듬고 있다. 분명 나를 찾는 것이리라. 아직도 날 찾지 못했다. 난 꼼짝 않고 앉아서 머리를 굴리려 애써본다.

저 남자, 뭔가 익숙한 분위기를 풍긴다.

하지만 그게 뭔지 모르겠다.

그리고 또 한 가지 생각해볼 만한 사실이 있다.

그는 경계하고 있다. 그래, 나를 찾는 건 확실하다. 나 말고 여기서 누굴 찾겠는가? 그런데 그는 문을 반만 열고 밖에 비끼어서 있다. 혼자인 것 같다. 그리고 여기 있어서는 안 되는 인물인 것 같다.

저 남자가 온 건 비밀이다.

이유가 뭐건 간에.

아, 이제 알겠다. 실루엣으로 알았다. 저 목선과 머리. 구경꾼 양반, 저 인간은 차에 있던 놈이다. 학교에서 말이다. 데미안에게 붙었던 경호원 중 하나. 운전수는 아니다. 다른 놈이다.

난 지금 나머지도 짐작해보는 중이다.

내가 저놈들 차를 들이받았다, 기억하는가? 또 두 놈을 마지막으로 본 건 저 인간이 나를 뒤쫓아 달려오던 모습이었다. 동료는 운전대에 엎어져 있었고. 어쩌면 그때 그가 죽어버렸는지도 모르겠다. 그렇다면 저 남자는 복수를 위해 온 것이다.

동료의 넋을 대신해서.

그렇다면 이건 나한테 나쁜 일이다.

하지만 어떻게 생각하면 좋은 일일 수도 있다. 어쩌면 기회일지도 모른다. 왜냐하면 말이다, 저 인간이 무슨 일로 왔는지는 몰라도 절대 날 죽일 순 없기 때문이다. 매에게서 나를 죽일 기회를 뺏는 건 자기 목숨을 내놓는 것이나 마찬가지다. 저 인간이 그걸 모를 리 없다. 절대 잊지 않을 것이다.

그러니 저 남자는 위험을 무릅쓰고 여기 온 거다. 그는 아주 조심해야 한다.

내가 조심해야 하듯이.

그가 들어온다. 날 발견한 것이다. 내가 구석에 몸을 숨기고 있다는 걸 알았다. 탈출할 방법은 없다. 그가 문을 닫고는 안에서 잠근다. 열쇠를 오른쪽 주머니에 넣는다. 나는 털끝 하나 움직이지 않은 채 최선을 다해 그를 주시한다.

칼을 지녔을까? 잘 모르겠다. 뭐, 있어도 사용하진 않을 거다. 너무 위험하니까. 나를 죽이지 않는다 해도 자국은 남을 것 아닌가. 그는 주먹과 발을 사용할 것이다. 새로 생긴 피와 멍이 원래 있던 것들과 섞이길 바라면서.

그가 걸어온다.

천천히.

나는 비척비척 일어서서 힘겹게 의자로 향한다. 여기에 있는 유일한 무기. 그러나 그가 더 빠르다. 앞을 막아선 채 나를 맹렬히 노려본다. 이 남자는 여기에 즐기러 온 게 아니다. 매처럼 재미난 구경을 하려는 게 아니다. 아까의 다른 놈들처럼 명령을 이행하러 온 것도 아니다.

이 남자는 분노를 불태우고 있다. 내 짐작대로다. 이건 동료를 위한 복수다.

그는 아무 말도 하지 않는다. 다짜고짜 달려든다.

날쌔게, 자세를 낮추고.

나를 벽으로 밀어붙여 바닥으로 쓰러뜨린 다음 내 몸 위에 올라탄다. 내 숨소리가 거칠어지고, 이내 숨이 막힌다. 놈이 내 목을 감싸 쥐고 힘을 준다. 점점 더 세게 조인다.

그의 얼굴을 올려다본다. 그의 날선 눈동자가 독기로 번뜩이고 입가엔 허연 거품이 비어져 나온다. 그가 내 목을 으스러져라 움켜쥔다. 맙소사. 이 인간이 기어코 일을 벌일 작정인 거다. 복수에 눈이 멀어 자제력을 잃어버린 거다. 어이 매! 이 양반이 당신한테 엿 먹으라는데? 지금 난 당신보다 이 사람이 훨씬 더 무섭다고.

바로 그 순간, 난 느낀다. 이렇게 고마울 데가. 아주 잠깐, 그의 손아귀가 멈칫한다. 퍼뜩 정신이 든다는 듯. 난 손을 뻗어 그의 목을 움켜쥔다. 그가 짐승처럼 으르렁거리며 내 손을 홱 내치고는 나를 잡아 올려 머리통으로 내 얼굴을 들이받는다.

내 고개가 뒤로 휘청한다. 그는 내 옷깃을 움켜쥐고는 마구잡이로 내던진다. 바닥에 내팽개쳐진 내 몸이 탁자 옆으로 미끄러져 의자에 쿵 부딪힌다. 나는 버둥거리며 최대한 빠르게 물러서지만 충격이 큰 탓에 앞을 분간하기가 어렵다.

그가 성큼성큼 다가온다.

나는 의자를 집어 들고 무작정 휘두른다. 딱히 방어가 될 것 같진 않지만 달리 뾰족한 수도 없잖은가. 그는 전혀 개의치 않는다. 온몸으로 분노를 뿜어내고 있다. 이번엔 멈칫하지 않을 게 분명하다.

더 이상 참을 수 없다는 듯 그가 나에게 돌진해 온다. 나는 남은 용기를 쥐어짠다. 그가 한쪽 어깨를 내리고 정확히 내 쪽으로 달려든다. 그러다 바닥의 피 때문에 순간 균형을 잃는다. 나로선 다시없을 절호의 기회다. 옆으로 피하는 동시에 의자로 그의 다리를 힘껏 후려친다.

그는 넘어지는 와중에 탁자를 부여잡고 엉거주춤 선다. 난 다시 그의 머리를 의자로 가격한다. 그가 커헉, 소리를 내며 바닥으로 쓰러진다. 내가 또 한 번 그를 의자로 내려친다. 그는 몸을 굴리더니 비틀비틀 일어선다.

다시 몸을 돌려 나를 마주 본다.

나는 의자를 든 채 탁자 뒤로 돌아간다. 그의 입과 코에서 피가 줄줄 흘러내리지만, 눈빛만은 한층 더 사납게 번뜩인다. 탁자를 움켜잡더니 힘차게 밀어버리고 곧장 나를 향해 걸어온다.

그러다 다리가 힘없이 휘청이고, 멈춘다.

나는 그를 바라본다. 눈동자의 초점이 흐리다. 내 눈도 그렇겠지만 저놈 쪽이 더하다. 나는 의자 다리가 그를 향하게 기울여 들고는, 힘을 모은다. 의자 다리는 그를 가격하는 대신 그의 몸 바깥쪽을 찌르며 그를 우리처럼 가둬버린다. 나는 그대로 그를 뒤로, 뒤로, 뒤로 밀어낸다.

와장창!

그의 머리통에 부딪쳐 유리로 된 스크린이 깨져 나간다. 그가 외마디 비명을 지르며 두 팔을 허우적댄다. 몸부림치며 어떻게든 벗어나려 하지만, 나는 계속해서 의자로 그를 스크린으로, 깨진 유리조각 사이로 밀어 넣는다. 그리고 멈춘다.

물러서서, 기다린다.

의자를 단단히 쥐고서.

남자는 신음하며 꿈틀거린다. 깨진 스크린에 머리가 박혔다. 유리 조각이 머리칼 사이사이에서 반짝인다. 그가 몸을 부르르 떨어 유리 조각을 털어낸다. 파편이 살을 파고드는지 고통스런 신음을 내뱉는다. 간신히 부릅뜬 두 눈이 똑바로 나를 향한다.

나는 의자를 조준하고, 힘껏 찌른다.

그의 몸이 무너져 내린다.

이제 다시 일어서진 못할 것이다.

나는 숨을 거칠게 몰아쉬며 그를 내려다본다. 죽은 건 아니다. 아직 숨이 붙어 있다. 하지만 의식을 잃었다. 서둘러야 한다. 그가 언제 다시 정신을 차릴지 모른다. 다른 놈들이 언제 돌아올지 역시 모르고.

무릎을 꿇고 그의 주머니를 뒤진다.

문 열쇠, 휴대폰, 자동차 열쇠.

전부 내 주머니에 넣고, 일어서서 심호흡을 한다. 몸이 사정없이 휘청거리고 머릿속도 안개처럼 흐리멍덩하다. 온몸이 만신창이다. 끔찍한 통증, 피투성이가 된 몸뚱이. 이 자식의 피도 내 몸에 튀었겠지.

그의 몸이 꿈틀한다. 나는 뒤로 물러서서 그를 확인해본다. 움직임은 멎었지만, 의식이 돌아온 것 같다. 나는 절룩거리며 문으로 다가가 귀를 대본다. 밖에선 아무 소리도 나지 않는다. 일단 부딪혀봐야 한다. 열쇠를 넣고 돌린 다음, 살짝 열어본다.

다시 귀를 기울인다.

여전히 조용하다.

문틈으로 바깥을 살펴본다. 조명이 없는 어두컴컴한 복도. 아무도 없다. 흘깃 뒤돌아 그를 확인한다. 여전히 그 자리에 미동도 없이 쓰러져 있다. 복도로 나와 문을 닫고 잠근다. 다시 둘러본다.

아까와 같다. 어둡고, 고요하고, 아무도 없다.

복도는 한쪽 방향으로만 이어진다. 발을 질질 끌며 걸어 나간다. 뛰는 건 무리다. 너무 아프다. 지금 놈들이 돌아오면 난 죽는다. 아무리 용을 써도 달릴 수는 없을 듯하다. 온몸이 만신창이라니까. 서 있는 것조차 힘겹다. 눈앞이 흐릿하고 움직임도 둔하다.

쓰러지면 안 된다. 구경꾼 양반, 나 기절 안 하게 지켜줄 수 있겠나.

여기서 쓰러지면 곧장 지옥행이다. 어떻게든 바로 서서 걸어야 한다. 동시에 모든 것을 경계해야 한다. 여기가 어딘지, 얼마나 많은 놈들을 피해 달아나야 하는지, 전혀 감도 못 잡겠으니까.

복도 끝이다. 왼쪽으로 굽어진다. 스톱, 모퉁이 너머를 살펴본다.

또 다른 복도. 이번 건 더 짧고, 저 끝에 문이 있다. 가까스로 복도 끝까지 가서 멈추고 숨을 고른다. 아아 제발, 제발 잠기지 않았기를. 잠겼으면 안 되는데. 딱 봐도 내가 가진 열쇠가 안 맞는 걸 알겠단 말이다.

제기랄, 잠겼잖아. 게다가 잠금장치는 내 능력으로도 딸 수 없는 종류다.

문에 기대어 숨을 몰아쉰다. 머리가 핑글핑글 돌아간다. 상태가 최악이다. 자자, 그래도 생각을 해보자. 아까 그놈 주머니에 있던 건 분명히 다 꺼냈는데. 그가 빠져나갈 길을 생각지 않고 이 건물로 숨어 들어왔을 리는 없다. 그러니까 이 문에 맞는 열쇠도 지녔어야 말이 된다.

그렇다면 둘 중 하나다. 만약의 경우 내가 빠져나갈 수 없도록 놈이 복도 어딘가에 숨겨뒀거나, 내가 미처 발견하지 못한 주머니에 들어 있거나. 결국 돌아가서 확인해보는 수밖에 없다.

왜냐하면 다른 탈출구는 없기 때문이다. 빠져나갈 창문이 없다. 이것 말고 다른 문도 없다. 더럽고 뒤가 구린 일을 해치우기 위해 매가 신중히 선택한 장소다. 난 복도를 따라 되돌아가기 시작한다. 그런데…… 소리가 들린다.

발소리다.

허겁지겁 문으로 돌아가 귀를 바짝 댄다.

조용하다. 하지만 난 분명 발소리를 들었다. 일순간 소름이 온

몸을 훑는다. 아까 그 남자가 깨어나 방문을 부수고 나를 뒤쫓아 오는 거다. 그 순간 다시 발소리가 들린다. 그런데 복도 안쪽에서 들려오는 소리가 아니다.

이 문밖에서 나는 소리다.

이 문을 향해 다가오고 있다.

나는 아슬아슬하게 왼쪽으로 비켜 붙는다. 열쇠 돌리는 소리에 이어 문이 벌컥 열린다. 나는 최대한 몸을 낮추고 벽에 붙어 주먹을 쥔다. 지금 나에게 남은 유일한 무기다. 맨주먹. 들어온 게 누구건 간에 문을 닫는 순간 날 발견할 것이다.

그리고 그게 한 명 이상이라면, 나에게 기회는 아예 없는 셈이다.

어쨌거나 기회는 없다. 한 놈뿐이라 해도.

문이 내 쪽으로 열리고 안으로 들어서는 발소리가 들린다. 문이 다시 닫히려 한다. 나는 싸울 태세를 갖춘다.

그러나 발소리가 더 들린다.

나는 가만히 웅크린 채 문 밑을 노려본다. 아까 나를 때려눕힌 남자 넷이다. 복도를 걸어가는데, 한 명도 뒤돌아보지 않는다. 마지막으로 들어온 놈이 등 뒤로 문을 밀치고 간다.

문은 저절로 다시 닫히기 직전이다.

나는 문이 잠기기 전에 손을 뻗어 붙잡는다. 다시 한 번 복도 쪽을 살핀다. 놈들은 긴 복도로 접어드는 중이다. 나는 숨을 멈추고, 기다린다.

드디어 놈들이 시야에서 완전히 사라진다.

난 문밖으로 빠져나간다.

주변을 확인한다. 서두르자, 서둘러야 한다. 놈들이 언제 다시 나올지 모른다. 방 안의 난장판을 보는 즉시 돌아올 테니까. 게다가 내 의식도 서서히 빠져나가고 있다. 자꾸만 감겨오는 눈을 간신히 부릅뜨고 둘러본다. 여기가 어딘지 전혀 모르겠다. 어둠이 내려앉은 가운데 비바람마저 몰아친다.

양옆에 담벼락이 있는 샛길이 하나 쭉 뻗어 있다. 한참 앞에서 오른쪽으로 꺾이는 것 같다. 놈들이 다시 나타나기 전에 저 지점에 닿아야 한다. 그 외에는 빠져나갈 길이 없다. 나는 얼마 남지 않은 힘을 쥐어짜 비틀비틀 걸어간다. 머릿속이 흐려진다. 비명이라도 터뜨릴 수 있다면 좋겠건만. 정말이지 너무 아프다.

샛길이 꺾이는 지점. 적어도 여기까진 왔다. 뒤를 살펴본다. 내가 갇혔던 곳은 일종의 가건물 같다. 근처에 다른 건물은 없다. 하지만 이런 걸 따질 때가 아니다. 몰래 나를 덮치러 온 놈의 차를 찾아야 한다. 되도록 가까운 곳에, 달랑 차 한 대만 서 있기를 바랄 뿐이다.

그렇지만 큰 기대는 걸지 않는다.

나는 가까스로 샛길 모퉁이를 돈다. 흙길이 나타난다. 길 끝의

둔덕에 또 다른 가건물이 있다. 건물 옆에 밴 한 대와 자동차 세 대가 주차돼 있다. 나는 발을 질질 끌며 그쪽으로 향한다. 어쨌든 가봐야 한다. 위험을 감수해야 한다. 절뚝거리며 오르막을 기어오른다. 다리가 허락하는 한 최대로 빠르게.

하지만 처참하리만치 느리다.

비바람이 한층 거세어진다. 둔덕 위로 바람이 쌩쌩 휘몰아친다. 하지만 그 와중에도 뒤쪽에서 문이 열리는 소리, 나를 뒤쫓는 다급한 발소리가 섞여 들린다. 나는 쓰러질 듯 휘청거리며 계속 움직인다. 드디어 두 번째 가건물에 닿는다. 자동차가 있다. 그쪽을 향해 차 열쇠 단추를 누른다. 왼쪽에 있는 차가 깜빡깜빡하더니, 잠금장치가 딸깍 풀린다.

뒤쪽을 살펴본다.

아직은 아무도 보이지 않지만 곧 놈들이 나타날 것이다. 가건물 안에서 남자들 웃음소리가 새어나온다. 이런 빌어먹을, 제발 저놈들이 밖으로 나오지 않기를. 최대한 소리가 나지 않게 조심조심 차 문을 열고 올라탄다. 시동장치에 열쇠를 꽂고 다시 한 번 주위를 살핀다.

뭐가 있을 거야, 뭐든 있어야 해. 조수석 수납함을 뒤져본다 — 아무것도 없다. 팔걸이 밑의 공간, 문, 운전대 아래의 받침대 — 역시 없다. 운전석 아래 — 아, 찾았다.

스크루드라이버.

칼이면 더 좋았겠지만 이것도 괜찮다.

차에서 내린다. 이제 흙길로 달려오는 사람들이 보인다. 그 네 놈이다. 비바람을 뚫고 오며 가건물 안의 동료들을 향해 고함을 질러댄다. 나는 서둘러 밴을 향해 몸을 날리고는 스크루드라이버로 앞바퀴 타이어를 힘껏 찌른다. 다른 자동차들도 차례로 타이어에 구멍을 낸다.

차로 돌아와 올라타고는 문 잠금 단추를 누른다.

시동을 건다.

놈들의 수가 불어났다. 흙길로 오던 놈들에다, 가건물에 있던 놈들까지 가세했다. 두 놈이 보닛을 덮치고, 다른 두 놈이 차 지붕으로 뛰어오른다. 나는 기어를 바꾸며 클러치를 뗀다. 차가 우렁찬 소음을 내지르며 앞으로 돌진한다.

굵은 빗방울이 사정없이 앞 유리를 후려친다. 아직도 차에 달라붙은 놈들이 있다. 보닛에 셋, 넷, 다섯 놈. 다른 놈들도 지붕을 향해 몸을 던진다. 차는 가까스로 움직이지만 무게 때문에 버거운 듯 털털댄다.

나는 차를 홱 돌렸다가 또 한 번 급회전한다. 양쪽으로 놈들이 튕겨 나간다. 하지만 몇 놈이 아직도 매달려 있다. 나는 정신없이 운전대를 획획 돌려댄다. 놈들이 나가떨어진다. 이제 보닛에 붙은 놈은 없다. 지붕은 어떤지 모르겠다.

백미러를 본다. 놈들이 바닥에서 뒹굴고 있다. 죄다 떨어냈다고 확신할 수 없지만, 대충 된 것 같다.

쾅!

운전석 창으로 날아든 주먹이다. 유리는 깨지지 않았지만 주먹질이 계속 이어진다. 놈의 얼굴이 보인다. 자동차 지붕에 거꾸로 매달린 성난 얼굴. 어떻게 버텼는지 모르겠다. 나는 속도를 올려 흙길 끝을 향해 질주한다.

브레이크를 힘껏 밟는다.

끼이익 소리와 함께 차가 멎는다. 지붕 위의 시커먼 형체가 보닛에 쿵 부딪히고는 차 앞의 바닥으로 굴러떨어진다. 잠시 꿈틀하더니 다시 일어서려 한다. 그러나 내가 먼저 움직인다. 가속페달을 꾸욱 지르밟는다.

놈이 고개를 돌리고 나를 노려본다.

"그래, 이 자식아."

나는 중얼거린다.

"어디까지 버티나 보자."

그는 마지막 순간에 아슬아슬하게 옆으로 피한다.

그리고 내가 탄 차가 날카로운 소음을 내며 그를 지나쳐 간다.

샛길로 들어서서 부지런히 두리번거린다. 빠져나가는 길을 아직 못 찾았다. 두 번째 가건물로 이어지는 흙길뿐. 분명 빠져나가는 길이 있을 텐데. 하지만 구경꾼이여, 여기가 어딘지 난 도무지 모르겠다.

헤드라이트를 상향으로 켠다.

첫 번째 가건물, 놈들이 나를 가두었던 곳이 보인다. 헤드라이트 불빛 덕에 한결 잘 보인다. 이 샛길은 건물을 에돌아 반대편으로 쭉 이어진다. 어디로 이어질지 알 길이 없지만 어차피 선택의 여지도 없다. 돌아갈 수는 없잖은가.

가건물을 그대로 지나쳐 샛길을 따라간다. 구불구불한 내리막길이다. 양쪽에 반쯤 허물어진 담장이 있다. 이 길이 어디로 향하는지는 감도 못 잡겠다. 어디든 큰길로 이어지길 바랄 뿐이다. 큰길에 닿으면 더욱 박차를 가해야 한다.

그 이유가 궁금한가? 왜냐하면 이 근방이 금세 놈들로 넘쳐날 것이기 때문이다. 아까 타이어에 죄다 구멍을 냈으니 괜찮은 것 아니냐고? 그거야 뭐, 아주 조금 시간을 벌어줄 뿐이다. 눈 깜짝할 사이에 놈들의 지원군이 우르르 도착할 테고.

10분 안에 빠져나가지 못하면, 탈출은 물 건너간 거다.

샛길은 계속 내리막이다. 어딘지는 몰라도 가파르고 좁은 언덕길이다. 처음 보는 풍경뿐이다. 시골 분위기가 나지만 풀밭은 아니다. 비가 내리고 어두워서 앞이 잘 보이지 않는다. 내 머리도 도움이 안 된다.

시야가 다시 흐릿해지기 시작한다.

몸도 말을 듣지 않는다.

조금 전의 난리법석으로 몸 상태를 잊고 있었다. 하지만 이제 의식이 점점 멀어지고 어둠이 덮쳐온다. 어떻게든 정신을 차리고 운전대를 바로 잡지 않으면 이 차는 엉뚱한 곳에 부딪히고 말 것이다. 머리를 흔들고, 다시 한 번 흔든 다음, 밖을 내다본다.

와이퍼. 그래, 와이퍼를 써야지. 이거 봐라, 구경꾼. 내 정신이 오락가락한다는 증거다. 우선 정신을 다잡아야 한다. 운전대를 더듬어 와이퍼 스위치를 찾고, 켠다.

정면에 교차로가 있다.

멈추고, 표지판을 찾아본다.

없다.

좌회전, 도로로 들어선다. 왜 이 길을 택했는지 묻지 마라. 나도 모르니까. 가속페달을 밟자 자동차가 비명을 지르며 부웅 질주한다. 어쨌든 차는 움직이고 있다. 눈을 부릅뜨고 도로를 주시한다. 전조등이 빗속을 비춘다. 비는 갈수록 기세등등하게 퍼붓는다. 도로 양옆에 늘어선 가로수가 세찬 바람에 힘없이 흔들린다.

또다시 교차로. 여기에도 표지판은 없다.

다시 좌회전.

그냥 감으로 움직이는 거다.

꼭 직감 때문만은 아니다. 무조건 움직여야 하기 때문이다. 계속 움직이면서, 실낱같은 희망에 기대본다.

다시 가속페달을 지그시 누른다. 반대 방향에서 헤드라이트가 달려온다. 그 불빛에 시선을 고정시킨다. 무엇 하나 허투루 지나쳐서는 안 된다. 트럭이다. 난 그놈을 주시하지만, 트럭은 그대로 곁을 지나쳐 멀어진다. 반대 차선에서 다가오는 헤드라이트 불빛이 계속 이어진다.

내 손은 운전대를 잡고 있고, 눈은 반대 차선의 불빛들을 향해 있다. 모두 그냥 지나간다. 나는 다시 운전에 집중한다. 교차로가 또 나와줘야 하는데. 이제 이 도로에서 벗어나고 싶다. 너무 오래 머물렀다. 표지판을 찾아야 하기도 하고. 그 망할 놈의 악당들이 날 어디에 잡아 가뒀는지 알고 싶단 말이다.

왼편에 주유소가 보인다. 주유기 옆에 경찰차가 있다. 기름을 넣는 것 같진 않다. 짭새 둘이 계산대에 있는 여자와 시시덕대고 있다. 나는 번개처럼 지나친다. 백미러로 확인해본다.

뒤쫓아 오는 차는 없다.

계속 속도를 올려 달리고 또 달린다. 누구에게서든 가능한 한 거리를 벌려둬야 한다. 도로에 다른 차도 없으니 이런 속도로 달려도 이목을 끌 일은 없다. 하지만 교차로가 나타나야 한다. 되도록 빨리.

꽤 큰 로터리가 나온다. 큼지막하고 멋진 표지판도 함께.

오케이, 좋아.

이제 여기가 어딘지 알았다. 놈들은 나를 야수의 북쪽 외곽으로 데려왔다. 도시와 접한 시골 동네. 고문실을 마련하기에 아주 딱이다. 매한테는 그런 장소가 무지 많을 것이다.

내 말 믿어라.

로터리로 들어서서 마지막 출구를 통과해 도로로 들어선다.

그래, 구경꾼 양반. 알아, 안다고.

어째서 야수에게 돌아가는지 의아할 테지. 그쪽이 무슨 생각하는지 안다. 놈들에게서 벗어났고 잘 달리는 자동차도 손에 넣었는데, 이 좋은 기회를 왜 써먹지 않느냐고? 야수에게서 멀어지는 방향으로, 북쪽으로 달아나고 싶겠지. 계기판을 보면 연료도 거의 꽉 차 있다. 그러니 마지막 한 방울까지 쪽쪽 빨아 쓰고 나서 차를 버리고 더 멀리 도망쳐 아무도 모르게 숨어 지내면 된다. 어쩌면 살 수 있다는 얘기다.

그렇다. 어쩌면 살 수도 있다.

하지만 이제 그렇겐 안 되겠다. 그런 식으로 목숨만 부지하고 살아가는 것은. 왜냐하면 내가 깨달은 바가 있거든. 베키와 메리 할멈, 재스, 루비, 파파를 만나고 깨달았다. 심지어 벡스나 배너만 같은 인간들도 나에게 깨달음을 주었다.

누구에게나 절대 떼어낼 수 없는 무언가가 존재한다는 사실. 아무리 숨고 도망쳐도 그것이 끈질기게 따라붙기 때문이다. 그것이 뭔지 알겠나? 모른다면…… 흠, 어쩔 수 없지. 내 입으로 말하진 않겠다. 아무튼 난 도망치지 않는다. 돌아갈 것이다.

마지막으로 할 일이 있으므로.

하지만 그때까지 내 목숨이 붙어 있을지 모르겠다. 어차피 결국은 죽게 되겠지만. 꼭 놈들 손에 죽는다는 얘기는 아니다. 어쩐지 내 몸이 스스로 생을 놓아버릴 것 같다. 지금도 생명이 내 몸에서 빠져나가는 것이 느껴지니까.

그 개자식들이 날 곤죽으로 만들어놓았다. 몸을 가누기도, 앞을 보기도 힘겹다. 그냥 등받이에 몸을 기대어 눈을 감고 이대로 영영 잠들어버리고 싶다. 하지만 그렇게 할 수 없다. 아직은 아니다. 마지막 일을 해내야 한다.

내 생명은 이미 나를 에워싼 어둠과 사투를 벌이고 있다. 그래도 아직은 볼 수 있다. 어둠을 볼 수 있다. 더 큰 어둠. 이 어둠을 부숴버릴 만큼만 생명이 버텨주길 바랄 뿐이다. 하지만…….

제길!

차가 기우뚱하며 도로에서 벗어나려 한다. 허겁지겁 핸들을 돌려 다시 방향을 잡고, 백미러를 확인한 다음 심호흡을 한다. 다시 한 번 심호흡. 빌어먹을, 빌어먹을, 빌어먹을. 정신을 잃을 뻔했다. 집중력을 잃었다. 지금도 가물가물하다. 무슨 뜻인지 알겠나?

또다시 시야가 흐려진다.

차를 세우고, 잠시 쉬면서 정신을 차려야 한다. 임시대피소가 있으면 좋겠다. 어둡고 한적한 도로면 더 좋겠고. 도무지 임시대피소 안내표지가 나타나지 않는다. 도로엔 차량이 점점 많아진다. 양방향 다, 특히 내가 있는 도로에. 야수로 향하는 차량이 늘고 있다.

헉!

또 차가 옆으로 기운다.

뒤에서 경적이 빵 하고 울린다. 나는 갓길에 차를 대고 얼굴을 숨긴 채 뒤차가 질러가는 소리를 듣는다. 옆을 지나치면서 또 한 번 빵 경적을 울린다. 슬며시 고개를 들고 도로를 살핀다. 제길, 아무래도 더는 안 되겠다.

난 쉬어야 한다. 그것도 가능한 한 빨리.

임시대피소가 저만치 앞에 있다. 모양새가 마음에 들지 않는다. 차가 고스란히 노출되게 생겼다. 하지만 선택의 여지가 없다. 1분만 더 운전해도 어딘가 쾅 들이받을 게 뻔하다. 천천히, 조심조심 다가간다. 아무도 주목하지 않게, 평범하게 보여야 한다. 차가 비틀거리는 꼴을 더 보여줄 순 없다.

깜빡이를 켜고 들어가 차를 댄다. 숨을 고르고, 생각한다. 핸드브레이크를 올린다. 옳지, 그래. 헤드라이트를 끄고, 와이퍼도 끈다. 시동도 끈다. 그리고 심호흡.

각종 차들이 천둥 같은 소리를 내며 야수를 향해 휙휙 지나간다. 여기서 오래 머무를 수는 없다. 너무 위험하다. 훤히 노출된 장소인데다 지금쯤 놈들이 이 도로를 샅샅이 훑고 있을 것이다. 짭새들도 그렇고.

딱 2분만이다. 더는 안 된다.

잠들 수도 없다. 절대로 잠들면 안 된다.

눈을 감는다.

절대로 잠들면 안 돼.

하지만 잠이 보드라운 이불처럼 나를 덮는다. 커다랗고 새까만, 두텁고 따뜻한 이불처럼…… 그러나 악몽이 찾아온다.

오 맙소사, 다시 그 방이다. 난 달아나지 못했고, 스크린 속 매가 나를 지켜보고 있다. 만면에 흡족한 미소를 짓고서. 매뿐 아니라 다른 이들도 함께 웃는다. 마치 얼굴 전시장 같다. 각각의 얼굴이 조그만 스크린 속에 담겨 있다. 사방의 벽에 붙어서 거만한 얼굴로 일제히 나를 응시한다.

놈들의 얼굴만 있는 게 아니다. 나를 볼 수 없는 사람들의 얼굴도 있다. 베키와 재스와 메리 할멈. 이제 다른 얼굴들도 나타난다. 배너만과 펀. 루비와 파파, 그들의 흑인 친구들. 트릭시와 오크녀 패거리. 디그와 리프. 얼굴들이 늘어난다. 과거에서 온 얼굴들. 내가 죽인 사람들.

그리고 불현듯 깨닫는다.

모두가 지켜보고 있다. 바로 그거다. 좋은 추억이건 나쁜 기억이건, 내가 알았던 모든 이들. 그들 모두가 지켜보고 있다. 난 방 안에 갇혀 있다. 달아날 수 없다. 놈들이 내 생명을 앗아가기 시작한다. 한 번에 한 조각씩, 그렇게 내 생명을 서서히 갉아낸다.

"아악!"

잠에서 깬다. 운전대를 움켜쥔 채 온몸을 떨고 있다. 머릿속 뇌가 튀어나올 듯이, 골이 빠개질 듯이 아프다. 뒤로 기대어 앉아 고통스럽게 숨을 몰아쉰다. 그러다 백미러에 비친 헤드라이트 불빛을 발견한다.

누군가가 임시대피소로 들어오고 있다.

침착하자, 정신 바짝 차려야 해. 누군지 모르지만, 궁금해할 여유도 없다. 시동을 걸고 헤드라이트를 켠 다음 백미러를 살피며 차를 뺀다. 다시 한 번 백미러를 본다. 다른 자동차가 임시대피소에 들어와 선다. 정장 차림의 사내가 휴대폰으로 통화하고 있다.

혼자다.

하지만 그의 시선이 내 쪽을 향해 있다.

아무 의미 없을 수도 있다. 어쨌든 계속 백미러를 힐끔거리며 속도를 올린다. 그 차도 빠져나온다. 빠르게 달리지만 나를 앞지르지는 않는다. 사내는 여전히 통화 중이다. 나를 거의 따라잡을 무렵 뒤로 빠지며 휴대폰을 내려놓는다.

나는 그를 계속 주시한다. 그는 잠시간 내 뒤쪽에 있다가 다시 속도를 올린다. 그가 옆 차선으로 앞질러 갈 때 나는 얼른 고개를 반대편으로 돌린다. 뒤에서 그의 차를 주시한다. 그는 급한 일이라도 있다는 듯 빠르게 달려간다. 하지만 나는 그 차에서 시선을 떼지 않는다. 앞쪽에 늘어선 자동차 불빛들에 섞여 안 보이게 될 때까지.

구경꾼이여, 지금 이거 죄다 틀려먹었다. 역시 내가 제정신이 아니라는 증거다. 애초에 이 길로 온 것부터가 잘못이었다. 너무 번잡하다. 아까 그 사내, 어쩌면 신경 쓸 필요 없는 인물일지도 모른다. 그냥 자기 차를 자랑하고 싶은 멍청이에 지나지 않을 거다.

하지만 이 도로에서 난 너무 쉽게 눈에 띄는 먹잇감이다.

진즉 다른 길로 빠졌어야 했다. 하지만 내가 너무 약해진 게 문제다. 그래서 이 도로에 붙어 있는 것이다. 생명이 다 빠져나가기 전에 야수에 도착하려고 가장 빠른 길을 택한 것이다.

하지만 어쩌면 내가 나를 속이고 있는지도 모른다. 정말 솔직해져볼까, 구경꾼 양반? 실은 가장 빠른 길을 생각한 게 아니다. 더 정확히 말하면…… 그냥 아무 생각도 없었다.

그러니 지금부터라도 생각을 해야 한다.

우선 이 도로에서 빠져나가야겠다. 그게 첫 번째 할 일이다. 야수로 통하는 외진 길을 타자. 내 몸 상태 같은 건 머릿속에서 지워버리자. 가장 안전한 길로 가야 한다. 어차피 이 도로와 오십보백보겠지만 아주 약간이라도 그 편이 나을 것이다.

비가 멎었다. 바람도 잦아들었다.

전방에 교차로가 보인다.

최선을 다해 살펴본다. 방향을 꺾으면 야수 북쪽을 에돌아가게 되지만, 거기서 다시 야수로 향하는 곁길을 탈 수 있다. 좁은 샛길들. 시간은 좀 더 걸릴 것이다. 하지만 그리로 가야 한다. 내 몸 상태가 얼마나 심각하건 간에.

좌회전하여 도로에서 벗어난다.

로터리로 들어서서 두 번째 출구로 나가자마자 모텔 앞에서 우회전한다. 다리를 건너고 상점가를 지난다. 시계를 확인해본다. 오후 여섯 시다. 세상에, 그 자식들하고 그토록 오래 있었단 말인가? 시간이 얼마나 흘렀는지 전혀 몰랐었다. 어느덧 다시 밤을 맞이하게 되었군.

라디오를 켠다. 이건 꼭 들어야 한다.

"여섯 시 뉴스입니다."

나도 모르게 입이 벌어진다. 첫 번째 뉴스 주인공이 나다. 나에 대해 몽땅 까발리고 있다. 내 이름, 내 생애, 그들이 짜 맞춘 것들. 내가 죽인 사람의 수. 내가 예전 도시로 도주하게 된 경위. 거기서 죽은 듯이 살다가, 메리 할멈과 알게 되고, 벡스와 재스를 데리고 달아난 과정. 야수로 돌아온 것. 내가 무지막지하게 위험한 인물이며, 아직 도주 중이라는 사실. 절대로 나와 접촉해서는 안 된다는 경고.

몽땅 뉴스 속보로 나온다.

딱 한 가지만 제외하고.

하플러─데베룩스 경.

그에 관한 언급은 없다. 단지 내가 뒷골목 갱단과 복잡한 이해관계로 얽혔다는 이야기뿐. 뭐, 당연하지 않은가? 배너만의 보고

서를 넘겨받은 제이크스가 제 입맛에 맞는 내용만 쏙쏙 골랐을 테니.

뉴스가 이어진다.

야수 곳곳에 폭력 사건이 늘어났고, 체포된 범죄자도 늘어났다는 소식. 공개되는 건 딱 그만큼이다. 이름 같은 건 나오지 않는다. 하지만 구경꾼이여, 난 그 이름들을 떠올리고 있다. 당신도 짐작하겠지. 과거의 이름들, 내가 목록에 적은 이름들. 목록에는 갱단 두목과 똘마니들뿐 아니라 공무원, 은행원, 사업가 등 매가 지배하는 어둠의 세계에 일조하는 악당들 이름도 있다.

물론 그들 모두를 조종하는 최고 거물의 이름도.

하플러—데베룩스 경.

그 이름들이 뉴스에 나오면 좋겠다. 진짜 간절히 그러길 바란다.

아나운서가 계속 지껄인다. 하지만 이제 난 건성으로 듣고 있다. 이만하면 대강 분위기 파악은 됐다. 나를 잡기 위한 포위망이 한없이 넓게 펼쳐지고 있지만, 괜찮다. 괜찮은 정도가 아니라 퍽 좋은 현상이다. 하지만 문제는, '충분히' 좋은 정도에는 한참 못 미친다는 거다.

매에게 치명상을 입히기엔 한참 모자라다.

갱단 두목들끼리 힘을 합친들 그를 건드리진 못할 것이다. 짭새들은 말할 것도 없다. 그는 모든 난관을 가뿐히 피하고 자신에게로 연결되는 모든 흔적을 깨끗이 지워버릴 것이다. 매는 자기 둥지 안에 안전히 피신할 수 있다. 그의 컴퓨터에서 나온 백업 드라이브도 산산이 조각났으니.

그래도 열은 받을 거다. 당연하지. 그 자신은 안전하지만 그의 세계가 송두리째 흔들리고 있으니 화가 나서 미칠 지경일 거다. 그리고 내가 노리는 게 바로 그거다. 나는 그가 몹시 분노하길 바란다.

내가 계획한 대로 돼야 하니까.

좋아, 생각하자. 정신을 잃으면 안 된다. 살아야 한다. 살아서, 생각을 해야 한다.

라디오를 끄고 도로를 살핀다. 재빨리 해치울 일이 두 가지 있는데 저 모퉁이만 돌면 적당한 장소가 나온다. 사람이 많거나 공중전화가 고장 났다면 낭패겠지만.

놈의 휴대폰을 쓸 순 없다. 지금은 안 된다. 그가 번호를 추적할 것이다. 다행히 아까 타이어에 구멍 낼 칼을 찾다가 조수석 수납함에서 뭔가를 발견했다. 그걸 쓸 수 있다면 좋겠다.

좀 있다가 보여주지.

차를 몰아 모퉁이를 돈다.

다 왔다. 주유소, 공중전화박스, 햄버거 노점. 어슬렁대는 사람도 별로 없다. 주차장 맨 구석에 차를 대고 주위를 살핀다. 근방에 다른 차는 없다. 헤드라이트를 끄고, 시동도 끈다.

다시 한 번 확인.

이쪽을 주시하는 사람도, 이쪽으로 다가오는 사람도 없다. 주차된 차도 몇 대 안 된다. 노점 앞에 세 사람, 전화박스엔 아무도 없다. 손을 뻗어 조수석 수납함을 연다. 저거다, 구경꾼 양반.

지갑.

두툼하니 때깔도 좋지? 분명 돈이 두둑이 들어 있을 거다. 내가 요긴하게 쓸 돈이다. 오늘밤에 쓸 데가 좀 있거든. 좋아, 그 인간이 얼마나 도움이 될지 한번 확인해볼까?

흠, 도움은 되겠다. 게다가 모두 빳빳한 지폐다. 하지만 좀 모자란 감이 있다. 아무래도 전에 당신들에게 보여준 터널로 다시 기어 들어가야겠다. 기억하나? 한때 뱀굴이었던 곳, 내가 돈을 숨겨둔 곳.

그 돈 전부 필요할 것 같다.

아마 그래도 모자랄 거다.

아무튼 서둘러 움직이자고.

지폐를 주머니에 쑤셔 넣고, 지갑을 더 뒤져 동전이 있는지 찾아본다. 그래, 꽤 많군. 이제 가자. 참, 오늘밤 우리의 행운을 비는 것도 잊지 말고.

길 건너 공중전화박스로 다가간다. 도로 위의 차에 탄 사람들 시선이 내 쪽을 향한다. 노점에 있는 사람들 시선도. 내 얼굴은 후드 그늘에 가려져 있다. 다른 자동차가 나타나 주차장으로 휙 들어온다.

으리으리한 자동차다.

양복쟁이 남자 둘이 타고 있다. 그들은 내리지 않는다. 그냥 차 안에서 대화를 나눈다.

거리를 둘러본다.

나는 전화박스 안으로 들어가 수화기를 들어본다. 작동한다. 주차장을 잽싸게 둘러본다. 남자들은 여전히 으리으리한 차 안에 있다. 내 쪽을 보는 사람은 없다. 난 전화를 걸어야 한다. 무슨 일이 생겨도.

동전을 넣고 번호를 누른다.

제발 받아라. 반드시 받아야 해.

딸깍. 텔레비전 소리. 그리고 라디오 소리. 그리고 목소리.

"네?"

"안녕, 이지."

대답이 없다. 나는 그가 전화를 끊어버리기 전에 얼른 말한다.

"나야, 블레이드."

"알아."

"요즘 넬슨이 꽤 바쁜 것 같던데."

"그래. 쇼핑 목록이 좀 길어야 말이지."

"이제 네놈도 형님한테 예쁨 좀 받겠어."

"하고 싶은 말이 뭐야?"

자동차 문소리가 들린다. 주차장을 확인해본다. 양복쟁이 한 놈이 내렸다. 노점으로 간다. 다른 놈은 아직 차 안이다. 나는 말을 잇는다.

"부탁할 게 있어."

"뭔데?"

나는 심호흡을 한다. 차마 말이 나오지 않는다. 머릿속에서만 뱅뱅 맴돈다. 기운이 딸리고 몸도 아프고 머리도 제대로 돌아가지 않는데, 간절히 바라는 게 있다. 그걸 이지가 해줘야 한다. 내가 원하는 걸 가져다달라고 부탁할 인간이 이지뿐이다.

"뭐냐고?"

그가 다그친다.

난 말한다. 되도록 천천히, 되도록 분명하게. 원하는 게 뭔지, 또 그 이유는 뭔지. 그는 말없이 듣기만 하다가 클클클 웃는다.

"정말이야? 정말 그걸 원해?"

"그러면 안 되나?"

"네놈 스타일이 아닌 것 같아서 말이야."

"분명히 원해. 네놈 입장에서도 불평할 이유는 없을 텐데. 내가 왜 그걸 원하는지 말했잖아."

"물론 말했지."

"그럼 결국 그게 너한테도 도움이 된다는 것도 알겠군."

"오, 물론이야."

이지가 다시 클클 웃는다.

"아주 큰 도움이 되겠어."

나는 또 한 번 주차장을 돌아본다. 노점 쪽은 거의 비었다. 아까 있던 손님들은 각자 자기 차로 돌아갔고 양복쟁이 남자 혼자 남아 음식을 받고 있다.

나는 크게 심호흡한다. 아직까진 다 괜찮다.

하지만 이제부터가 문제다.

"그런데 이지, 그거 오늘밤에 필요한데."

"오, 그러셔?"

그가 비아냥거린다.

"꽤 급한 모양이야, 그치?"

"가능해? 그리고 얼마면 될까?"

이번에는 클클대지 않는다. 호탕하게 하하하 웃는다.

"두 시간 내로 대령하지. 돈은 필요 없어. 됐습니다, 손님. 네놈이 그 일을 해치우고 나서 우리가 얻게 될 이득을 생각하면 그 정도야 얼마든지 공짜로 해줄 수 있다고. 넬슨 형님이 앞장서서 행운을 빌어줄 거야."

그는 다시 큰 소리로 웃는다.

구경꾼이여, 일이 되어가는 꼴이 영 마음에 안 든다. 내가 원하는 걸 이지가 가져다줄 수 있다는 건 안다. 그가 날 마음껏 놀려먹은 다음에야 부탁을 들어줄 거란 것도 예상했었다. 다만 마음에 걸리는 건…… 과연 이 인간이 그걸 정말 가져올까?

그가 대가를 요구하지 않을 줄은 몰랐다. 당연히 돈을 찔러줘야 할 줄 알았다. 차라리 돈을 주고 싶은 심정이다. 돈이 탐나서라도 반드시 뭔가를 갖고 올 테니 말이다. 직접 만나도 그와 싸울 힘은 없지만. 하지만 지금 이놈이 그저 날 갖고 노는 거라면, 난 아무것도 손에 넣지 못한다는 얘기다. 어쩌면 내 위치가 노출되어 속절없이 세상을 하직하게 될 수도 있다.

하지만 나에겐 선택권이 없는 것 같다.

"좋아."

내가 선수를 친다.

"만날 장소와 시간은……."

"아니, 아니."

그가 치고 들어온다.

"장소랑 시간은 내가 정해. 알겠어?"

난 인상을 구긴다. 이 자식이 이렇게 나올 줄 알았다. 정말 맘에 안 든다. 이지가 날 갖고 노는 것으로 끝나지 않을 수도 있다. 놈이 정한 장소에 스팟과 같이 나타날지도 모른다. 이번에는 둘 다 만반의 준비를 갖추고 오겠지.

"네놈 집으로는 안 가."

내가 단언한다.

"우리 집으로 오라고 안 해. 이미 한 번 왔잖아? 이 집에 네놈

냄새가 또 배는 건 나도 사양이거든."

그는 잠시 말을 끊었다가 잇는다.

"이 동네 끄트머리에 놀이터 딸린 공원이 있어. 거기 알아?"

"어."

"공원 끝에 작은 숲이 있고."

"알아."

약속장소로는 최악인 곳이다. 어쨌든 나한테는 그렇다. 이지한 테야 최적의 장소겠지. 스핏을 비롯한 동료들을 대동하고 나를 덮칠 작정이라면 말이다. 매복하기 좋은 그늘이 수십 군데는 될 테니까.

"두 시간 후에 거기서 만나."

그가 단정 짓듯 말하고는 끊어버린다.

뭐, 딱히 놀랍진 않다. 대충 예상은 했었다. 어쨌든 지금 상황이 그런 것 같다. 모 아니면 도. 얼굴을 후드 안으로 깊숙이 묻으며 전화박스에서 나와 노점 쪽으로 건너간다.

지금은 손님이 없다. 계산대 점원 하나뿐이다. 햄버거와 양파 냄새가 솔솔 풍긴다. 나는 고개를 푹 숙이고 다가간다. 점원이 명 랑하게 묻는다.

"뭘로 드릴깝쇼, 손님?"

"햄버거 둘, 감자튀김 둘, 캔 콜라 둘."

"양파는요?"

“네, 그것도 주세요.”

나는 그가 주차장을 휘둘러보는 장면을 놓치지 않는다. 나 혼자 차를 타고 온 걸 봤는지 모르겠다. 아니길 바란다. 만약 봤다면, 내 나이를 의심할 것이다.

난 2인분을 주문했다. 운이 따라준다면, 점원은 내가 어른이 운전하는 차를 타고 왔다고 대수롭지 않게 여길 것이다. 그런데 이 인간이 자꾸만 주차장 쪽을 기웃거린다. 저 짓 못하게 막아야겠다.

“케첩도 좀 주시죠?”

그가 다시 나를 본다.

“케첩이요.”

난 다시 공손하게 말한다.

“좀만 주세요.”

그는 흠흠 헛기침을 하고는 음식을 만들기 시작한다. 나는 반쯤 돌아선 채 기다린다.

“다 됐습니다.”

그가 말한다. 나는 돈을 내고 음식을 받아든 다음 주유소 쪽으로 걸어간다. 이건 눈속임이다. 내가 주차장 구석의 자동차로 들어가는 걸 점원이 못 보게 해야 한다.

좀 더 가다가 주변을 살피고 오른쪽으로 틀어 그의 시야에서 벗어난다. 노점 뒤로 돌아서 차로 돌아간다. 멈추고, 다시 살핀다.

차에 앉아 나를 주시하는 인간은 없다. 내가 확인한 바로는 그렇다. 노점에는 새 손님이 들었고 점원이 돌아서서 주문받은 음식을 만드는 중이다.

차에 올라타 후드를 벗고 시동을 건다. 주차장 가장자리에 붙어 움직인다. 노점과 다른 차에 있는 사람들이 보지 못하게 고개를 다른 쪽으로 돌리면서. 혹시 누가 날 알아봤을까? 모르겠다. 설령 날 알아본 사람이 있다 한들 당장 뾰족한 대응책이 있는 것도 아니고.

헤드라이트를 하향으로 켜고 도로로 나간다. 쭉 직진하다가 교차로에서 좌회전한다. 운전하는 와중에 햄버거를 허겁지겁 입으로 쑤셔 넣는다. 이야, 그야말로 꿀맛이다. 2인분? 3인분 살 걸 그랬다. 점원 눈속임만을 위해 2인분을 산 게 아니다. 배가 너무 고파서이기도 했다.

감자튀김도 햄버거처럼 순식간에 내 뱃속으로 들어간다.

콜라도.

계속 주위를 잘 살피면서 운전해 나아간다.

이제 거의 다 왔다. 또다시 두려움이 밀려온다. 난 이 동네가 정말 싫다. 시간도 걱정이다. 두 시간, 이지는 그렇게 말했다. 노점의 그 점원만 아니었어도 이렇게 촉박하진 않았을 것이다. 그 인간에게 의심을 사지 않으려고 아까운 시간만 낭비했다.

로터리를 돌아 영화관을 지난다. 신호등에서 왼쪽으로 꺾는다.

저기다. 저기 언덕 아래. 알아보겠나? 이지가 사는 아파트 건물. 저번에는 반대편에서 왔었다. 저쪽 끝으로 가진 않을 거다, 구경꾼 양반.

왜인지 아는가?

놀이터를 통과해 숲으로 가면 안 되기 때문이다. 놈들이 숨어서 내가 오는 걸 지켜볼지도 모른다. 난 저기 오른쪽에 차를 세우고 울타리를 넘어 숲으로 들어갈 작정이다. 놈들이 예상한 것과 반대 방향이겠지. 그러면 내가 모습을 드러내 보이기 전에 누가 와 있는지 먼저 확인해볼 수 있을 것이다.

휴, 그 울타리를 넘을 힘이 남아 있다면 좋으련만.

주위를 둘러보고, 지나다니는 차량이 뜸한 틈을 타 차를 세운다. 다시 한 번 살펴본다. 인도에는 아무도 없다. 헤드라이트와 시동을 끈다. 도로 쪽을 확인한다.

저기 울타리, 보이나? 그 너머에 숲이 있다. 나무들 사이로 놀이터가 살짝 보이지? 차 시계를 확인해본다.

아슬아슬하게 도착했군.

놈들은 이미 와 있을 것이다.

그렇다, 구경꾼이여. 이지 혼자일 리 없다.

차에서 내린다. 문을 쾅 닫지 않는다. 최대한 소리가 나지 않게 살살 닫는다. 조용히, 조심조심 도로를 건넌다. 울타리를 훑어본다. 넘을 수 있을 것 같다. 잠깐, 그럴 필요도 없겠는데? 잘하면 저기 아래쪽 틈새로 들어갈 수 있겠다.

찰싹 엎드려 기어서 울타리를 통과한다.

발밑에 풀과 딱딱한 뿌리가 닿는다. 숲으로 들어서기 직전에 주위를 둘러본다. 이지 혹은 다른 이의 기척이 전혀 느껴지지 않는다. 하늘을 찌를 듯 치솟은 나무기둥과 그늘뿐이다. 한 발 한 발 앞으로 내딛는다. 다음 순간, 등 뒤에서 들려오는 목소리.

"저 자식 잡아!"

난 퍼뜩 정신을 차리고 미친 듯이 빙빙 돌며 살핀다. 이지가 서 있다. 어느새 나와 울타리 사이로 미끄러져 들어와 내가 거리로 내빼지 못하게 막고 있다. 내가 요구한 걸 가져온 것 같지 않다. 하지만 분명 뭔가는 가져왔을 거다.

이를테면 총이라든가.

나는 주위를 둘러본다. 다른 놈이 따라붙은 기색은 느껴지지 않는다.

다시 이지를 돌아본다.

그가 빙글빙글 웃고 있다. 아무 말 없이, 전화기에 대고 그랬듯이 그저 빼기는 웃음만 날린다. 나는 더욱 신중하게 두리번거린다. 그에게 힘을 보탤 동료들을 달고 왔을 텐데. 근처 어딘가에 스팟이 숨어 있을 것이다.

이지가 내 눈빛을 읽는다.

"그 녀석은 없어."

나는 다시 살핀다. 이지가 고개를 흔든다.

"스핏은 없다니까. 아무도 없어. 너랑 나 둘뿐이야."

그래도 믿을 수 없다. 내가 시킨 물건은 어디에 있단 말인가? 그가 또 내 의중을 읽는다.

"저기에 있어."

그가 턱으로 숲 속을 가리킨다.

"왠지 여기까지 가져오고 싶지 않더라고."

"그럼 여기까진 왜 왔지?"

"네가 이 울타리로 넘어올 것 같아서. 놀이터를 가로질러 오는 건 아무래도 좀 위험하잖아? 눈에 띄기 쉬우니까. 그래서 널 좀 놀래주려고 온 거야."

이지가 다시 웃기 시작한다.

"이제 알겠나? 너도 별 수 없네, 안 그래?"

그는 갑자기 웃음기를 싹 지우고는 나를 훑어본다.

"이런, 많이 다쳤군."

난 어깨를 으쓱한다.

"시간 없어. 물건이나 내놔."

그는 들은 체도 않고 내 얼굴만 뚫어져라 살피며 성큼 다가온다.

"심각한데. 누가 이랬어?"

난 대답하지 않는다. 이지의 시선이 나를 샅샅이 훑는다. 그런데…… 그의 표정에 뭔가가 담겨 있다. 정말 의외의 표정이다. 우정은 아니다. 제길, 아니라니까. 하지만 적어도 한 가지는 분명하다. 저 인간, 더는 나를 보고 웃지 않는다.

하지만 나를 뜯어보는 저 시선이, 난 불편하다.

"시간 없어, 이지."

그가 허리를 곧추세운다. 하지만 나에게서 시선을 떼지는 않는다.

"그래? 그럼 가볼까."

그는 앞장서서 숲으로 들어가 놀이터와 맞닿은 지점에서 우뚝 멈추어 선다.

"저기야."

그가 가리킨 나무 그루터기 위에 불룩한 봉지가 놓여 있다. 그가 허리를 굽혀 봉지를 집어 든다.

"내가 말한 거 다 가져왔어?"

"직접 확인해보든가."

그는 봉지를 건넨다. 내가 받아서 안을 확인한다. 다 있다. 여분까지 넉넉하게 들었다.

"준비는 끝났지."

이지는 잠시 머뭇거리다 묻는다.

"근데 정말 이걸 원해? 혹시 맘 변하진 않았고?"

"안 변했어."

"크게 각오해야 할 텐데."

"알아, 걱정 마."

"그럼 뭐…… 사용법 알려줄게."

그럴 필요 없는데 말이다. 척 보면 알겠구먼. 하지만 난 내버려 둔다. 그가 장황하게 설명을 늘어놓는다. 두 번이나 직접 보여준다. 난 점점 초조해진다. 이 자식아, 이쯤 하고 그만 가. 그래야 나도 가지. 얼른 가서 이 일을 해치워야 한다고.

"껌이네."

내가 말한다.

그가 나를 올려다본다.

"아, 물론 어렵진 않지. 아주 쉬워. 어린애도 다룰 수 있을 거야. 게다가 넌 어린애가 아니고."

나는 그를 마주 본다. 좀 헷갈린다. 저 목소리, 저 표정, 뭘 의미하는지 모르겠다. 다시 날 놀리는 건가? 난 또 왜 그걸 신경 쓰는 거지? 그러거나 말거나 나한텐 전혀 상관없는데 말이다. 그런데 이상하게 신경이 쓰인다. 걸리는 게 있어서다. 나도 모르게 중얼거리고 있다. 갑자기 내 목소리가 무지 어리게 들린다.

"이지, 나 열다섯 살이야."

이건 또 뭔 소린가. 대관절 내가 뭐라고 지껄이는 거야. 하고 많은 사람들 중 하필 이놈한테. 그냥 그 말이 튀어나왔다. 둘 다 더 이상 말이 없다. 이지는 어리둥절한 얼굴로 나를 쳐다본다. 기나긴 정적이 흐른 끝에, 이지의 입꼬리가 슬며시 올라간다.

"아니, 열다섯 살이 아니야."

그가 입을 연다. 가까이 다가와 귓가에 속삭인다.

"넌 죄악과 동갑이야."

그러고는 몸을 돌려 놀이터로 향한다.

나는 그의 뒷모습을 바라본다. 그는 일부러 시간을 끌며 뚜벅뚜벅 발걸음을 옮긴다. 단 한 번도 돌아보지 않는다. 기분이 이상하다. 그가 한 번쯤은 뒤돌아봐주면 좋겠다는 생각을 하고 있다, 내가. 하지만 그는 움직이는 그림자처럼 한 걸음 한 걸음 멀어지며 흐릿해진다.

그렇게 사라진다.

난 다시 떨고 있다. 통증이 머리와 몸을 온통 두들겨댄다. 봉지를 열어 안을 들여다본다. 여전히 온몸이 끔찍하게 아프다. 봉지 입구를 움켜쥐고 몸을 돌려 울타리를 향해 절룩대며 간다.

꼭 해내야 해.

남은 건 이것뿐이야.

베키가, 메리 할멈이, 재스가, 루비와 파파가, 또 누가 어떻게 생각하건 간에. 그들 모두가 말릴 일이다. 그들 모두의 목소리가 들리는 듯하다. 흔들리는 나뭇잎 사이로 부는 바람을 타고.

안 돼, 그러지 마, 안 돼.

그들은 그렇게 울부짖는다.

그리고 난 이렇게 대답한다 ― 이것뿐이야, 이 방법밖에 없어.

울타리 밑으로 기어 거리로 나간 다음, 둘러본다. 도로 양방향으로 차량들이 돌아다닌다. 버스, 택시, 승용차. 픽업트럭도 있다. 조심해야 한다. 특히 이 봉지를 들고서는. 움직이는 건 모조리, 미리미리 파악해야 한다.

거리의 사람들 얼굴을 일일이 확인하며 차들이 모두 사라질 때를 기다렸다가 길을 건넌다. 아까 세워놓은 차로 돌아가 운전석에 오른 후 다시 한 번 둘러본다. 멈춰선 사람도, 이쪽으로 다가오는 사람도 없다. 봉지를 무릎에 놓는다. 낯선 감촉. 이대로는 운전을 할 수 없지만, 다른 데로 치우긴 싫다.

위험하다는 건 안다. 짭새가 검문이라도 할 경우에는.

하지만 가까이 둬야 한다. 부츠 안은 안 된다. 조수석 아래에 밀어 넣고 몸을 일으킨다. 심호흡. 다시 한 번 심호흡. 연료계 눈금을 확인한다. 아직 충분하다. 적어도 내가 필요한 만큼은 된다.

시계를 힐끔 쳐다본다.

여덟 시 반. 가자.

시동을 건다. 주위를 둘러보고 적당한 때에 차를 뺀다. 도로 끝 로터리를 돌아 우리가 온 길로 되돌아간다. 그래 구경꾼 양반, 또 의아해하고 있지? 어째서 다시 북쪽으로 돌아가는지.

신경 쓰지 마라. 설명할 기운도 없다. 또 생각할 게 너무 많다. 주의 깊게 봐야 할 것도 많고. 매의 고문실에서 탈출해 나왔을 때보다 도로 사정이 더 안 좋아졌을 것이다. 놈들은 물론이고 짭새들도 일제히 나와 온 도시를 들쑤시고 있겠지. 선량한 짭새와 불량한 짭새 모두.

그런데 구경꾼 당신, 뭔가 이상한 낌새 못 챘나? 나 말이다, 별로 불안하지가 않다. 이유는 모른다. 지금 태평할 때가 아닌데. 시간이 좀 더 흘러야 불안해지려나. 해 뜨기 전에 그렇게 될 거다. 그때쯤이면 불안하고 두려워서 미칠 지경일 거다.

하지만 지금 이 순간, 어딜 가나 나를 찾는 눈길이 도사리고 있는 이 시점, 난 그저 무심히 운전에 집중할 뿐이다. 여기 운전석에 앉아 제한 속도와 교통 법규를 충실히 지키며 운전하고 있다. 침착하게 전진, 또 전진. 내 인생에서 뚜벅뚜벅 걸어 나가던 이지의 모습처럼.

정말 예상하지 못했던 일이다. 내가 침착하게 차를 몰다니. 이렇게 운전하면 생각하기도 편하다. 생각할 게 많다고 좀 전에 말했잖은가. 물론 그건 사실이다. 그런데 이것도 이상하다. 침착하게 운전하는 것 말이다.

생각하는 게 좀 달라지기 시작했다.

원래는 내가 할 일에 대해서만 생각하려 했다.

앞으로 다가올 일들에 대해서만.

하지만 지금 내가 생각하는 건 이 밤이 얼마나 아름다운지, 그것뿐이다. 그렇다, 구경꾼이여. 야수의 내장을 헤집고 다니는 이 순간도, 밤은 아름답다. 상점과 술집, 주택의 불빛들. 자동차 불빛들. 우리들 위로 펼쳐진 까만 밤하늘. 그리고 나. 이 움직이는 좁은 은신처 안에 있는 나. 이게 놈의 차라는 것조차 거의 잊을 뻔했다.

왜냐하면 지금은 아니니까.

이건 내 것이다. 나의 작은 자동차. 나의 움직이는 은신처.

계속 북쪽으로, 북쪽으로 나아간다. 그리고 이제 서쪽으로 꺾는다. 그렇다, 구경꾼 양반. 야수의 가장자리와 접한 곳으로 향하는 것이다. 놈들이 나를 가둬두고 재미를 보던 곳으로 가는 건 아니다. 거기서도 서쪽으로 더 간다.

야수에게서 완전히 벗어나는 거다.

째깍째깍 시간이 흐르고 내 생각도 함께 흘러간다. 한 시간, 두 시간, 세 시간, 지금도 시간은 간다. 자, 주변을 둘러봐라. 거리 풍경이 얼마나 변했는지 알겠나? 야수는 멀리 있고 놈의 기운도 멀어졌다. 물론 놈은 사라지지 않는다. 여전히 그 자리에서 용틀임을 하고 있다. 하지만 이걸 보라.

큰길이 사라지고 우린 시골의 포장길을 달리고 있다. 구경꾼 당신은 내가 어떻게 길을 아는지 궁금하겠지. 흠, 참 부단히도 멍청하군. 지금쯤이면 나에 대해 어느 정도 꿰고 있어야 하는 것 아닌가. 내 기억력이 얼마나 대단한지.

교차로를 지나 교회를 끼고 우회전, 마을을 통과하여 반대편으로 빠져나온다. 그래, 구경꾼 양반. 여기서 서는 거 아니다. 좀 더 가야 한다고. 그다음엔 차에서 내려 한참 더 걸어야 한다.

계속 가서 오르막 샛길을 탄다. 여기서 길이 점점 좁아진다. 내가 아주 똑똑히 기억하는 길이다. 역시 그렇지? 반대편에서 오는 사람이 없기만을 바랄 뿐이다. 뭐, 이런 늦은 밤엔 괜찮을 것이다. 사실 이 근방은 언제나 한적하기도 하고.

조수석 바닥에 놓인 봉지를 건너다본다.

저기다 던져 놓은 후로 처음 쳐다보는 것이다.

이유는 잘 모르겠다.

봉지에서 시선을 떼고 전방의 샛길을 확인한다. 계속 오르막이다. 끝까지 올라가면 길은 오른쪽으로 꺾인다. 언덕배기에서 차를 세우고 핸드브레이크를 올린다. 시동은 끄지 않는다. 등받이에 몸을 기댄다.

숨이 가쁘다. 너무 빠르게 몰아쉬고 있다. 하지만 내 의지로 어쩔 수 있는 게 아니다.

시동을 끈다. 순식간에 정적이 차 안을 덮친다. 그러나 내 숨소리가 들린다. 그 소리가 귀에 거슬린다. 왠지 두렵다. 손을 뻗어 라디오를 켠다.

또 뉴스다. 내용도 같다. 폭력 사건과 용의자 체포. 내 이름과 나에 관한 정보. 하플러—데베룩스 경에 대한 언급은 없다. 앞으로도 없을 거다. 내 장담하지.

그는 절대 잡히지 않는다.

라디오를 끄고 심호흡을 한다. 차에서 내린다. 또 다른 정적이 덮친다. 어이가 없군. 세상을 삼킬 기세로 휘몰아치던 비바람이 이렇게 빨리 잦아들다니. 뭐, 곧 다시 폭풍이 밀려오겠지만. 나는 바닥을 딛고 서서, 주위를 둘러본다.

샛길은 오른쪽으로 돌면서 내리막으로 바뀌어 마을로 이어진다. 왼쪽은 흙길이다. 밭 가녘을 따라 내려가게 되어 있다. 그리고 그 아래로 보이는 호수. 밤하늘을 받아 반짝이는 수면 위로 달빛이 춤을 춘다.

아아, 정말 아름답다. 구경꾼이여, 실은 말이다, 나는 항상 저 호수를 마음으로 그려왔다. 농담 아니다. 내 기억에 선명히 남은 풍경. 예전 도시에서 은신처를 전전하며 쪽잠을 잘 때마다 저 호수를 꿈꾸었다.

악몽 같은 기억들 가운데 자리 잡은 아름다운 추억 하나.

차로 돌아와 시동을 건다. 헤드라이트는 켜지 않는다. 봉지를 집어 무릎 위에 올려놓는다.

다시 출발.

샛길 쪽으로 가진 않는다. 왼쪽의 흙길을 타고 덜컹대며 내려간다. 점점 속도가 붙는다. 브레이크를 살짝 밟는다. 아직은 속도를 높일 때가 아니다. 덜컹, 덜컹, 덜컹. 길바닥이 갈수록 거칠어진다. 바퀴가 제멋대로 틀어져 방향을 잡기도 힘들다. 하지만 해내야 한다. 운전대를 꼭 붙들고, 계속 차를 움직여야 한다. 그리고 이제 속도를 올려야 할 이유도 생겼다.

연료가 간당간당하다.

조금만 더 버텨줘.

빨리, 더 빨리. 창백한 달빛을 향해, 말간 물빛을 향해, 가까이, 더 가까이. 한 손을 운전대에서 떼고 봉지를 단단히 움켜쥔다. 차 문을 열고 온 힘을 다해 밀어 젖힌다. 문이 울타리에 퉁 부딪히고는 되돌아온다. 발로 뻥 차서 다시 여는 동시에 길과 호수를 살핀다. 달빛이, 물빛이, 눈앞으로 커다랗게 달려든다.

점프!

봉지를 움켜쥔 채 차에서 뛰어내린다. 바닥에 부딪힌 충격과 고통으로 비명을 내지르며 흙길을 가로질러 구르고 또 구른다. 세상이 핑글핑글 돈다. 첨벙 하는 둔탁한 소리가 나고, 내 위로 강물이 비처럼 쏟아진다.

차가 호수를 비집고 가라앉는다.

그리고 시야에서 사라진다.

나는 일어서서 수면을 가만히 응시한다. 호수는 벌써 습격의 흔적을 깨끗이 지워버렸다. 언제 차가 들이닥쳤냐는 듯, 마치 아무 일도 없었다는 듯 잠잠하기만 하다. 눈앞의 풍경은 그림처럼 고요하다. 원래 모습 그대로.

물결조차 흔들리지 않는다.

물 위를 비추는 달빛뿐.

오 세상에. 그 차가 내 삶이라면 얼마나 좋을까. 나쁜 기억을 모조리 호수로 던져버릴 수 있다면, 그 안에 온전히 가라앉게 할 수 있다면. 모든 게 순식간에 사라질 텐데. 그럼 모든 걸 다시 바로잡을 수 있을 텐데.

모든 게 고요해질 텐데.

남는 건 평화와 아름다움.

그리고 달빛뿐.

하지만 그렇겐 안 되겠지? 심지어 그 차도 그렇겐 안 되는데. 호수 밑으로 가라앉아 눈에서 보이진 않지만, 그래도 영영 사라진 건 아니다. 안 그런가? 설령 영원히 누군가에게 발견되지 않는다 해도, 그건 여전히 저기에 있다. 여전히 존재한단 말이다.

그리고 누군가는 반드시 찾아낼 테고.

아무리 숨기고 싶어도 누군가는 그걸 찾아내고야 만다.

왜인지 아는가, 구경꾼 양반? 세상에 비밀은 없기 때문이다. 암, 없고말고. 난 자유로워지고 싶었다. 칼로부터, 내가 저지른 악행으로부터, 과거로부터. 하지만 난 그저 그 끔찍한 것들을 묻어버리기 위해 그토록 애썼던 것뿐이다. 그나마 모두 부질없는 짓이었다.

자유로워지는 길은 단 한 가지뿐이다.

진정 자유로워지는 길.

이제 내가 그 길을 가려 한다.

어디선가 올빼미가 우짖는다. 나는 흙길을 돌아본다. 여전히 고요한 그림 같다. 하지만 어둠 속 어디에선가 새 한 마리가 사냥을 하는 중이다. 그리고 이제 나도 사냥을 하러 가야 한다. 봉지 입구를 꽉 움켜쥔다.

흙길을 되밟아 올라간다. 언덕 위 샛길로 돌아가는 짧은 여정조차 사투를 벌여야 할 것 같다. 이런 몸 상태로 과연 그 일을 해치울 때까지 버틸 수 있을까? 오르막의 반도 못 올랐건만 벌써 숨넘어갈 듯이 헐떡대고 있는데.

잠시 쉬며 한숨 돌린 다음, 다시 기어올라 샛길에서 멈춘다. 허리를 푹 숙이고, 숨을 고르고, 허리를 편다. 구경꾼이여, 일이 완전히 틀어질지도 모른다. 영원토록 들러붙어 용을 써도 결국 아무것도 얻을 수 없을지도 모른다. 나는 단 한 가지에 전부를 걸었다.

매의 분노.

그는 몹시 화가 났다. 오 그럼, 당연하지. 문제는 이거다. 과연 그도 나와 같은 생각일까? 만약 그렇다면, 나에게도 기회가 있는 셈이다. 하지만 그것도 단 한 방에 달렸다.

샛길로 터덜터덜 내려가 마을로 접어든다. 영리하게 굴어야 한다. 얼마나 다쳤건 간에 경계를 늦춰선 안 된다. 여기서 한동안 발이 묶일 테니, 자동차가 다가오거나 하면 즉시 몸을 숨겨야 한다. 지금 잡히면 모든 게 수포로 돌아간다.

걷자. 발걸음을 옮겨야 한다.

예전 도시 생각이 난다. 그곳의 거리를 걸어 다니는 걸 내가 얼마나 좋아했는지 기억하는가? 언젠가 댁한테 얘기한 적이 있는데. 그렇게 걷다 보면 머릿속이 명료하게 정리되곤 했지. 우습게도 지금은 이렇게 걷고 있는데도 전혀 머릿속이 정리되는 느낌이 들지 않는다. 이제 그렇겐 안 되나 보다. 내 머리도 완전히 맛이 간 것 같다.

그래, 다시 두려움이 다가온다. 정말 두렵다. 앞으로 닥칠 일이 무서워 죽겠다. 내가 뭐랬나. 새벽녘엔 두려워 미칠 지경이 될 거라 했지. 하지만 그건 내 감정적인 부분이다. 나의 이성은 오히려 정신을 바짝 차리고 있다. 마치 고장 난 부분을 스스로 고치는 능력이 있는 것처럼. 아마 이제는 다른 방법이 전혀 남지 않았다는 걸 알기 때문이리라.

선택할 것도, 결정할 것도 없다.

왜냐하면 말이다, 구경꾼 양반, 막판엔 모든 게 아주 단순해지기 마련이거든.

해야 할 일을 해치우면 끝인 거다. 옛 시절에 그러했듯이. 목표물이 주어지면 할 일을 해치운다. 질문 따위는 금물이다. 기회를 엿보다가, 쳐들어가서, 힘껏 친다. 확실하게 한 번 더. 다른 점이 있다면, 그때 내가 한 짓은 잘못이었다는 것이다.

지금 하려는 건 옳은 일이다.

걷고 또 걷는다.

샛길을 따라, 밤을 따라.

주머니 안에 놈의 휴대폰이 있다는 사실을 계속 생각한다. 통화하고 싶은 사람들도. 휴대폰을 사용하진 않을 작정이다. 그 더러운 악당들에게 내 통화 상대를 알려줄 마음은 없다. 그냥 한번 꺼내본다.

뭐, 어차피 배터리가 나갔군.

대체 이 물건은 왜 갖고 왔담? 한참 이놈을 노려본다. 가만히 들여다보다가, 퍼뜩 생각나는 게 있다. 어쩌면 이걸 사용했어야 하는지도 모른다. 차를 몰고 오는 동안 한번 걸어볼 걸 그랬나. 배너만이나 루비한테.

그들이 어떻게 됐는지 알 기회였는데. 그리고 벡스도.

혹은 메리 할멈 소식을 들을 수 있었을지도 모른다.

하지만 굳이 알아서 무엇하겠는가.

휴대폰을 휙 던져버리고, 계속 걷는다. 올빼미 소리가 또 들려온다. 부쩍 가까워졌다. 나는 좀 더 힘을 내어 다리를 더 빨리 움직여보려 하지만, 쉽지 않다. 쓰러지지 않고 걷는 것도 용할 따름이다. 고개를 들고 하늘을 올려다본다. 달이 여전히 그 자리에 박혀 있고, 보석 같은 별들도 총총 떠 있다.

샛길이 왼쪽으로 꺾이며 다시 오르막이 시작된다. 아직 차 한 대도 지나가지 않았다. 모든 게 변함없이 고요하다. 처절하게 움직이는 내 발걸음 소리만 가냘프게 들릴 뿐이다. 오른쪽 허공에 뭔가가 미끄러지듯 움직인다.

아마 그 올빼미일 것이다.

하지만 녀석은 금세 사라져버린다.

한 걸음, 한 걸음, 비탈을 오른다. 아까 올랐던 언덕보다 더 높지만 그다음엔 좀 더 수월하다. 하지만 최악을 향해 치닫는 셈이기도 하지. 이 언덕을 넘으면, 바로 그 일이 코앞으로 다가오니까. 그래도 간다. 봉지를 움켜쥐고서, 헉헉 숨을 몰아쉬면서. 언덕 꼭대기는 무지개처럼 보이기만 하고 도통 만질 수 없는 존재인 것만 같다.

하지만 난 서서히 다가가고 있다. 위로, 위로, 이제 조금만 더 가면 된다. 드디어 꼭대기. 이쪽 샛길에 낮은 돌담이 있다. 그 위에 걸터앉아 거칠게 숨을 몰아쉰다. 좀 쉬다가, 언덕 너머의 다음 마을을 내려다본다.

바로 저기다.

보이나? 정면으로 아래에. 샛길을 따라가지 마라. 샛길은 우리가 가려는 방향으로 뻗어 있지만 목적지에 닿기 전에 꺾인다. 그리고 우린 샛길로 내려가지도 않을 거다. 여기서 방향을 틀어 곧장 마을 옆구리로 치고 들어갈 예정이다. 그러니까 샛길은 이제 쳐다볼 것도 없다.

똑바로 앞을 봐라.

멀리.

나무로 둘러싸인…….

집.

그래, 안다. ‘애개, 고작 저만 해?’ 당신은 이렇게 생각하고 있겠지. 큼지막한 저택쯤을 기대했을 텐데 말이야. 흐음, 막상 가보면 여기서 보는 것보단 크지만, 당신 생각이 맞다. 저건 저택이 아니다. 이유를 말해주지.

저건 일종의 ‘벙커’다. 비밀 아지트, 은신처, 피신장소.

둥지.

세상 그 누구도 매가 저곳을 소유한 사실을 알지 못한다. 그의 가족들조차 모른다. 그에게 직접 들은 얘기다. 그리고 그 자신도 저기로 오는 일이 드물다. 1년에 한두 번 정도? 그것도 특별한 이유가 있을 때만.

한때는 내가 그 특별한 이유였다.

하지만 그와 함께 온 건 아니다. 난 따로 왔다. 매의 둥지를 아는 몇 안 되는 놈들 중 하나가 나를 차에 태워서 데려왔다. 매는 늘 혼자 왔다. 오늘밤 그가 왔을지는 더 가까이 가봐야 알겠다.

가자.

돌담을 넘어 비탈을 구르듯 내려간다. 마을 안에서는 더 빨리 걷는다. 어디서 이런 힘이 솟았는지 알 길이 없지만, 지금 난 조금이라도 빨리 거기에 닿고 싶다. 심장도 마구 쿵쾅댄다. 하지만 설레거나 신나서 뛰는 건 아니다.

당신에게 말했던 그 두려움 때문이다.

그 집이 점점 가까워진다. 집을 에워싼 나무숲이 또렷이 보인다. 집 뒤편 오른쪽으로 꺾어 들어가는 샛길도. 이제 나는 평지를 걷고 있다. 드문드문 양들이 흩어져 풀을 뜯는다. 달빛 아래 고개를 들어 나를 멍하니 쳐다보다가, 다시 땅바닥에 널린 먹이를 뜯어 먹는다.

난 쉬지 않고 걷는다.

나무들이 조금씩 다가온다. 여기선 나무에 가려 집이 거의 보이지 않지만 나는 그 너머의 그림자를 알아볼 수 있다. 온통 캄캄하다. 불 켜진 곳이 없다…… 결국 여기까지 온 게 모두 헛수고였다는 의미일까. 아무튼 가자. 나무숲 안으로 들어가 멈추고 숨을 돌린다.

손에 든 봉지가 너무도 무겁게 느껴진다.

내 삶 전부를 짊어진 것처럼.

숲을 통과하여 울타리에 닿는다. 집 쪽을 살펴본다.

역시 온통 캄캄하다. 밖에 세워둔 차도 없다. 아무것도 없다. 겨울 내내 비워둔 집처럼 황량하기만 하다. 나는 집을 등지고 울타리에 기대어 스르륵 주저앉는다. 내가 틀렸다, 구경꾼 양반. 내가 망친 것이다. 단 한 방에 모든 걸 걸었는데…… 그 한 방이 허방이었다.

그 순간, 소리가 들린다.

멀리서 아득하게.

나지막이 웅웅 울린다.

몸이 굳는다. 소리가 점차 커진다. 나는 고개를 들어 소리 나는 쪽을 응시한다. 나무 꼭대기 사이로 밤하늘을 가르며 다가오는 회색 형체가 보인다. 그 형체가 나무 위를 지나 집 위로 향한다. 나는 고개를 틀어 울타리 너머를 엿본다. 저거다, 캄캄한 허공을 맴도는 회색 형체.

매의 헬리콥터.

착륙을 위해 천천히 내려오고 있다.

나는 다시 숲으로 기어 들어가 가장 어두운 지점을 찾아 바닥에 납작 엎드린다. 봉지는 가슴팍 밑에 깔고서. 집 쪽을 볼 수가 없다. 어차피 지금 살펴보는 건 위험하다. 그냥 귀를 쫑긋 세우고 듣는 수밖에. 엔진이 털털대다 멈추고, 요란하게 돌아가던 날개 소리도 점점 둔해지더니 이내 조용해진다. 문을 여닫는 소리, 사람들 목소리, 자갈길을 밟는 발소리 같은 건 들리지 않는다.

어쩔 수 없이 또 몸이 바들바들 떨린다. 구경꾼이여, 그가 혼자 왔을 리 없다. 그는 헬리콥터 조종법을 안다. 하지만 혼자일 리 없다. 언제나 그렇듯 철저한 경호를 붙였을 것이다. 아무도 모르는 이 비밀장소에서조차. 아니, 이 비밀장소에선 더더욱.

나는 주먹을 쥐고 울타리를 향해 포복으로 조심조심 기어간다.

헬리콥터엔 아무도 없다. 집 안에 불이 들어온다.

여전히 아무 소리도 들리지 않는다.

깊고 차가운 정적만이 흐른다.

다시 숲으로 기어 들어가 털썩 주저앉는다. 봉지를 쳐다본다. 두려움이 공포로 커지며 신음하기 시작한다. 다시 하늘을 올려다본다. 그래, 난 아직 별을 볼 수 있다. 달도 보인다. 그리고 이제 다른 것도 보인다.

새로운 하루의 첫 빛줄기. 새벽이다. 그래, 새벽. 나에겐 과분한 또 한 번의 새벽. 하지만 저 집 안에 있는 악당 역시 새벽을 맞이할 자격이 없긴 마찬가지다. 나는 천천히 깊은 한숨을 내뱉는다. 마음이 비워지고, 차분히 가라앉는다. 그리고 단단히 굳는다. 오케이, 구경꾼, 해치우자고.

복수는 달콤하지 않다.

그저 해야만 하는 일일 뿐.

그러니 이젠 간단하다.
성공하고 살거나
성공하고 죽거나.

2

새벽하늘, 죽어버린 하늘. 칙칙하고 짙은 회색빛. 구름만 잔뜩 껴 있고 태양은 코빼기도 보이지 않는다. 꿈결 속에, 저 먼 곳 어딘가에 있겠지. 하지만 말이다, 난 이토록 아름다운 새벽을 여태껏 본 적이 없다.

새벽하늘에서 눈길을 돌려 집에 시선을 고정시킨다.

지금 중요한 건 저 집이다. 저기에 그가 있다. 나의 숙적이. 자신의 성, 자신의 둥지에. 저긴 매의 둥지다. 그에게 저런 둥지가 얼마나 많은지 아는가? 셀 수도 없을 정도다. 이 나라 전체에, 전 세계에 걸쳐 흩어져 있다. 하지만 이 둥지는? 이렇게 한참 외진 곳에?

그가 이곳을 사용하는 이유는 오직 하나다. 그게 뭔지는 당신도 짐작하겠지. 지금껏 내 얘기를 집중해서 들었다면 말이다. 그 개자식이 무엇에 집착하는지 아주 잘 알지 않나.

아, 그래. 물론 그가 집착하는 대상은 하나 이상이지. 먼저 권력, 이것도 큰 비중을 차지한다. 그는 권력을 사랑하고 필요로 하니까. 또 하나는 돈이다. 소유욕, 이건 세 번째. 뭐든 대봐라, 다 그가 갖고 싶어하는 것일 테니. 골동품, 그림, 보트, 자동차, 비행기, 뭐든. 그는 모든 것을 가지고 싶어한다.

그리고 사람까지도.

그래, 맞다. 그는 인간을 소유하는 것에 아주 관심이 많다. 그리고 그가 원하는 건 그냥 일부분이 아니다. 그는 사람을 온전히, 완벽히 소유하길 바란다. 그런 방식으로 인간을 소유하게 되면, 그는 장난감을 손에 쥔 아이마냥 행복해한다. 장난감을 손에 쥔 위험한 아저씨. 누구든 그의 장난감 신세가 되면 그냥 끝장이라고 보면 된다. 그의 허락 없이는 숨도 쉴 수 없을걸.

그리고 게임이 있다.

매가 광적으로 집착하는 것.

이 세상을 뒤집어엎은 다음 자신의 더러운 생각대로 재구성하는 것. 그와 동료 윗대가리들이 벌이는 게임, 일종의 땅따먹기 같은 거다. 누가 가장 많이 먹느냐를 가리는 게임. 물론 그는 전부를 원한다. 전부, 그 이상의 것까지. 왜인지 아는가? 그가 갈망하는 것이 있기 때문이다.

그리고 그건 끝이 없다. 특히 일이 뜻대로 되지 않을 때, 그의 갈망은 최고조에 이른다. 지금처럼 끓어오르는 분노를 삭일 수 없을 때는, 그걸 가져야만 직성이 풀린다. 그래서 이리로 온 거다. 자신이 원하는 것을 손에 넣을 수 있다는 확신을 얻기 위해.

그것도 비밀스럽게.

아주 오래전엔 내가 바로 그 비밀이었다. 그가 이곳에 오는 이유였다. 이젠 아니라서 얼마나 다행인지. 지금은 다른 희생양이 있다. 하지만 그것까지 생각할 여유는 없다. 난 집중해야 한다.

좋아, 구경꾼 양반. 저 집을 잘 살펴봐라.

어서, 면밀히 관찰하라고.

온통 고요하다. 몇 군데서 새어나오는 전등 불빛뿐. 곧 더 켜질 것이다. 잠시 기다려보자. 저들은 이제 막 도착한 참이니까. 매가 탄 헬기가 자갈밭에 내려앉아 있다. 아직 차는 보이지 않는다. 하지만 오는 중일 것이다. 매는 혼자 여기로 오지만, 정말 혼자는 아니다.

그의 관점에서만 혼자라는 거다.

경호원 딸린 혼자만의 시간이랄까.

집을 한번 봐라. 생각했던 것보다는 훨씬 크지 않은가? 그래, 그래, 멀리서는 작아 보였지. 실제로도 그리 큰 건 아니다. 적어도 매의 기준으로는. 그래도 딸린 방만 수십 개다. 그리고 당신이 알아야 할 곳이 둘 있다.

둘 다 여기서는 보이지 않는다.

하지만 머릿속으로 그려볼 수는 있겠지.

첫째로, 오른쪽을 봐라. 1층, 현관 쪽. 이제 매가 헬기를 착륙시켜놓은 곳으로 이어지는 자갈길을 눈으로 좇아라. 그 지점 바로 앞에서 시선을 멈춘 다음 머릿속으로 아래를 파내려가는 거다. 눈으로는 볼 수 없을 테니.

바로 그 아래다.

그곳에 지하실이 있다. 매가 아주 심혈을 기울여 지어놓은 곳이다. 예전에, 그러니까 그 인간이 아직 나에게 흥미가 있던 무렵에 직접 말해준 사실이다. 그저 비상시에 몸을 숨길 대피소 같은 것 아니냐고? 흠, 처음엔 그랬을지도 모른다.

하지만 비상용 대피소 같은 건 그에게 필요가 없다. 숨을 이유가 없지. 이미 그의 뒤를 봐주는 똘마니들이 철철 넘쳐나니 말이다. 그는 다른 용도로 저 지하실을 사용한다. 무슨 용도냐고? 그래, 구경꾼 양반, 또 한 번 머리 터지게 고민해봐라. 아까처럼 상상력을 동원해보라고.

어차피 그럴 수밖에 없을 것이다. 우린 지하실로 가지 않을 테니까. 당신 눈에 보이지 않는 다른 방으로 갈 예정이다. 여기서는 집 옆면으로 튀어나온 공간에 가려 보이지 않는다. 또한 지금 당장은 갈 수 없다. 너무 위험하다. 놈들이 막 도착한 직후라 바로 숨어들 수가 없다. 놈들에겐 절차가 있다. 그리고 그중 첫 번째는 보스의 안전을 확인하는 것이다.

그러니 우리는 잠시 물러나야 한다. 그다음에……

제길, 예상보다 이르다. 놈들 둘이 현관에 서 있다. 몇 분 정도는 숨을 시간이 있을 줄 알았는데 놈들이 벌써 나와 있다. 저들은 사냥개처럼 코를 킁킁대며 건물 주변과 헛간, 별채들을 돌아볼 거다. 내가 숨어 있는 이 울타리까지 뒤져보겠지.

가자. 튀어야 한다.

봉지를 뒤져 안에 있는 게 모두 그대로인지 확인한다. 입구를 움켜쥐고 나무 사이로 숨어들어 가장 어두운 곳을 찾는다. 뒤를 슬쩍 돌아본다. 놈들의 모습은 보이지 않는다. 나뭇가지 사이로 언뜻 집의 일부가 보일 뿐. 하지만 놈들은 이 작은 숲도 이 잡듯 뒤질 것이다. 의심의 여지가 없다.

여기에 머무를 수는 없다.

나무 사이를 비집고 숲 끝자락에서 스톱, 머리를 굴려본다. 신중해야 한다. 내가 도착한 시간에 맞추어 매가 나타난 건 좀 충격이다. 정말 예상도 못했다. 그가 정말 올지 안 올지조차 확신할 수 없었는데.

원래는 두 가지 계획이 있었다. 하나는 아무도 없는 경우 집 안으로 잠입해 들어가 기다리는 것이었다. 하루, 이틀, 며칠이 됐건 간에. 하여간 저 악당이 나타날 때까지 기다릴 작정이었다. 다른 하나는, 내 바람대로 그가 이미 와 있을 경우. 기회를 엿보다가 가능한 상황이 닥쳤을 때 안으로 쳐들어가는 것.

아마 캄캄한 밤이 되어야 기회가 생겼을 테지.

하지만 지금의 상황은 정말 예상하지 못했다. 하필 바로 이 시점에 그가 나타나고 그의 똘마니들이 주변을 마구 뒤지고 다니는 뭣 같은 상황 말이다. 아무래도 잠시 장소를 옮겨야겠다. 저들이 이 근방을 다 들쑤시게 내버려두는 거다. 저들이 아무것도 없다고 생각하게 만든 다음, 때를 봐서 되돌아오면 된다.

숲 가장자리를 돌아간다. 나와 집 사이에 숲을 두고 있어야 한다. 바로 앞에 있는 돌담이 골짜기 옆을 따라 구불구불 올라간다. 저 돌담도 내 기억 속에 선명하다. 이곳을 한창 드나들 때였지. 다 과거의 기억이다.

저 위엔 숨을 만한 장소가 있다. 부디 내 기억이 잘못되지 않았길 바랄 뿐이다. 혹은 제대로 짚은 것이길. 여태 저곳에 숨어본 적은 없으니 말이다. 그저 저 집 쪽에서 보기만 했을 뿐이다. 아무튼 직접 확인해보자고.

돌담 쪽으로 다가가 몸을 바짝 숙이고 그 너머를 살핀다. 이 각도에서 보니 집이 한층 더 오래돼 보인다. 글쎄다, 칙칙한 잿빛 여명 때문이겠지. 새벽인데도 날이 점점 밝아온다기보다는 점점 컴컴해지는 것만 같다.

그게 나에겐 오히려 조금이나마 유리할 수도 있겠다. 그러길 바라야만 한다. 집 안에 불 밝힌 전등이 더 많아졌다. 아래층 공간은 대부분 환하게 불을 밝혔고, 위층엔 두어 개 정도 켠 것 같다. 아, 지금 또 하나 켜지네. 커튼이 젖혀지고 창문이 열린다.

그리고 놈들이 더 밖으로 쏟아져 나온다.

나로선 더 불리해진 셈이다. 아까 본 두 놈이 이미 주위를 둘러보고 있는데 이제 두 놈이 더 합세했다. 덩치 크고 주먹깨나 쓰게 생긴 놈들이다. 위층에 불이 더 켜진다. 꼭대기 층은 아직이다. 전부 깜깜하고 커튼도 모두 드리워져 있다.

놈들을 살펴본다.

모여서 대화를 나누는 중이다. 누가 어디를 둘러볼지 정하는 것 같다. 나도 여기서 마냥 머무를 수는 없다. 저들 중 몇 명은 분명 이쪽으로 올 테니까. 아아, 갈수록 태산이군. 또 다른 문제가 생겼다.

드디어 자동차가 모습을 드러낸다. 세 대, 모두 번쩍거리는 고급 승용차다. 네 번째 차는 조금 뒤처져서 샛길을 따라 부릉부릉 달려온다. 차들이 들어와 매의 헬기 앞에 머리를 조아리듯 옹기종기 모인다. 차를 대고 덩치들이 내리면서 문을 쾅쾅 닫는다.

지금까지 센 머릿수만 해도 열다섯이다.

아니 이게 어떻게 된 거지? 매가 똘마니들을 이렇게 많이 데리고 오다니. 여기로 이렇게 줄줄이 매달고 온 적은 없단 말이다. 난 바로 그 점을 노리고 여기 왔다. 여기서 저러는 거, 아무래도 정상이 아니다. 왜냐하면 여기는 그의 휴식처니까. 작고 비밀스런 은신처, 그의 둥지. 저 집은 그가 가장 좋아하는 은신처였다. 여기서 그는 마음을 놓고 머리를 식힐 수 있었다. 그가 가장 신뢰

하는 몇 명만이 이 장소를 알기 때문이다.

하지만 이제 난 차츰 이유를 깨닫는다.

그리고 심장이 차갑게 식는다.

모든 게 한층 더 힘들어질 테니까. 아예 불가능해질 수도 있다. 나 자신에게 분노가 치밀어 오른다. 이렇게 되리란 걸 까맣게 몰랐다니. 이젠 모든 게 너무나 명백하다. 왜 진작 알아차리지 못했을까?

매는 뭔가 귀찮은 일이 벌어질 걸 예상한 것이다. 아무렴, 당연하지. 그러니까 자, 까놓고 생각해보자. 굳이 열나게 머릴 굴릴 필요도 없다. 지금 그 인간 주변이 보통 시끄러운 게 아니다. 갱단 두목들이 피바람을 일으키고, 짭새들이 놈들을 마구 잡아들이고.

물론 정직한 짭새들 얘기다. 제이크스처럼 부패한 경찰이 아니라.

아무튼 요점은 이거다. 지금 저 밖에서 매를 짜증나게 하는 일들이 마구 벌어지고 있다. 그는 그 모든 일이 결국은 자신을 겨냥한 것임을 안다. 더욱 문제인 것은, 그 모든 일의 불씨를 당긴 꼬맹이를 그가 안다는 사실이다. 그래서다. 그래서 그는 이곳에서도 문제가 생길 수 있다는 걸 충분히 예상하는 것이다.

어쩌면 내가 나타날 것까지 예상한지도.

놈들은 아직도 모여서 수군대고 있다. 차에서 내린 덩치 몇 명이 합세한다. 다시 수를 세어본다. 지금 저기 서 있는 건 열 명이다. 나머지는 집 안으로 들어간다.

하지만 열 명도 너무 많다.

놈들이 흩어진다. 둘은 헛간과 별채 등이 있는 왼쪽으로 가고 둘은 마구간으로 간다. 셋은 집 앞을 돌아보고, 또 셋은 내가 숨었던 울타리 쪽으로 향한다. 거기서 끝날 리 없다. 저들은 울타리를 넘어 숲 속까지 샅샅이 뒤질 것이다.

그런 다음 이쪽을 확인하겠지.

자리를 옮겨야 한다.

뿐만 아니라 되도록 자세를 낮추어 은밀하게 움직여야 한다. 밖으로 나온 놈들뿐 아니라 집 안에 있는 놈들도 조심해야 한다. 내가 숨을 만한 곳을 집 창문으로 볼 수 있었다면 다른 누군가도 그렇게 할 수 있다는 얘기니까. 물론 내가 언덕을 기어 올라가는 것도 볼 수 있을 것이고.

올라간다. 가능한 한 빠르게, 가능한 한 낮게.

어깨 너머를 살핀다.

집은 여전히 담에 가려져 있다. 따라서 이 각도에선 안전하다. 적어도 지금은. 정말 신경 쓰이는 건 울타리를 넘어오는 놈들이다. 난 일어서서 확인할 수가 없다. 너무 위험하다. 하지만 지금쯤 놈들은 숲으로 들어섰을 것이다.

속히 언덕을 넘어야 한다. 곧 놈들이 들판으로 나올 텐데, 거기서는 여기 언덕 경사면이 훤히 보인다. 이 위에 엎드린 나도.

제기랄.

몸이 말을 듣지 않는다. 숨도 가쁘다. 이젠 힘들다. 정말 힘들다. 어제 놈들이 낸 상처도 죽도록 아프다. 온몸이 쑤시고 머리는 빠개질 것만 같다. 난 봉지를 움켜쥐고 스스로를 채찍질한다.

다시 뒤를 살핀다.

숲이 아주 잘 보인다. 오른쪽은 들판이다. 어젯밤 여기 올 때 가로질렀던 작은 흙길까지 보인다. 아직 인기척은 없다. 아아, 제발. 그저 아주 조금만 더 놈들이 숲을 뒤지면 좋겠다.

몇 초면 된다.

제발 저 빌어먹을 숲에서 나오지 마.

난 휘청거리며 계속 기어 올라간다. 이제 언덕 꼭대기다. 바위가 울퉁불퉁 솟아 있고 바닥은 풀로 뒤덮인 작은 언덕배기다. 돌담은 구불구불 이어져 언덕을 넘어가고, 저만치 앞에서 오른쪽으로 갈라진다.

뒤를 본다.

이제 저 아래에 사람들 형체가 보인다. 모두 세 놈이다. 날이 밝아오면서 한결 잘 보인다. 문제는, 놈들도 그럴 거라는 사실이다. 난 바닥에 엎드려 잠시 기다린 다음 머리를 살짝 든다. 놈들을 눈으로 확인할 수 있을 만큼만.

비열해 보이는 놈들이다. 모두 총을 지녔다. 눈에 띄게 들고 다니는 건 아니다. 자칫 농부나 동네 주민들과 마주칠 수도 있으니. 하지만 놈들은 무장했다. 틀림없다. 아직 나를 발견한 것 같진 않다.

제길, 놈들이 언덕을 올라오고 있다.

봉지를 가슴에 안고 기어서 능선을 넘고 반대쪽 경사면을 굴러 내려간다. 떨어지는 지점에 바위가 있다. 난 충격에 대비한다. 소리를 내면 안 된다. 하지만 어쩔 수 없다. 너무 세게 부딪히는 바람에 으윽, 하는 신음소리가 절로 나온다.

바위에 등을 대고 숨죽인 채 귀를 기울인다. 놈들은 듣지 못했을 것이다. 신음소리가 크진 않았다. 심호흡을 하고 언덕을 달려 내려간다. 그래, 구경꾼 양반. 당신이 무슨 생각을 하는지 안다. 내 생각도 같다.

숨을 곳이라고 하기엔 너무 크다.

흠, 집에서 봤을 땐 그럴싸했는데. 할 말이 없군. 그래, 나도 안다. 아주 오래전 일이지. 하지만 난 내가 본 걸 아주 똑똑히 기억한다. 돌담 바로 아래에 작은 도랑 같은 게 있었다. 남들 눈에 전혀 안 띄는, 후미진 장소인 줄 알았다. 반대편 경사면이 이렇게나 평평하고 넓게 트였을 거라고는 전혀 예상하지 못했다.

그러니 남은 선택은 하나뿐이다.

뭐냐고 묻지 마라. 설명할 겨를이 없다. 비탈을 내려간다. 빨리, 더 빨리. 이젠 정말 미친 듯이 서둘러야 한다. 정말 미친 듯이 말이다. 놈들은 언덕 꼭대기에 닿자마자 나를 발견할 것이다. 방금 본 곳까지, 내가 먼저 닿아야 한다.

숨을 만한 곳으로는 유일하게 남은 장소.

문제는, 땅이 바위투성이라는 거다. 어쩌다 삐끗하면 발목이 나가버릴 테고, 그러면 다 끝이다. 어쨌든 온 힘을 다해 밀어붙이는 수밖에 없다. 위험을 무릅써야 한다. 주춤대며 시간을 끌어봤자 좋을 일이 없다. 발목이 돌아가면 난 잡힌다. 움직임이 느려져도 잡힌다.

그러니 망설일 이유가 뭐겠는가?

무조건 이 비탈을 굴러 내려가야 하는 거다.

반쯤 내려왔다. 언덕 위를 뒤돌아본다. 아직 사람 모습은 보이지 않는다. 어쩌면 놈들이 이렇게 멀리까지 뒤지러 오진 않을지도 모른다. 집 주변이 잘 보이는 저쪽 경사면까지만 올라올 거다. 매가 원하는 건 아마 그 정도일 거다.

휴우, 그래.

내가 생각해도 어처구니없는 희망사항이군.

놈들은 꼭대기까지 올라올 것이다. 의문의 여지가 없다. 맡은 일을 대충 때우고 말 놈들이 아니다. 그러니까 난 그들의 감시망을 피해야만 한다. 자, 저기다. 아까 꼭대기에서 발견한, 담이 무너진 곳. 힘을 내어 그 지점을 넘는다. 헉, 헉, 숨차 죽겠네. 자, 내가 발견한 또 하나의 숨을 장소가 바로 여기다.

가시금작화 덤불.

커다란 가시가 뾰족뾰족 나 있다. 더 무성하길 바랐지만 이젠 그냥 기어들어가는 수밖에 없다. 어쨌거나 이게 내 모습을 감춰 줄 것이다. 문제는…… 잘 모르겠다. 이 안에 숨어도 쉽게 눈에 띌 것 같다. 설령 그렇지 않다 해도, 이쪽 경사면에 여기 말곤 숨을 데가 없다는 게 문제다. 만약 놈들이 여기까지 넘어온다면 가장 먼저 이 덤불 안을 쑤셔볼 게 뻔하다.

하지만 더 이상은 나도 어쩔 수 없다. 이제 더 갈 곳도 없고.

봉지를 겨드랑이에 끼우고 엎드린 자세로 가시덤불 밑을 기어 간다. 이런 망할. 가시금작화라는 거, 정말 짜증나는 식물이로군. 축축한데다 가시가 마구 찔러댄다. 우웩, 냄새마저 역겹다. 슬쩍 고개를 돌려 가시덤불 틈새로 밖을 엿본다.

하늘과 언덕, 무너진 돌담이 언뜻언뜻 보인다.

너무 많이 보인다.

아무래도 틀린 것 같다. 저렇게 밖이 훤히 보이니 당연히 밖에 서도 이 안이 잘 보이겠지. 더 깊이 들어가야겠다. 밖이 전혀 내다보이지 않는 곳을 찾아야 한다. 과연 이런 가시덤불 안에 그런 데가 있을지 의문이지만. 더구나 이런 계절에 말이다. 저 위에서 볼 땐 꽤 무성해 보였는데 내려와서 직접 들어와 보니 아무리 기고 또 기어도 여전히 놈들 눈앞에 홀랑 벗고 나와 있는 것 같은 기분이다.

여긴 좀 낫군.

덤불이 더 무성하고, 더 어둡다. 가시가 더 찔러대고 냄새도 더 지독하지만 그게 무슨 대수인가? 남은 곳이 여기뿐인데. 나에겐 선택의 여지가 없다. 지금 있는 이곳에 납작 엎드려 숨는 수밖에. 어디선가 목소리가 들려오기 시작한다.

남자들이다.

아까 그 세 놈일 것이다. 모습은 보이지 않는다. 나는 봉지를 가슴에 끌어안고 최대한 몸을 웅크려 등을 담에다 댄다. 목소리가 점점 커진다. 놈들이 덤불 사이로 나를 볼 수 있을까? 모르겠다. 고개를 움직여 확인할 엄두도 나지 않는다. 이제는 그저 믿는 수밖에 없다.

간절히 기도하면서.

목소리와 함께 터벅터벅 발소리도 가까워진다. 그러다 멈춘다. 갑자기 아무런 소리도 들려오지 않는다. 온통 고요한 가운데 나만 덩그러니 덤불 속에 웅크리고 있다.

기다릴 뿐이다.

놈들처럼.

불과 몇 걸음 떨어진 곳에 놈들이 있다.

기척이 느껴진다. 담을 넘어오진 않았지만 아주 가까이 있다. 어떻게 아느냐고 묻지 마라. 무너진 돌담 너머로 이쪽을 살펴보는 것 같다. 어쩌면 나를 보고 있는지도. 아무도 보지 못할 거라

믿으며 덤불 속에 웅크려 앉은 꼬맹이를 보면서 서로 씩 웃고 있을 거다.

피식 웃는 소리가 들려온다. 숨죽인 웃음소리가 번지더니, 덤불을 밟는 소리에 이어 나지막한 욕설이 들린다. 무너진 돌담을 넘어오는 중이다. 분명하다. 다시 발소리, 가지 꺾는 소리.

그리고 목소리.

"들판 끝. 돌담 바로 아래. 가시덤불."

난 벌벌 떨고 있다. 떨림을 멈출 수가 없다. 최대한 힘껏 몸을 움츠린다. 달리 할 수 있는 게 없다. 움직이면 안 된다. 하지만 돌아보고 싶다. 놈들을 눈으로 확인하고 싶다. 뒤를 살필 수 있으면 좋을 텐데. 다시 목소리가 들려온다.

"그래, 알았어."

놈은 휴대폰으로 통화 중이다.

난 심호흡을 하고는 절대 움직이지 않으려 안간힘을 쓴다. 발소리는 이제 덤불 주위를 맴돌고 있다. 눈동자를 굴려 덤불 가지 사이를 엿본다. 잘 보이지 않는다. 덤불 곁을 돌아다니는 희미한 형체뿐이다. 목소리는 멎었다. 그런데 다른 소리가 들린다. 난 그 소리를 바로 알아챘다.

헬리콥터다. 이륙하고 있다. 난 더 단단히 몸을 웅크리고 귀를 기울인다. 소리는 점점 커지고, 가까워진다. 눈을 들어 새로 나타난 형체를 확인한다. 거대한 새처럼 내 위를 선회하고 있다. 또 웃음소리가 들린다. 거의 야유에 가까운 폭소다.

난 주먹을 불끈 쥔다. 그래 이 나쁜 자식들아. 아주 재밌어 죽겠지, 안 그래? 이렇게 쉬운 일이 또 있을까 싶을 거야. 언덕을 올라 반대편으로 내려오니 그 꼬맹이가 떡하니 있고. 그 녀석이 덤불 속에서 벌벌 떨고 있잖아.

마치 네놈들이 와주길 기다린 것처럼 말이야.

매가 얼마나 기특해할까.

새의 그림자가 점점 다가온다. 아직 착륙하진 않았다. 상공을 선회 중이지만, 점점 고도를 낮추고 있다. 난 올려다본다. 가시덤불 때문에 여전히 시야가 불분명하다. 그렇지만 상관없다.

난 모든 걸 이미지로 그릴 수 있다.

그리고 지금 이 순간 나는 얼굴을 떠올리고 있다. 매의 얼굴이다. 그가 직접 조종하고 있을 것이다. 그래, 내기를 걸어도 좋다. 놈들이 언덕 꼭대기에서 여기 웅크린 나를 발견하고는 즉각 연락을 취했겠지. 그런 다음 느긋하게 여기로 내려왔을 것이다.

그리고 대단하신 양반께서 몸소 행차하신다. 아주 당연하다는 듯이.

지금 저 헬기 안에 매가 있다. 난 안다.

난 이제 죽은 목숨이다.

헬기가 다가온다. 엔진 소리가 더 요란해지고 그림자가 더 커졌기 때문에 알아챈 건 아니다. 덤불 가지들 때문에 알 수 있었다. 휘몰아치는 돌풍에 미친 듯이 춤을 추고 있다. 놈들의 야유와 웃음소리도 한층 거세어진다.

나는 더욱 팽팽하게 몸에 힘을 준다. 왜 이러는지 모르겠다. 그냥 드러누워서 놈들이 날 끌어내길 기다리는 편이 나을 텐데. 이번만큼은 틀림없이 들켰으니 말이다. 덤불은 이리저리 마구 흔들리며 내 주위에 훤한 틈새를 만들어내고 있다. 난 손가락 사이로 흘러내리는 모래알 같은 신세다.

봉지를, 그 안에 든 물건을 떠올린다. 내가 좀 더 빨랐다면, 좀 더 일찍 준비했더라면, 그걸 사용할 수 있었을 텐데. 하지만 이제 다 한갓 쓰레기에 지나지 않는다. 여기 내려온 놈들은 내가 뭘 해보기도 전에 먼저 날 제압하고 꼼짝 못하게 할 거다. 헬리콥터가 착륙하기 전, 그러니까 매가 나오기도 전에 말이다.

하지만 아무도 날 붙들지 않는다.

나를 건드리는 놈도 없다.

그리고 위에서 들려오는 소리가 바뀐다.

헬기가 내려오지 않는다. 엔진 소리로 알 수 있다. 헬기는 다시 상승하고 있다. 위를 올려다본다. 헬기는 다시 그림자로 바뀌었다. 가시덤불이 다시 위를 덮었기 때문이다. 다른 그림자들도 움직인다. 몇몇은 사라졌고 또 몇몇은 앞선 그림자들을 쫓아 뛰어간다.

그러더니 모두 사라져버린다.

목소리도 웃음소리도 들려오지 않는다. 희미해져가는 헬기 소리뿐이다.

그리고 가시덤불은 잠잠해진다.

나는 아까처럼 봉지를 꽉 움켜쥔 채 부들부들 떨고 있다. 어떻게 된 건지 도무지 이해가 안 된다. 놈들은 분명히 나를 봤다. 다들 눈 뜬 장님도 아니고. 후우욱, 길게 심호흡을 한다. 겁에 질려 움직일 수가 없다. 안전하다는 느낌은 전혀 들지 않지만 내가 있을 만한 곳은 여기뿐이다. 그냥 이 따끔따끔한 어둠 속에 웅크린 채 숨어 있고만 싶다. 하지만 그럴 수 없다.

무슨 일인지 알아야만 한다.

가지를 젖히고 바깥을 훔쳐본다.

내가 수를 잘못 셌다. 놈들은 열둘이다. 하지만 아마 집에서 다른 방향으로 합류한 녀석들일 거다. 저 반대쪽 담을 넘어서 말이다. 그래, 그쪽에 회전식 출입구가 있다. 분명 그쪽으로 해서 왔을 것이다.

아무튼.

매의 똘마니 열두 명.

놈들이 나를 등진 채 오른쪽으로 향하고 있다.

헬기는 집을 넘어 반대편 들판 위를 선회하고 있다. 다시 놈들을 확인해본다. 이젠 각자 흩어져 걷고 있다. 놈들은 언덕 꼭대기

와 골짜기 아래까지 이어진 담을 모조리 뒤덮고 있다.

어떻게 된 일인지는 추측에 기댈 수밖에 없겠다.

그러니까, 놈들은 나를 발견하지 못한 것이다. 멍청하게 놓치고 만 거다. 이 근방까지 뒤져보러 온 건 맞다. 일상적인 일이다. 매가 시켰을 것이다. 늘 그렇게 철저한 수색을 지시하니까. 하지만 놈들은 덤불 주위에 모여 웃기는 얘기를 주고받으며 낄낄댔다. 한편 매는 헬기까지 보내 이쪽을 둘러보게 했다.

그리고 헬기에 탄 놈들도 덤불 위까지 내려왔다. 그러고는 땅에 있는 멍청이들과 시답잖은 농담을 주고받았다. 아무도 덤불 쪽에 눈길을 주지 않았다. 양쪽 다 서로만 쳐다보며 웃기 바빴으니까. 헬기가 가버렸다. 여기 있던 놈들도 갈 길을 갔다.

그냥 추측이다.

사정이 어떻든, 운이 좋았다. 그리고 이 일로 난 정신이 번쩍 들었다. 다만 여기 더 머물 수는 없다는 게 문제다. 한 번은 놈들의 감시망을 피했지만 두 번은 어림없다. 놈들은 덤불을 덮쳤어야 한다. 다음번엔 당연히 그렇게 할 것이다. 아마 여기저기 찔러볼 테지.

다른 장소를 찾아 어두워질 때까지 숨어서 기다려야겠다. 역시 그래야 한다. 인내심을 가져야 한다. 저 밖에 놈들이 떼를 지어 어슬렁거리고 있다. 낮에는 절대로 놈들 눈을 피해 집으로 잠입할 수 없다.

매는 신경이 예민해져 있다. 그건 분명하다. 이곳에 이렇게나 많은 경호원이 진을 친 건 정말 처음 본다. 그리고 아까 그 헬기에 매는 없었던 것 같다. 그 부분에 대해선 내가 틀렸다. 그는 안전하게 집 안에 틀어박혀 있을 것이다. 특별한 선물이 지하실로 도착하기만을 기다리면서.

난 아주 신중하게 행동해야 한다.

가시덤불 사이로 밖을 살핀다. 헬기는 오른편으로 멀찍이 떨어졌고, 놈들은 나에게 등을 보인 채 여전히 여기저기 살펴보고 있다. 나는 봉지를 움켜쥐고 다시 덤불을 기어 무너진 돌담을 살펴본다. 아무도 없다. 근처에서 서성대는 이도 없다. 어쨌거나 내 눈에 띄는 놈은 없다.

자, 마음을 단단히 먹어야 한다.

덤불에서 나와 자세를 낮추고 재빨리 담을 넘어 반대편에 바짝 웅크린 뒤 주위를 살핀다. 언덕 위에는 아무도 없다. 골짜기 이쪽 편엔 아무도 보이지 않는다. 저편에 있는 언덕을 바라본다. 꼭대기 쪽에 울타리가 보인다.

그 너머에 뭐가 있는지는 모른다.

그저 날이 저물 때까지 몸을 숨길 만한 장소가 있기만을 바랄 뿐이다. 담에 찰싹 붙어 언덕을 기다시피 내려간다. 아까처럼 땅바닥이 돌투성이지만 갈수록 질척해져 발이 푹푹 빠진다.

골짜기 아래다. 작은 개울이 바닥을 따라 졸졸 흐르고 있다. 꼭대기에선 계곡 같은 거 전혀 안 보였는데. 개울을 건너 반대편 언덕 울타리로 향한다. 뒤를 살펴본다. 여전히 아무도 이쪽을 보지 않는다.

하지만 헬기가 몹시 신경 쓰인다. 보이진 않지만 아까보다 더 가까운 곳에서 소리가 들린다. 다른 놈들이 있는 곳으로 오는 중인 것 같다. 제길. 헬기가 이리로 뜨면 끝장이다.

엔진 소리가 더 커진다. 난 돌담에 바짝 붙어 고개를 돌려본다. 아직 헬기가 모습을 드러내진 않았다. 살금살금 언덕배기로 올라간다. 헬기는 돌담 너머 들판 어딘가를 선회하고 있다. 난 계속 움직인다. 위로, 위로, 계속.

언덕 정상이 코앞이다. 이제 울타리가 아주 똑똑히 보인다. 쉽게 넘을 수 있을 것 같다. 불행 중 다행이군. 눈에 띄지 않고 저기 도달할 수만 있다면. 담에 바짝 붙어 부지런히 움직인다.

엔진 소리가 다시 바뀐다. 지금이 기회다. 헬기가 집 쪽으로 방향을 틀었다. 나는 비탈을 열심히 기어올라 울타리 앞에서 멈춘다. 여기 와서 살펴보니 새삼 더 겁이 난다. 언덕 꼭대기, 즉 눈에 가장 잘 띄는 지점이다.

고개를 들어 담 너머를 살핀다.

아까 봤던 놈들이 가시덤불 쪽으로 돌아가고 있다. 저길 자세히 봐라, 구경꾼 양반. 내가 뭐랬나? 놈들은 가시덤불을 마구 찔러대며 뒤지고 있다. 조금씩 돌담이 무너진 지점으로 다가가면서.

지금이다. 지금 움직여야 한다. 놈들이 골짜기 이쪽 편으로 오기 전에 말이다. 최대한 몸을 낮추고 울타리를 넘어 정상보다 낮은 자세로 웅크린다.

앞에 뭐가 있는지 확인한다.

오, 너 정말 맘에 든다. 다른 골짜기…… 그리고 숲. 꽤 널찍하니 숨을 곳도 많겠다. 구경꾼, 가자. 천천히, 침착하게. 발밑을 조심해야 한다. 아직 바닥에 돌이 많다. 하지만 반대편 경사면보다는 더 빨리 평평해진다. 그리고 벌써 앞에 나무가 보인다. 재빨리 나무그늘 속 어둑한 숲길로 들어선다.

그래, 딱 내가 바라던 장소다. 빽빽한 숲 속. 반대편 가장자리 부근에서 적당한 지점을 찾아야겠다. 우리와 놈들 사이에 울창한 숲이 최대한 널찍하게 펼쳐져 있도록. 놈들이 여기까지 찔러볼 것 같진 않다. 집 근처를 둘러보고 H의 안전에 이상이 없다는 걸 확인한 다음 돌아갈 것이다.

그리고 감시할 것이다.

24시간 내내.

그렇다. 매의 둥지 안으로 침입하는 건 아주 힘든 일이 될 거다. 하지만 난 해내고야 말 거다. 진심이다. 그냥 도망치려고 여기까지 온 게 아니다. 내겐 여기로 온 이유가 있다. 다른 데로 갈 이유는 없다.

여기쯤이 괜찮겠다.

크고 높이 솟은 나무들, 빽빽한 줄기, 머리 위를 덮은 높은 가지들. 잎사귀가 많지는 않지만 그것까지 내가 어떻게 할 수는 없다. 계절을 잘못 고른 탓이니. 주위를 살핀다. 최고의 장소를 찾아야만 한다.

여기다. 낮게 드리운 가지가 없고 줄기도 발을 디딜 곳 없이 매끈하다. 한마디로, 오르기에 참 난감한 나무다. 그래 구경꾼 양반, 바로 이거다.

난 올라가기 어려운 나무를 원한다. 그래야 그 위에 내가 있을 거라고 아무도 생각 못할 테니까.

그리고 이 녀석이 딱 그렇다.

자, 가자.

봉지를 열어 안을 살핀다. 여전히 놀라울 따름이다. 이지가 내 부탁을 제대로 들어주다니. 이렇게 근사한 놈을 갖게 될 줄은 정말 몰랐다. 다른 것까진 아예 기대하지 않았다. 하지만 봉지엔 이 모든 게 다 들어 있다. 이지의 사악한 마음에 축복이 있기를.

밧줄을 꺼내어 점검해본다. 가볍고 질긴 게 딱 내가 원하던 거다. 한쪽 끝에 매듭을 만들어 약간의 무게를 더한다. 고개를 들어 나무 가장 아래에 있는 가지를 겨냥한 다음 밧줄을 던진다. 밧줄은 단번에 가지를 넘어 반대편으로 떨어진다. 밧줄을 몇 번 흔들어 끝이 더 아래로 내려오게 한 다음 팔을 뻗어 끄트머리를 잡는다.

봉지 손잡이 사이로 밧줄을 통과시켜 양쪽 끝을 묶은 후 매듭이 탄탄한지 확인한다. 두 줄이 된 밧줄을 하나로 움켜쥐고는 심호흡을 한다. 그리고 천천히 줄에 몸을 싣는다. 서두를 필요 없다. 정말 다행이다.

난 벌써 숨이 차니까.

이런, 이거 여간 힘든 일이 아니로군. 난 원래 오르는 데 선수였다. 아마 지금도 그럴 거다. 그런 능력이 어디로 사라지거나 하는 건 아니니까. 하지만 지금 난 죽을 똥을 싸고 있다. 머리가 아직도 지끈지끈 쿵쾅거린다. 온몸이 다 그렇다. 아까 그 멍청이들한테서 도망치는 데 온 신경을 쏟느라 통증을 거의 잊고 있었다.

놈들이 없어지고 나니 고통이 다시 엄습해온다.

기를 쓰며 밧줄을 타고 올라간다. 일단 첫 번째 가지에 닿아야 한다. 그다음부턴 좀 쉽다. 희망사항이지만, 저 위 어딘가에 몸을 숨길 수 있을 것이다. 아무튼 첫 번째 가지에라도 도달해야 한다. 영차, 영차, 오르고 또 오른다. 가지가 조금씩 가까워진다. 거의 다 왔다. 조금만 더 힘내자.

손을 뻗어 가지를 움켜쥔다.

거죽이 얼음장 같은 게 나를 별로 반기지 않는 눈치다. 하지만 상관없다. 마지막 몇 센티미터를 더 기어올라 가지에 몸을 걸치고 누워 숨을 헐떡인다. 그 순간 다시 그 소리가 들려온다.

헬리콥터 소리.

퍽 가까이에서 웅웅대고 있다. 나뭇가지들 사이로 위를 살핀다. 하늘이 조각조각 보일 뿐이다. 역시 나무를 잘 골랐다. 하지만 잠시간은 여기서 헬기가 지나갈 때까지 기다리는 편이 낫겠다. 아래를 내려다본다.

밧줄 끝에 봉지가 대롱대롱 매달려 있다. 봉지를 끌어 올려 밧줄을 푼 다음 돌돌 감아 다시 봉지 안에 쑤셔 넣는다. 그리고 다시 위를 살핀다. 헬기는 숲 위에 있지만 이제 왼쪽으로 멀어지고 있다. 헬기에 탄 놈들이 나를 발견할 가능성은 전혀 없다. 더 가까이 다가오지만 않으면 된다.

옳지, 집 방향으로 날아가는군.

나 역시 움직인다. 위로, 더 위로. 꼭대기 근처에 내가 원하는 게 있다. 구경꾼 당신도 한번 살펴봐라. 내가 뭘 말하는지 알겠나? 좋아, 좀 더 올라가보지. 위로, 위로, 살금살금, 천천히. 자, 다 왔다. 이제 보이나?

작지만 쓸 만한 은신처다. 흐음, 은신처라고 하긴 좀 그런가. 은신처란 역시 안락한 구석이 있어야 하니까. 따뜻하고 안전하며 음식과 포근한 침대가 있는 그런 곳. 그리고 책들도. 아 그래, 책. 정말 미치도록 책이 보고 싶다. 그러니 여기가 은신처는 아닌 것 같다. 하지만 구경꾼 양반, 이거 하나 일러두지.

지금 상황에서 구할 수 있는 장소 중에선 여기가 은신처에 가장 가깝다.

그리고 그리 나쁘지도 않다. 나뭇가지들이 만들어준 작은 요람이 나를 단단히 받쳐줄 것이다. 여기선 잠이 들어도 밑으로 떨어지지 않을 것이다. 하지만 난 곯아떨어지지 않을 거다. 그럴 수가 없다. 너무 추운데다 신경이 곤두서 있다. 잔뜩 겁에 질렸기도 하고.

맞다, 구경꾼이여. 당신을 속일 생각은 전혀 없다. 난 지금 겁에 질렸다. 나뭇가지 요람에 몸을 누이고 등을 기댄 다음 봉지를 가슴께로 끌어당긴다.

눈을 감는다.

그래, 친구. 난 전에 없이 겁에 질려 있다. 무서워서 정신이 하나도 없다. 이럴 이유가 없는데. 생각해보라. 그러니까 내 말은, 지금 이런 건 이미 수도 없이 해본 일이라는 뜻이다.

게다가 그때 난 더 어렸다. 아주 어렸지. 하지만 그때도 이미 밖에 나가 온갖 일을 맡아했다. 매가 내게 목표물을 알려줬다. 이름과 그놈을 찾을 수 있는 장소, 내가 일을 처리하기 위해 알아야 할 것들.

그다음은 내가 알아서 하는 거다.

그러니 내가 이렇게 기다리는 짓을 얼마나 많이 했겠나? 응? 셀 수도 없다. 이 양반아, 거짓말 안 하고 정말 셀 수도 없다니까. 그래, 나도 안다. 당신, 내가 배너만에게 넘긴 목록을 떠올리고 있

지? 내가 죽인 놈들이 전부 적힌 목록. 거기에 적힌 이름을 세어
보면 된다, 이거지?

하지만 그것으론 안 된다. 그게 다가 아니니까.

내가 제거하지 못한 목표물들도 있다. 계획을 세우고 준비를
해서 지금처럼 기다렸는데 운이 없었던 거다. 이유야 여러 가지
고. 아 물론, 난 솜씨가 무척 좋았다. 하지만 그렇다고 해서 나갈
때마다 목표물 제거에 성공한 건 아니다. 물론 실패했을 때는 매
에게 그 대가를 톡톡히 치러야 했다.

아무렴, 당연하지.

하지만 요점은 이거다. 내게 이런 경험이 많다는 것. 그냥이 아
니라 무지무지 많다는 것. 공포에 휩싸인 채 때를 기다리며 열심
히 생각하는 데는 아주 이골이 났다. 그런데 왜 이번엔 느낌이 다
를까? 그래, 멍청한 질문이다. 이딴 걸 왜 자문하는지도 모르겠
군. 어린애 쉬하는 것만큼이나 쉬운 문제인데.

목표물이 다르지 않나. 이번엔 목표물이 매란 말이다. 그리고
다른 이유도 있다. 나와 통화할 때 이지가 혀를 내둘렀던 이유.
이 봉지 안에 든 물건. 이것 때문에 상황이 다른 거다.

나는…… 무섭다.

너무 무서워서 거의 꼼짝도 못할 지경이다.

하지만 한 가지는 확실하다. 난 무엇이 옳은 일인지 분명히 알
고 있다. 내가 해야 하는 일, 반드시 해치워야 하는 일, 꼭 해내고

야 말 그 일. 그럴 만한 배짱을 끌어낼 수만 있다면. 나를 움직이게 하는 것이 있다면, 바로 그것뿐이리라.

무엇이 옳은지 안다는 것.

심호흡을 한다. 깊은 한숨. 눈은 계속 감은 채다. 예리한 통증이 몸으로, 가슴 속으로 퍼져 나간다. 그래, 그거다. 무엇이 옳은지 아는 것. 하지만 문득 궁금해진다. 언제부터 내가 그걸 알았던 거지?

베키를 만났을 때였나? 그래, 틀림없이 그녀는 나에게 옳고 그른 걸 알려줬다. 그럼, 그럼. 직설적으로 말하는 게 엄마랑 똑 닮았다니까. 하지만 그건 제대로 먹히지 않았다. 안 그런가? 그녀의 설득이 무색하게 난 계속해서 옳지 않은 짓을 저질렀잖은가. 그러니 베키 때문에 알게 된 것 같진 않다. 난 그녀의 말을 귀로만 듣고 흘려버렸을 뿐이다.

그렇다면 정말 언제 알았을까? 그러니까, 내가 그걸 '제대로' 알게 된 때가 언제냔 말이다.

메리 할멈을 만났을 때? 아니면 재스?

잘 모르겠다. 하지만 지금 내 머릿속에 무슨 생각이 드는지 아는가? 왠지 아주 오래전부터 그 대답을 알았던 것 같다는 생각. 거의 태어나자마자 알게 된 것 같다. 부모에 대한 기억이 전혀 없는 것부터가 잘못이라는 걸 알고 있었다. 그들이 날 그 거지 같은 집 앞에 버린 것 역시 잘못이다. 그 집 안에서 내가 겪어야 했던 일들도.

그 후의 일들도 마찬가지.

특히 매와 함께 있었던 시간들.

난 그게 옳지 않다는 걸 알고 있었다. 그 모든 시간들이. 누가 굳이 알려줄 필요도 없었다. 그러니까, 이게 바로 내 말의 요지다. 누구나 옳고 그름을 안다는 것. 이미 태어날 때부터 알게 돼 있다. 문제는, 자신이 아는 것을 어떻게 다루느냐에 있다.

역시 대답은 알 수 없다.

내가 아는 건…… 내가 그것을 올바로 다루지 못했다는 사실뿐이다. 뭐 하나 제대로 한 게 없다. 제대로 했다면 여기 있지도 않을 것이다. 이렇게 나무 위에 숨어서 벌벌 떨지 않아도 됐을 거다. 이렇게 춥고 배고프고 아프고 두려울 일도 없었을 거다.

누군가를 죽일 각오를 다질 필요도 없었겠지.

또다시 이렇게 돼버렸다.

다시 한 번 심호흡. 또 한 번의 경련.

이런, 나 완전히 얼어붙었다. 머릿속만 애기하는 게 아니다. 코트를 끌어당겨 몸을 더 단단히 감싼다. 좀 더 철저하게 준비했어야 하는데. 호수에 차를 버리기 전에 뱃속에 음식을 더 쟁여 넣을 걸 그랬다. 시골길로 접어들기 직전에 허름한 식당이 하나 있었는데 말이다. 따끈한 수프를 먹을 수 있었을 텐데.

하지만 그땐 정말 아무 생각이 없었다.

그저 빨리 여기로 와서 매가 모습을 드러내는지 확인하고 싶은 마음뿐이었다.

하지만 후회해도 소용없다. 용기를 그러모아 오늘 하루를 헤쳐 나가야 한다. 눈을 뜨고 주위를 둘러본다. 나뭇가지 끝이 달랑달 랑 흔들린다. 오른편 어디선가 새 지저귀는 소리가 들린다. 어떤 새인지는 모르겠다. 고개를 돌려 나무숲 사이를 살펴본다. 새소 리는 계속 들리는데 정작 새는 보이지 않는다.

이제 조용해졌다.

쥐 죽은 듯 고요하다. 내 안의 두려움이 신음하는 소리뿐이다. 얼굴에 빗방울이 떨어진다. 고개를 젖혀 빗방울이 내 얼굴을 톡 톡톡 두드리게 놔둔다. 차갑고 가느다란 부슬비. 금방 그친다면 크게 문제가 되진 않을 것이다. 봉지가 젖지 않도록 코트 안에 넣 는다.

다시 눈을 감는다. 구경꾼이여, 난 이제 좀 쉬어야겠다. 마음을 가라앉히고, 냉철한 상태로 집중해야 한다. 자려는 게 아니다. 절 대 자지 않을 거다. 하지만 마음처럼 되지 않는다. 따뜻한 담요라 도 몸에 돌돌 감은 듯, 나는 스르륵 잠에 빠져든다. 그렇게 꽤 오 래, 한참 동안 잠을 잔다.

깨어나 보니 어느새 비는 그쳤다. 그리고 안개가 온 사방에 가 득하다.

나무 밑에서 목소리가 들려온다.

남자들이다. 놈들인지 아닌지 짐작만으로는 알 수 없다. 고개를 틀어 아래를 살핀다. 그럼 그렇지. 역시 놈들이다. 아무도 이쪽을 올려다보지 않는다. 나를 발견하고 온 것 같지는 않다. 움직이는 꼬락서니가 그래 보인다. 아까처럼 그냥 근방을 둘러보는 것 같다.

하지만 너무 가깝다.

내가 나무를 잘 골랐기만을 바랄 뿐이다. 아까 말했듯이 굉장히 오르기 힘든 놈이니 녀석들은 분명 위를 제대로 살피지 않고 그냥 지나갈 거다. 하지만 놈들이 자기 임무를 철저히 수행하고 있다면 이 위쪽으로도 눈길을 주겠지.

놈들은 여전히 그 자리에 서서 주위를 둘러보고 있다. 나는 숨을 멈추고 바라본다. 높이 있다는 사실에 좀 안심이 되지만 놈들이 고개를 들면 난 들킬 수밖에 없다. 안개가 자욱하긴 하지만 시야를 완전히 가려줄 정도는 아니다.

가던 길이나 계속 가라, 이 자식들아.

놈들은 움직이지 않는다. 그냥 나무 아래에 서 있다. 한 놈은 사과를 으적으적 씹는 중이다. 이제 누군지 보인다. 아까 가시덤불 사이로 봤던 녀석이다. 빌어먹을, 또 다른 목소리가 들린다. 왼쪽이다. 사과 먹던 녀석이 소리쳐 부른다.

"여기야!"

다른 목소리가 투덜투덜 들려온다. 그리고 이제 그놈들의 모습도 보인다. 덩치 큰 똘마니 둘. 이런, 이거 안 좋은데. 정말이지 찍 소리도 내지 말고 놈들을 주시해야 한다. 그런데 하필 이런 때 새가 짹짹거린다. 망할 울새 같으니. 옆 가지에 앉아 있다. 난 녀석을 노려본다.

이 새대가리야, 좀 닥쳐다오.

망할 울새 녀석은 닥칠 생각이 없다.

놈들을 내려다본다. 여전히 같은 자리, 다섯이 모두 모였다. 저들 중 한둘은 고개를 들어보겠지. 나는 가능한 한 몸을 작게 웅크린다. 놈들은 바로 아래서 계속 시시덕대고, 울새 녀석은 계속 짹짹대고. 그러다 아래에서 고함소리가 날아온다.

"저기! 나무 위!"

난 얼어붙는다.

실없이 낄낄대는 소리. 크고 허스키한 목소리다. 감히 쳐다볼 엄두도 나지 않는다. 온몸이 사시나무 떨듯 바들바들 떨릴 뿐이다. 탕, 탕. 두 번의 총소리. 울새는 날아가 버린다. 그리고 정적이 덮친다.

하지만 그것도 잠시뿐, 곧 악랄한 웃음소리가 다시 울려 퍼진다. 나는 용기를 내서 아래를 내려다본다. 놈들이 있다. 다섯이 모여 축구를 한다.

죽은 다람쥐를 공 삼아서.

난 고개를 돌리고 몸을 더 웅크린다. 잔인한 웃음소리가 꽤 오랫동안 아래에서 맴돌다 점차 멀어진다. 나는 기다린다. 계속 기다린다. 밑에선 더 이상 아무런 소리도 들려오지 않는다. 난 심호흡을 한다. 다시 확인해봐야 한다. 아무리 내키지 않아도, 해야 한다.

한참을 망설이다가…… 이윽고 아래를 내려다본다.

놈들은 코빼기도 보이지 않는다.

죽어 널브러진 다람쥐뿐이다.

울새가 다시 푸드득 날아온다. 이번엔 시끄럽게 짹짹대지 않는다. 그저 살포시 가지에 앉아 가만히 나를 응시한다. 난 나무 요람에 기대어 주위를 둘러본다. 이슬에 촉촉이 젖은 나뭇가지는 어느 결에 제 빛깔을 잃었다.

정지한 듯 고요한 공기.

마치 공기마저도 겁을 먹은 듯하다.

나는 주먹을 굳게 쥔다. 한없이 약하고 무력한 기분이다. 하지만 내 편인 게 딱 하나 있다. 안개. 그리고 밤이 다가오고 있다. 그렇다, 구경꾼이여. 내가 날이 저물도록 푹 자버린 것이다. 이 상황에 어찌 그럴 수 있느냐고 따지지 마라. 아무튼 난 잤다. 그러니 이제부터가 시작인 거다.

더 이상 망설일 수는 없다.

드디어 거사를 치를 시간이다.

아래를 확인하며 귀를 기울인다. 놈들은 보이지 않고 소리도 들리지 않는다. 나는 더 기다려본다. 5분, 10분, 15분……. 하지만 이제 자신감이 좀 붙었다. 마지막으로 한 번만 더 확인해보자……. 아래는 아주 조용하다. 날이 더 어두워졌고, 안개도 더 자욱해졌다.

울새가 있던 자리를 돌아본다.

없다. 날아가는 걸 보지도 못했다. 이런. 작별인사를 하고 싶었는데.

시원하게 기지개를 켜고 코트 안에서 봉지를 끄집어낸다. 조심조심 내려가 가장 낮은 가지에 밧줄을 걸치고 올라올 때처럼 봉지 손잡이를 연결한 다음 아래로 늘어뜨린다. 잠시 기다렸다가 밧줄을 단단히 잡고 재빨리 내려간다.

오른발 옆에 다람쥐가 있다. 허리를 숙이고 녀석을 멀거니 내려다본다. 총에 맞아 머리 반쪽이 날아가 버렸다. 눈물이 차오른다. 영문을 모르겠다. 분명 이유가 있을 텐데. 하지만 그 순간, 난 깨닫는다.

자그마한 털북숭이 인형.

다람쥐 너킨.

재스가 너킨 인형을 가지고 있었다. 마지막으로 그 애를 봤을 때 말이다. 앞으로도 영영 마지막으로 남을 그때.

서둘러 허리를 펴고 다람쥐 시체에서 시선을 돌려버린다. 움직여야 한다. 질질 짜고 있을 시간 따윈 없다. 지금은 안 된다. 아니,

다시는 그러면 안 된다. 밧줄을 풀어 봉지를 빼낸 다음 바닥에 내려놓는다.

물끄러미 바라본다.

깊게 심호흡을 한다.

여전히 공기가 정지한 듯하다. 가지에 걸린 밧줄 양끝이 축 늘어져 있다. 움직이지도, 흔들리지도 않는다. 미동도 없다. 나는 팔을 뻗어 한쪽 끝을 쥐고 끌어당긴다. 밧줄은 봉지와 죽은 다람쥐 위로 후드득 떨어진다.

다시 정적이 느껴진다. 그리고 공포도.

몸을 숙이고 밧줄을 돌돌 감은 다음 다시 땅바닥에 내려놓는다. 봉지를 집어 들고 열어서 안을 들여다본다. 구경꾼이여, 모든 게 이 안에 다 있다. 지금 내게 필요한 모든 것이. 나의 과거, 나의 현재, 나의 미래.

모두 이 봉지 안에 있다.

봉지를 뒤집어 안에 있는 걸 모두 쏟은 다음 내려다본다.

호흡이 가쁘다. 진정해야 한다. 언제나 그랬듯 평정심을 잃지 말아야 한다. 난 공포에 사로잡혔을 때조차 평정심을 유지할 수 있는 사람이다. 예전엔 그랬었다. 잠시 시간을 두고 호흡을 진정시키려 애쓴다. 천천히, 들이쉬고, 내쉬고. 이런 멍청아, 수를 세야지. 초를 세고 호흡을 세어봐.

약간은 잦아들고 있다.

만족스러운 만큼은 아니지만 조금은.

계속 센다. 들이쉬고, 내쉬고, 들이쉬고, 내쉬고. 주위를 둘러싼 숲을 바라본다. 안개가 깔린, 희부연 어둠. 그래, 그래. 딱 좋아. 딱 내가 원하는 그대로야. 마지막으로 천천히 심호흡을 한다. 깊이 들이쉬고, 깊이 내쉬고.

이제 호흡 같은 건 잊어도 괜찮겠다.

발을 움직일 차례다.

몸을 굽히고 하나하나 전부 살펴본다. 몇 분은 걸릴 것 같다. 모든 게 제대로인지 확인해야 한다. 하지만 이지 말이 맞았다. 이 물건을 다루는 건 힘든 일이 아니다. 누구나 할 수 있다. 구경꾼 당신조차도.

하지만 난 서두르지 않는다.

아무렴, 난 제대로 하고 있다. 확실한 준비를 위해 필요한 시간 은 꼼꼼히 다 쓸 작정이다. 5분, 10분이 지난다. 마지막 확인. 행 운을 불러오기 위해 다시 한 번. 오케이, 이제 정말 준비가 됐다.

이제 봉지는 비었다. 필요한 건 모두 몸에 지녔다. 밧줄만 처리 하면 된다. 밧줄을 허리에 감고, 봉지는 낙엽 밑으로 쑤셔 넣는다. 일어서서 다람쥐 시체를 본다. 다시 몸을 숙이고 자세히 들여다 본다.

시커멓고 차가운 털 뭉치. 저기 생명이 깃들어 있었다는 사실 이 믿기지 않는다. 유령들이 되돌아와 내 주위에서 서성인다. 차마 바라볼 수 없는 이미지들. 팔을 뻗어 털가죽을 건드려본다. 다시 재스가 생각난다.

일어서서 부르르 몸서리를 친다.

"가자."

난 혼잣말을 한다.

물건을 전부 재확인한다. 다 제자리에 잘 있다.

"움직여."

다시 말한다. 그리고 발걸음을 뗀다. 어둠 속으로, 안개 속으로.

마치 오랜 잠에서 깬 듯한 기분이다. 깊고 깊은 저 아래서 잠들었다가 방금 깨어난 것만 같다. 명료하고 민첩하게 준비된 상태. 모든 신경이 예리하게 곤두선 느낌. 드디어 그 일이 완벽한 시작을 알린다.

익숙한 흥분.

두려움, 에너지.

그래, 두려움은 여전하다. 하지만 이제는 좀 나아졌다. 이렇게 움직이며 사냥에 돌입했다는 게 그 증거다. 더구나 이번 사냥감은 아주 거물이다. 어서 빨리 그놈을 잡고 싶은 마음에 나는 한껏 달아올랐다. 안개가 짙게 깔린 숲을 헤치고 나아간다. 시간이 흐를수록 안개는 더욱 짙어지며 어둠에 섞여든다.

맘에 든다.

그래, 좋아죽겠다고.

오른편 멀리에서 목소리가 들려온다. 바로 이 순간, 나를 예전만큼 두려워하지 않는 놈들이 가소로울 따름이다. 나무에서 내려온 이상 절대 안심해서는 안 되는데 이상하게도 난 지금 더없이 침착하다. 왠지 모르지만 놈들에게 절대 들키지 않을 자신이 있다.

계속 걷는다. 부드럽고 편안한 발걸음. 역시 모두 되돌아오는 것이었다. 과거의 내 모습이 돌아온다. 그래, 난 나무 위에서 벌벌 떨고 있었다. 누가 봐도 겁에 질린 모습이었지. 너무 무서워서 정신이 가닥가닥 갈라질 지경이었다. 하지만 지금 난 칼날처럼 예리하고 냉정하다. 칼날처럼 차갑게 식었다. 블레이드처럼 차갑다.

그래, 블레이드답게.

목소리가 점점 가까워진다. 스톱, 자세를 낮추고 귀를 기울인다. 이제 전혀 두렵지 않다. 두려움이라는 감정이 저절로 내게서 달아나버린 것 같다. 난 웅크린 채 귀를 쫑긋 세웠고 놈들은 점점 다가오는데, 여전히 두렵지가 않다. 놈들이 나를 보지 못하리라는 걸 알기 때문이다.

놈들이 지척까지 다가왔다.

모두 넷이다. 아직 보이진 않지만 감지할 수 있다. 물론 놈들의 머릿수도. 목소리로만 아는 게 아니다. 놈들에게서 느껴지는 전반적인 '감'이다. 그렇다, 구경꾼이여. 내 본능이 돌아오고 있다.

좀 늦은 감은 있지만.

이제 그게 다시 절실해졌기 때문이다.

숲 속에 그림자가 나타난다. 오른쪽이다. 그래, 안다. 당신 눈엔 그냥 덩치 큰 놈 하나가 어슬렁대는 것처럼 보이겠지. 하지만 네 명이다. 어떻게 아느냐고 묻지 마라. 그냥 아는 거다. 자, 냉큼 따라와라. 오른쪽으로 꺾는다.

떡갈나무 옆으로 돌아가 웅크린다. 그림자들은 곁을 지나 가버린다. 난 다시 움직인다. 와아, 감각이 이렇게나 영민해지다니 나도 놀랍다. 뭐든 할 수 있을 것 같다. 다행이다. 지금 나에겐 자신감이 꼭 필요하다. 곧 정말로 거대한 악마를 마주해야 하니까.

왼쪽으로, 놈들이 온 방향으로 돌아간다. 아주 조심해야 한다. 사방팔방으로 멀리까지 살피란 말이다. 어느 지점에서 그 자식들이 튀어나올지 모르니까. 그러니까 한 걸음 한 걸음 살얼음판 걷듯 조심해야 한다.

하지만 일단 지금은 괜찮다.

나무숲을 헤치며 이제 숲 가장자리에 다다랐다. 탁 트인 곳으로 나와 걸음을 멈추고 주위를 살핀다. 보이는 거라곤 안개와 어둠뿐이다. 하지만 나는 언덕의 위치도, 그 언덕 꼭대기에 울타리가 있다는 사실도 알고 있다.

저 위쪽, 보이는가?

어떻게 알았는지는 신경 끄고, 가자.

흐린 안개 속으로, 천천히, 천천히. 땅바닥조차 볼 수 없으니 발을 조심해야 한다. 슬슬 오르막이다. 내가 뭐랬나? 우린 언덕을 오르는 중이다. 꼭대기엔 울타리가 있을 거다.

뭐 이리 오래 걸리나. 지금쯤이면 도착했어야 하는데. 울타리는 나타날 기미를 보이지 않는다. 게다가 다시 목소리가 들리기 시작한다. 아까 지나쳤던 놈들은 아니다. 우리 앞에 있고, 수도 더 많다.

울타리 너머인 것 같다.

걸음을 멈추고 귀를 기울인다.

기다려야 한다. 놈들이 어느 방향에서 다가오는지 파악이 안 된다. 어쩌면 움직이는 게 아닐 수도 있다. 그렇다면 더욱 신중해야 한다. 자칫 놈들 품 안으로 뛰어드는 꼴이 될 수도 있으니까.

하지만 또다시 감이 온다. 예전의 내 본능이 돌아왔다. 이제 놈들이 눈앞에 있는 것처럼 아주 또렷이 느껴진다. 이렇게 안개가 자욱한데도 말이다. 놈들은 우리 정면에서 약간 오른쪽으로 비껴 있다. 그리고 움직이진 않는다. 그냥 모여서 서 있다.

방금 봤던 놈들하고 같이 나온 것 같다. 매가 좀 더 뒤져보라고 보냈을 거다. 난 왼쪽으로 꺾어 경사면을 올라간다. 오케이, 울타리다. 다시 걸음을 멈추고 귀를 기울인다.

목소리는 오른쪽 멀리에서 들려온다. 시야에 들어오는 놈은 없다. 자욱한 안개와 어둠뿐이다. 그리고 울타리. 손으로 더듬어보니 축축하게 물기를 머금고 있다. 내 귀는 여전히 저쪽을 향해 있다. 놈들이 움직인다. 그래, 분명히 움직이는 중이다. 울타리 쪽으로.

하지만 내가 있는 방향은 아니다.

잽싸게, 조용히 울타리를 넘는다. 다시 멈춰 서서 귀를 기울인다. 단 한 명의 목소리만 들린다. 아주 잘 들린다. 무슨 일인지 대번에 알겠다. 놈은 아까 우리가 봤던 놈들 중 하나와 휴대폰 통화를 하는 중이다.

나는 비탈을 내려가 골짜기 바닥에서 멈춰 선다. 목소리는 사라졌다. 놈들이 울타리를 넘어갔는지 이쪽으로 돌아오고 있는지는 모르겠다. 무조건 조심해야 한다. 놈들이 따라오는 건 아닌 게 확실하지만 여기서 시간만 죽인다고 좋을 일도 없다.

왼쪽 담을 넘은 다음 담에 붙어서 반대편 경사면을 오른다. 무너진 담을 통과하고 가시덤불도 지난다. 계속해서 전진, 전진. 그래 맞다, 구경꾼 양반. 처음 여기 왔을 때 숨었던 숲에서 점점 멀어지는 방향이지. 그때와 정반대 쪽에서 집으로 쳐들어갈 작정이거든.

또 목소리. 걸음을 멈추고, 듣는다. 다른 놈들이고 아주 가까이에 있다. 난 자세를 낮춘다. 사방이 안개와 어둠에 뒤덮여 있지만 여기가 어디쯤인지는 안다. 나는 마지막 언덕 중간쯤에 올라와 있다. 꼭대기엔 담이 있고 그 담을 따라 쭉 내려가면 그 집으로 이어진다.

그런데 지금 목소리가 들려오는 곳이 바로 저 꼭대기다.

난 온 신경을 청각에 집중시킨다.

몇 명이나 되는지 모르겠다. 꽤 많다는 것만 짐작할 수 있을 뿐. 그리고 그 목소리들은 이쪽으로 다가오고 있다. 난 왼쪽으로 틀어 내려간 다음 계곡을 가로질러 다시 담을 향해 올라간다. 지금까지 옮겨 다닌 비탈 중 최악이다. 보이지도 않는 땅바닥의 바위들을 피해 다녀야 한다.

안개도 더더욱 짙어진다.

목소리들이 오른쪽으로 움직인다. 방금 내가 있던 곳으로 내려간다. 최소한 다섯 명은 되는 것 같다. 즉 지금 이 근방을 수색하고 다니는 놈들이 아주 많다는 얘기다. 숲에서 우릴 지나친 네 놈, 그다음에 울타리 근처에서 마주칠 뻔한 놈들, 그리고 이제 여기 다섯. 매 이 인간, 도대체 몇 명이나 내보낸 거야?

잠깐. 그렇다면…… 세상에.

그가 겁을 먹은 거다.

천하의 매가.

난 쉬지 않고 움직인다. 마지막 비탈을 오르는 중이다. 바위, 바위, 빌어먹을 바위들. 하지만 난 조금씩 꼭대기와 가까워지고 있다. 무게가 느껴진다. 내가 지닌 짐의 무게가. 좀 전까지만 해도 전혀 느끼지 못했다. 왜인지는 모르지만. 놈들을 조심하는 데만 정신이 팔린 탓이겠지.

하지만 이놈의 오르막은 놈들 생각마저 잊게 만든다. 숨 쉬기도 힘들다.

몸에 지닌 물건들도 부쩍 무겁게 느껴지고.

잠시 쉬면서 힘을 모은다. 소리 없이, 능수능란하게 움직여야 한다. 이제부터가 진짜 시작이니까. 드디어 담이 나타난다. 저 담만 넘으면 우리와 집 사이엔 아무것도 없다.

놈들 수백 명을 제외하고는.

그래, 나도 안다. 수백 명까진 안 된다는 거. 하지만 많은 건 사실이지 않나. 집 밖에 깔린 놈들만 해도 충분히 버겁단 말이다. 건물 주변에는 더 많을 것이다. 집 안은 말할 것도 없고. 매가 아주 부대 하나를 통째로 끌고 왔나 보다. 내가 나무 위에서 자는 동안 더 온 것 같다.

돌담에서 스톱, 다시 귀를 기울인다.

목소리는 들리지 않는다. 하지만 근처에서 놈들의 기척이 느껴진다. 왼쪽인지 오른쪽인지 가운데쯤인지 파악이 안 된다. 그냥 가까이에 누가 있다는 것만 알겠다. 아, 알았다. 왼쪽의 그림자들.

보이나?

담 뒤에 숨어 돌 틈으로 엿본다. 두 놈이다. 아니, 셋이다. 총을 들고 있다. 손전등 불빛이 내가 있는 쪽을 휘휘 어지럽게 비춘다. 나는 납작 엎드려 불빛이 지나가길 기다린다. 폭신폭신한 잔디를 밟는 놈들의 발소리가 들린다.

다른 데로 가고 있다.

상체를 일으켜 주위를 살핀다. 담 윗부분을 손으로 쓸어본다. 돌담이 영 부실해 보이는 게 아무래도 미리 확인을 좀 해야겠다. 이걸 넘다가 돌 부스러기라도 떨어지면 단박에 놈들 귀에 그 소리가 들릴 것이다. 돌 몇 개를 흔들어본다.

안 되겠다. 너무 헐겁다.

오른쪽으로 더 가서 다시 확인해본다.

여긴 좀 낫다.

담벼락을 천천히 조심스럽게 기어오른다. 옳지, 옳지. 튼튼하니 잘 버텨주는군. 부스러기 같은 거 흘리지 말고 그대로만 있어다오. 난 담 위에서 주위를 살피고는 반대편으로 뛰어내려 부드럽게 착지한다.

다시 둘러본다.

어지럽게 소용돌이치는 안개, 그리고 어둠.

그러나 이제 저 아래에 뭔가가 보인다.

집에서 새어나오는 불빛들이다.

온몸의 감각이 한층 더 예리하게 곤두서는 걸 느낀다. 나는 주먹을 쥐고 몸의 근육을 풀어 본다. 이렇게나 예리하게 몸이 준비된 적은 없었다. 난 움직이기 시작한다. 천천히, 집을 향해 아래로.

건물이 보이는 건 아니다. 아직은 불빛뿐이다. 그리고 이젠 그 마저도 안 보인다. 안개가 다시 둘러싸버렸다. 하지만 됐다, 잠깐 이지만 뭐가 어디에 있는지 파악할 만큼은 봤다. 그리고 내가 말 하는 건 집이 아니다. 집이 어디 있는지는 원래 알고 있었다.

내가 말하는 건 내가 침입해야 할 곳이다.

들어갈 수 있는 길은 단 하나뿐이니까.

난 오래전에 그걸 발견했다. 어떻게 알았는지는 묻지 마라. 매 에게 바로 가는 거다. 지하실 얘기가 아니다, 구경꾼 양반. 매가 그곳에서 많은 시간을 보내긴 할 것이다. 아마 지금도 거기 있 겠지.

하지만 내가 말하는 건 그 지하실이 아니다.

그다음에 *그가* 가는 곳을 말하는 거다. 혼자 가는 곳. 그가 언 제나 혼자서만 있는 곳이다. 그에겐 그런 장소가 있어야 한다. 매 한테서 직접 들은 얘기다. 언젠가 입단속을 못하고 나에게 털어 놓은 적이 있다. 자기한텐 그런 장소가 있어야만 한다고. 그가 소 유한 곳이면 어디든 특별한 장소를 둬야만 한다고.

그만을 위한 장소.

매 자신 외에는 아무도 들어갈 수 없는 곳.

나만은 예외였다. 그래, 그렇다. 그게 핵심이다. 매는 나를 그 안에 들여보내줬다. 단 몇 분에 불과했지만. 그가 나를 아낄 때 얘기다. 그런 걸 '아낀다'고 표현해도 되는지 모르겠지만. 그 얘긴 별로 하고 싶지 않다. 하지만 어쨌든 그리 자주는 아니었다. 말했듯이 그곳은 매의 비밀스런 공간이니까. 그리고 구경꾼, 하나 말해줄 게 있다.

매는 바로 지금 그 장소를 원한다. 오, 아주 간절하겠지. 나는 안다. 내가 그 인간을 아주 잘 알거든. 그가 여기까지 온 이유도 바로 그거다. 이렇게나 외진 곳까지 기어들어 온 이유. 이곳엔 그가 가장 원하는 두 가지가 있으니까. 비밀스럽게 가학행위를 즐길 수 있는 지하실. 그리고 다른 장소.

그가 휴식을 취하며 계획을 세울 수 있는 장소.

안전하게 머무를 수 있는 곳.

온전히 혼자일 수 있는 곳.

구경꾼이여, 이건 내 짐작이 아니라 확신이다. 지금 당장 그에겐 그 두 곳이 필요하다. 이전엔 전혀 몰랐던 엄청난 스트레스에 시달리고 있으니까. 특히 짭새들과 갱단 두목들 건이 큰 충격으로 다가왔을 것이다. 그러니 지하실에서 볼일을 마치고 가엾은 희생양을 내보낸 다음 그는 다른 장소로 향할 것이다.

그 어느 때보다 간절히 그곳에 있고 싶겠지.

이렇게 똘마니들이 자신을 겹겹이 에워싼 상황에서는 더더욱. 내 말은, 그래, 그가 놈들을 원하긴 한다. 안전을 위해서 말이다. 하지만 착각은 금물이다. 매에게 그들은 그냥 로봇이나 다름없다. 그는 놈들을 필요해서 이용하는 것뿐이다. 하지만 마음 깊숙한 곳에선 말이다, 그는 자기 똘마니들을 증오한다. 하나하나, 전부 다. 놈들을 어떻게 생각하는지는 나나 당신이나 매나 별반 다를 게 없다.

그저 쓰레기다.

그러니까 그는 놈들을 이용해 들판을 수색하거나 위험을 색출해낸다. 보호, 고문, 살인, 뭐든 시킨다. 하지만 놈들은 그에게 아무것도 아니다. 대부분의 인간이 그에게 아무런 의미가 없듯이. 심지어 가족도 마찬가지다. 그래, 정말이다. 가족도 똑같다.

그게 진실이다. 그가 사랑하는 유일한 인간은 자기 자신이다. 누구도 대적하지 못할 막강한 권력을 지닌 그에겐, 실상 아무도 없다. 단 한 사람도. 물론 이 근방에 쫙 깔린 놈들이 다 매의 소유인 건 사실이다. 그는 살면서 만난 거의 모든 인간을 자기 것으로 만들었다. 하지만 진실로 깊숙이 들어가면, 그는 혼자다. 그는 아무도 믿지 않고 모두를 증오한다.

모두가 자신을 증오한다는 걸 알기에.

왜냐하면 실제로 그렇거든. 두말하면 잔소리지.

그러니 구경꾼이여, 그는 차라리 죽는 게 낫다.

다시 불빛이 보인다. 나는 진즉 노렸던 위치에 와 있다. 아직 건물은 보이지 않지만 불빛들이 방향을 알려준다. 집은 오른편이다. 우린 왼쪽으로 갈 거다. 별채와 마구간 사이로.

그리고 조심해야 한다. 근처에서 또 놈들의 기척이 느껴지니까.

그럼 그렇지. 저 그림자 봤나? 됐다, 이미 지나갔다. 아무튼 난 봤다. 역시 덩치 큰 녀석이다. 라이플총을 들고 있었다. 가자, 자세를 낮춘 상태로 천천히 걸어라. 그림자의 수가 불어난다. 잠깐.

놈들이 바로 앞에 있다. 거기서 움직이지 않는다.

놈들 뒤에서 불빛이 약간씩 깜박이다가 사라진다. 그림자들도 함께 사라졌지만 난 놈들이 아직 그 자리에 있다는 걸 느낄 수 있다. 오른쪽으로 조금 피한다. 놈들 눈에 안 띄게 돌아서 가야 한다.

발걸음 소리가 들린다. 왼쪽으로 향하고 있다.

점점 멀어진다.

하지만 이번엔 오른쪽에서 또 다른 발소리가 들려온다. 난 꼼짝 않고 몸을 웅크린 채 기다린다. 놈들 셋이 지나쳐 간다. 덩치들이다. 둘은 라이플총을 가졌고 나머지 하나는 손전등을 들고 있다. 놈들은 나를 보지 못한 채 계속 걸어간다. 난 놈들이 가게 내버려둔다. 그리고 잠시 기다렸다가 아까 불빛이 있던 곳으로 더 가까이 다가간다.

질척한 땅이 잘 다듬어진 잔디밭으로 이어진다.

첫 번째 마구간이다. 말은 없다. 예전에 매가 말을 타는 걸 봤는데 실력이 무척 좋았다. 당신도 짐작하겠지. 그는 뭐든 잘했다. 말도 잘 타고, 총도 잘 쏘고. 뭘 하든 뛰어났다.

하지만 이곳에 그의 발길이 뜸해지면서 말도 처분했다. 나로선 다행이다. 내가 지나갈 때 말들이 힝힝 콧김 부는 소리를 내는 일은 없을 테니까. 첫 번째 문으로 다가가 안을 살핀다.

인기척은 없다.

가장 가까이 있는 별채로 다가간다. 양쪽에서 또 발소리가 들린다. 난 다시 숨을 죽이고 귀를 기울인다. 이쪽으로 오는 놈은 없다. 계속 걸어가 별채를 하나, 또 하나 지나친다. 왼쪽으로 헛간 그림자가 모습을 드러낸다.

그리고 내 오른편엔 집이 윤곽을 보이고 있다.

이젠 아주 잘 보인다. 대부분의 방에 불이 들어와 있다. 혹여 창문으로 내다보는 놈이 있어도 날 발견하진 못할 것이다. 난 여전히 안개와 어둠에 섞여 있으니까. 그래도 최대한 조심해서 은밀히 움직여야 한다.

좀 떨어져서 건물 가장자리를 돌아간다. 헛간은 시야에서 사라지고 이제 난 자동차 진입로와 앞마당 근처까지 왔다. 이쪽으로 잠입할 생각은 없다. 현관을 무사히 지날 수 있을 리 없다. 하지만 확인해야 할 게 있다. 놈들 수가 몇이나 되는지 파악해야 한다.

뭐, 대강이라도.

몸을 낮추고 종종걸음으로 집 모퉁이까지 다가가 주위를 살핀다.

앞마당이 펼쳐져 있다. 안개가 자욱하고 캄캄하지만 집 안에서 꽤 환한 불빛이 새어나와 무리 없이 잘 보인다. 매의 헬기가 있고 아까보다 훨씬 더 많은 차들이 주차돼 있다.

역시나. 매 양반, 주변경계용으로 군부대를 몽땅 옮겨 오셨어.

헬기 뒤편으로 시선을 옮긴다. 그곳의 땅바닥을 응시한다.

그 아래에 있는 지하실을 떠올린다.

뒤로 물러서서 헛간이 있는 쪽으로 살금살금 다가간다. 하지만 이젠 집 건물과 가까운 거리를 유지하는 중이다. 구경꾼 양반, 여기서부터 정말 힘든 부분이다. 아주 힘들다. 처리할 일은 산더미 같은데 나를 찾으러 돌아다니는 놈들이 온 사방에 쫙 깔렸으니 말이다.

그러니 때를 잘 골라야 한다.

그리고 잽싸게 움직이는 거다.

바로 여기다. 주위를 둘러봐라. 뭐가 보이나? 그래, 그래. 어둠과 안개, 그리고 집뿐이라고? 다시 봐라. 잘 좀 보라고. 좋아, 주요 사항 하나. 창문이 없다. 그러니 아무도 날 내다보지 못할 것이다. 그리고 주요 사항 둘. 자, 위를 봐라.

무엇이 보이나?

건물 벽을 따라서 쭉 올라가봐라. 처음 지나갈 땐 시선을 올릴 엄두도 못 냈던 거 안다. 하지만 저 위에 분명히 있다. 건물 꼭대기에 붙은 작은 탑. 그 자체로 특별히 지어진 것이다.

저것이 바로 둥지다.

위험한 거물의 성역.

놈을 잡으러 가자.

건물 외벽에 닿자마자 바짝 붙어서 신속하게 주위를 휙 둘러본다. 근처에 움직이는 그림자는 없지만 양쪽에서 목소리가 들려온다. 놈들이 아직도 주위를 쑤시고 다니는 중이다. 이쪽으로 오는지는 잘 모르겠다. 아닌 것 같긴 한데.

일단 기다리자. 확실히 해두는 게 좋다.

타이밍 맞추기에 실패하면 끝장이다. 목표한 곳 근처에도 못 가고 망할 거다. 말하지 않았나. 때를 잘 골라야 한다. 실수는 있을 수 없다. 적당한 때가 오면 순식간에 움직이는 거다.

목소리는 계속 들려온다. 커지진 않는데 작아지지도 않는다. 여기 납작 엎드려 숨어 있어야 하나. 아니, 안 된다. 무척 어둡긴 하지만, 여기 있다간 놈들에게 들키기 십상이다.

움직여야겠다.

건물 벽을 아래에서 위로 쭉 훑어본다. 그래, 안다. 잡을 곳이라곤 전혀 없으니 벽을 타고 오르는 건 무리인 것 같겠지. 하지만 아직 기억하지? 낮 동안 몸을 숨겼던 나무. 밑에서 손을 뻗어봤자 가장 낮은 가지에도 닿지 않았다. 하지만 난 결국 올라갔고 거기서 무사히 쭉 자기까지 했다.

자, 다시 한 번 건물을 올려다봐라.

반들반들한 벽돌이 외벽을 덮었지만 저 위에…… 벽 일부분이 약간 돌출돼 있다. 보이나? 그 끝에 가고일 조각상이 삐죽 튀어나와 있다. 그 위에 있는 배수구에서 물이 흘러내려 저리로 빠지게 된다. 건물엔 저런 돌 조각들이 잔뜩 있다. 자세히 살펴보면 당신도 알 수 있을 것이다. 하지만 굳이 그럴 필요는 없다.

우린 저 못생긴 괴물 녀석한테만 가면 된다. 말하자면 저게 우리의 첫 번째 나뭇가지인 셈이다. 알겠나? 저 녀석한테만 가면 그 다음엔 붙잡고 올라갈 만한 게 나타난다. 그럼 다시 한 번 주변을 살펴볼까.

목소리는 사라지고 온통 조용하다. 이런 정적은 오히려 경계해야 한다. 놈들 목소리가 어디로 움직이는지 안 들리니 놈들의 향방도 오리무중이다. 심호흡을 한다. 다시 한 번. 침착해야 한다. 마음을 굳게 먹고, 힘을 모은다.

오케이, 해보자.

물건을 확인하고 모든 게 제자리에 있는지 재확인한다. 밧줄을 풀어 끝을 묶는다. 몇 번 더 묶는다. 저번보다 더 힘껏 날아가야 하니 더 묵직할 필요가 있다.

어쩌면 다 소용없을지도 모른다. 가고일의 위치는 나뭇가지보다 훨씬 높다. 그 위에 밧줄을 걸치는 것은 더 어렵고. 밧줄을 거는 데 성공한다 해도 조각상이 내 무게를 견디지 못할 수도 있다. 되도록 그런 생각은 안 하고 싶지만.

일어서서 안개 속을 한번 둘러본다. 내가 느낄 수 있는 한에서는 온통 조용하다. 벽에서 한 걸음 물러선 다음 위를 확인하고 밧줄을 흔들어 돌린다. 휭, 휭, 휭, 돌리고는…….

던진다.

닿지 못한다.

한참 짧다.

목소리가 다시 들려온다. 이번엔 이쪽으로 오고 있다. 벽에 바짝 붙어 웅크린 채 기다린다. 놈들은 꽤 근처까지 다가오다가 이내 헛간 쪽으로 멀어진다. 난 일어서서 다시 뒤로 물러나 위를 확인한 다음 밧줄을 돌린다.

던진다. 아까처럼 또 짧다.

근처에도 못 갔다. 이제 슬슬 걱정이 되기 시작한다. 밧줄 때문이 아니다. 밧줄 길이는 충분하다. 이지는 내가 요구한 길이의 밧줄을 준비해주었다. 그러니까 문제는 나다.

내 힘이 부족한 거다.

다시 어질어질 현기증을 느끼고 있으니까.

그렇다면 밧줄 던지는 것만이 문제가 아니다. 밧줄을 건다 해도, 기어 올라갈 일이 걱정이다. 그다음에 해치워야 할 바로 그 일도. 다 해낼 수 있을지 모르겠다. 방금 전만 해도 온몸의 감각이 아주 예리했다. 지금은 아니다.

위를 다시 확인한다. 벽에서 튀어나온 부분을 노려본다. 어둠

속에서도 끝에 있는 가고일의 형체가 보인다. 괴성을 지르는 소
년의 형상이다. 정작 괴성을 지르고 싶은 건 나인데. 휴우, 눈을
가늘게 뜨고 밧줄을 빙빙 돌린다.

밧줄은 휘청이며 위로, 위로, 위로 날아간다. 가고일에 철썩 부
딪치더니 다시 떨어진다. 하지만 이번엔 거의 성공할 뻔했다. 줄
을 다시 거둬들여 준비를 한 다음 던질 지점을 겨냥하고, 돌린다.
밧줄은 위로, 위로 날아가 가고일을 넘어간다. 조각상 목에 가서
걸리더니 멈춘다.

나는 심호흡을 하고 뒤에서 들려오는 소리에 귀를 기울인다.
목소리는 들리지 않는다. 전혀. 어깨 너머를 돌아보고 싶어진다.
감이 확실치 않기 때문이다. 하지만 밧줄이 미끄러져 떨어질까봐
눈을 뗄 수가 없다.

난 밧줄을 바라본다.

툭 쳐본다.

작은 출렁임이 로프를 따라 그대로 위까지 올라갔다가 다시 따
라 내려온다. 난 어둠 속에 흔들리는 매듭을 바라본다. 다시 한
번 툭 건드린다. 또다시 출렁임이 줄을 따라 올라갔다가 반대쪽
으로 내려온다.

다시 툭 친다. 또 한 번. 아주 신중해야 한다. 너무 세게 치면 밧
줄이 떨어질 테니. 하지만 괜찮은 것 같다. 매듭은 잘 내려오고
있다.

아래로, 아래로, 조금씩 천천히.

옳지, 어서 와라. 조금만 더.

조금만 더, 더 가까이. 밧줄은 아직 가고일에 걸쳐져 있고 매듭은 거의 손에 닿을 정도로 내려왔다.

"어이! 뭐하는 거야?"

뒤에서 남자 목소리가 들린다.

난 밧줄을 내버려두고 몸을 휙 돌리며 주먹을 불끈 쥔다. 하지만 눈앞에 보이는 건 안개와 어둠뿐이다. 어디서도 사람의 모습은 보이지 않는다. 오른쪽에서 발걸음 소리가 들려온다. 이쪽으로 다가온다. 난 밧줄로 팔을 뻗는다. 놈들이 보기 전에 끌어당겨야 한다.

하지만 시간이 없다.

오른쪽에서 그림자 두 개가 움직이고 있다.

난 황급히 벽으로 달라붙어 최대한 자세를 낮춘다. 덩치 큰 남자 둘이 집 옆을 둘러보고 있다. 꼼짝없이 발각되게 생겼다. 당장 나를 발견하지 못한다 해도 수상한 밧줄은 볼 수밖에 없겠지. 버젓이 눈높이에 늘어져 있으니 말이다. 하지만 놈들은 다른 쪽을 보고 있다. 안개 속이다.

한 놈이 부른다. 방금 들은 것과 같은 목소리다.

"뭐하는 거야? 어디에 있어?"

"여기야."

대답이 들려온다.

"헛간 쪽 살펴보는 중이야."

그리고 놈들 둘은 시야에서 사라진다.

나는 재빨리 벽에서 떨어진다. 더 이상 지체할 시간이 없다. 가시덤불 안에서는 운이 따랐다. 나무 위에서도 마찬가지다. 그리고 이번에도. 하지만 이렇게 기막힌 행운이 또 와줄 리 없다.

밧줄 쪽으로 다가가 끝을 움켜쥔 다음 마음을 가라앉히고 위를 본다.

툭, 툭. 작은 떨림이 줄을 타고 올라가고 밧줄은 여전히 튀어나온 벽에 잘 걸려 있다. 그리고 다른 쪽 끝이 점점 아래로 내려온다. 다시 한 번 툭 치자 줄이 사정거리에 들어온다. 난 팔을 뻗는다.

스톱. 나 자신을 점검해본다.

당장이라도 저걸 잡아채고 싶다. 하지만 그러면 안 된다. 밧줄과 가고일 상태, 모두 빈틈없이 확인해야 한다. 자칫하면 줄이 가고일에서 떨어질 수 있다. 나는 잠시 시간을 두고 정신을 바짝 차린 다음 다시 한 번 주위를 둘러본다. 아무도 없다. 밧줄을 슬며시 잡는다.

양쪽 끝을 묶고 두 줄을 하나로 모은 다음 손으로 단단히 움켜쥔다. 위를 보고 힘껏 잡아당겨본다. 그럭저럭 야무지게 걸린 것 같다. 세게, 더 세게 당긴다. 별다른 이상은 없다. 일단은 아주 좋다.

그런데 밧줄이 꼭대기 어디에 걸쳐졌는지 보이지 않는다. 석상 목 뒤의 움푹 들어간 부분이라면 다행인데. 거기라면 줄을 잘 지탱해줄 것이다. 하지만 보이질 않으니 확신할 수가 없다. 내가 올라가는 동안에 밧줄이 미끄러져 빠져버리지 않기만을 바랄 수밖에 없겠다. 그러니 너무 심하게 움직이면 안 된다.

어쨌거나, 가보자.

밧줄을 잡고 천천히 벽을 타기 시작한다. 성급하게 움직이지 않으려 노력 중이지만 꽤 힘들다. 그나마 가고일이 잘 버텨주고 있다. 한 걸음, 한 걸음, 위로, 위로. 아래를 내려다본다.

이미 땅바닥은 안개 속에서 사라졌다.

아래서 목소리들이 또 들려온다. 어느 방향인지는 모르겠다. 한꺼번에 여러 곳에서 웅성거린다. 다시 위를 본다. 반쯤 왔다. 생각했던 것보다 빨리 움직이고 있긴 한데…… 어쩔 수가 없다. 아래쪽에서 누군가가 나를 발견할까봐 초조해 미치겠다.

그래서 속도를 내다보니 몸이 약간 후들거린다.

천천히. 제발 좀, 서두르지 말라고.

그래도 후들거린다.

스톱. 안 되겠다, 밧줄의 흔들림이 멎을 때까지 기다리자.

다시 기어오른다. 위로, 위로, 천천히, 침착하게. 드디어 자그마한 가고일이 나온다. 아까 얘기했듯이 비명을 지르는 남자애다.

마치 나를 쳐다보는 것 같다. 팔을 뻗어 조각상의 딱딱한 등을 감는다. 다행히 바닥에서 봤던 것보다 더 두툼하다.

간신히 몸을 끌어올려 다리를 벌리고 가고일 등 위에 걸터앉은 다음 거세게 숨을 몰아쉬며 아래를 확인한다. 밧줄이 안개 속에서 흔들거리고 있다. 위를 본다. 더 짙은 안개가 기다리고 있다.

그리고 그 어딘가에 매의 둥지가 있다.

밧줄을 끌어 올린다. 묶었던 양 끝을 풀어 허리에 감고 돌출부가 벽과 만나는 곳으로 기어간다. 배수관이 위층, 그러니까 집 건물 지붕까지 이어져 있다. 저기까지 가는 건 별문제가 아니다.

곧 닥칠 일들에 비한다면야.

일이 잘못된다면 말이다.

하지만 일단 할 수 있는 것부터 해치우는 거다. 벽 쪽으로 다가간다. 돌출부가 발을 디딜 공간만큼은 된다. 팔을 뻗어 배수관을 잡고 흔들어본다. 제법 튼튼하다. 몸을 일으켜 돌출부를 딛고 선다.

배수관에 매달린다. 차갑고 축축한데다 살짝 미끄럽다. 하지만 튼튼하다. 그거면 된다. 위로, 위로 천천히 기어 올라간다. 휴우, 벌써 몸이 지친다. 정말이다. 하지만 아직 그럭저럭 버티고 있다.

여전히 배수관에 매달려 위로 올라가고 있다.

저 아래에서 목소리가 들린다. 마치 다른 세상에서 속삭이는 소리처럼 아득하게 퍼진다. 고개를 틀어 아래를 내려다본다. 아무것도 보이지 않는다. 안개와 어둠이 뒤범벅된 허공뿐. 이번에도 운이 따라주는군. 위로, 위로. 숨이 턱에 와 닿는다.

목소리가 멎지 않는다. 들리긴 하는데 뭐라고 지껄이는지는 모르겠다. 그냥 음성과 어조만 알아들을 정도다. 아무튼 난 안전한 것 같다. 만약 누가 나를 발견했다면, 말투가 저런 식은 아닐 것이다. 내가 맞기만을 바란다. 이제 지붕 위다.

이런 제길.

지붕 가운데는 평평하지만 둘레가 내 쪽을 향해 기울어 있다. 밑에선 보이지 않았는데. 게다가 잡을 만한 부분도 전혀 보이지 않는다. 난 배수관 끝을 움켜쥐고 주위를 살핀다. 홈통이 좌우로 뻗어 있다.

앞엔 아무것도 없다.

그냥 미끄러운 경사 지붕뿐이다.

그리고 그 너머에 매의 탑이 솟아 있다.

별다른 수가 없다. 미끄러지지 않기만을 바라며 무턱대고 기어 올라가보는 수밖에. 몸을 끌어 올리며 배수관을 벽에 고정시키는 버팀대를 발로 더듬어 찾는다. 홈통은 너무 약해서 불안하다. 버팀대에 체중을 싣고 헉헉대며 위로, 위로 몸을 밀어 올린다.

몸은 처마 위로 반쯤 올라갔고, 손은 허리께의 배수관 꼭대기를 부여잡고 있다. 도저히 배수관을 놓을 엄두가 안 나지만⋯⋯

놓아야 한다. 오른발로 배수관 언저리를 더듬어서 닿을 수 있는 한 가장 높은 버팀대를 찾는다.

찾았다.

발가락 끝에 힘을 주고, 왼발 디딜 곳을 찾는다. 다음 버팀대가…… 여기 있군. 조금 더 높이 올라왔지만 이제 버팀대는 없다. 지붕뿐이고 어찌됐건 그 위로 손을 뻗는 수밖에 없다.

이제 배수관을 놓아야 하니 말이다.

놓아.

냉큼 놓으라고.

배수관을 놓자마자 몸의 균형이 흐트러진다. 어떻게든 균형을 잡아보려 팔을 마구 휘젓는다. 제길, 지금 난 아무것도 잡지 않고 버팀대만 딛고 선 상태란 말이다. 재빨리 몸을 앞으로 기울어 지붕 쪽으로 와락 넘어지면서 손으로 잡을 게 없는지 마구 더듬어 본다.

거의 완전히 반들반들하다. 타일 사이에 좁게 패인 홈들이 전부다. 그나마 손가락 끝으로 잡을 정도는 될 것 같다. 어쨌건 해보는 수밖에 없다. 난 왼발로 버팀대를 디딘 채 오른발을 떼 처마 끄트머리의 타일 위로 올린다. 타일이 미끄러져 홈통으로 떨어진다.

"앗!"

하지만 홈통이 잘 버텨준다. 나는 손끝으로 타일 홈을 긁어대며 오른발에 힘을 주고 왼발을 박찬다. 그리고 정신없이 경사면을 탄다. 위로, 위로, 꼭대기를 향해.

어떻게 된 건지 잘 모르겠다. 돌이켜보기도 무섭다. 하지만 어쨌든 난 올라왔다. 지붕의 평평한 부분에 엎드려 뻗어서 숨을 몰아쉰다.

난 움직이지 않는다. 꼼짝도 할 수가 없다. 아직은 도저히 못하겠다. 곧 움직여야겠지만 하여튼 지금은 못하겠다. 그냥 엎어져서 헐떡이고만 있다. 순간 느꼈던 공포가 사라져버리길 기다리는 중이다. 그러다 몸을 굴려 등을 대고 눕는다.

그리고 우뚝 솟은 매의 탑을 바라본다.

가장 힘든 난관이 될 거다.

저놈의 탑엔 배수관도 없고 밧줄을 걸 가고일 따위도 없으니까. 층층이 쌓인 벽돌뿐이다. 난 거길 기어올라야 하고. 하지만 아예 불가능한 일은 아니다. 내 기억력이 날 실망시키지 않은 게 기쁠 따름이다. 과거의 기억 말이다.

저 벽돌 탑은 아주 고약하기 짝이 없다. 보이나? 탑은 원래 건물의 일부가 아니었다. 말했다시피 매가 특별히 지은 것이다. 그는 저 벽돌을 무척 맘에 들어 했다.

흠, 나도 그렇다. 왜냐하면 저 벽돌은 기어오를 수 있거든.

아직은 내 짐작에 불과하지만.

몸을 일으킨다. 지붕을 가로질러 탑으로 다가가 주위를 둘러본다. 아래는 희뿌옇게만 보인다. 땅이 어렴풋이 보이는 정도다. 안 개와 어둠 속의 작은 창문 틈으로 살짝 들여다보이는 정도랄까.

보이긴 해도 잘 보이진 않는다.

놈들 쪽에서도 그렇겠지.

불빛들이 이리저리 움직이고 있다. 집 주변과 언덕 위, 나무 사이를 분주히 비춰보는 손전등 불빛. 그래도 이 위에 있는 내 모습은 볼 수 없다. 이렇게 탑 외벽까지 다가왔는데도. 나는 팔을 뻗어 벽을 만져본다.

차갑고 축축하다. 손가락으로 벽돌 사이의 틈을 더듬는다. 타일보단 낫지만 손가락을 충분히 밀어 넣어 붙잡을 만큼은 안 된다. 체중을 싣고 매달리면 더 힘들겠지. 하지만 다른 대안이 없다.

밧줄을 풀어 지붕 위에 내려놓는다. 이젠 필요가 없다. 이 녀석은 할 일을 다 했다. 주머니를 더듬어 물건을 확인한다. 전부 다 제대로 있다. 오르기 시작한다.

천천히, 아주 천천히, 한 손을 올리고, 다른 손을 올리고, 한 발, 또 한 발. 겨우 손톱만큼씩 나아가는 수준이지만, 어쩔 수 없다. 최소한 벽돌은 균일하게 쌓여 있다. 즉 바로 다음 상황까지는 예측할 수 있다는 얘기다. 하지만 생각보다 벽돌 틈이 좁고 올라갈수록 더 축축해진다.

잠깐 정지. 심호흡을 하며 숨을 고른다. 정말 힘들다. 또 두렵다. 억지로 힘을 쥐어짜내어 계속 올라간다. 위로, 위로, 벽돌 하나, 하나 성공, 다음 벽돌, 또 성공. 그리고 위로, 위로, 꼭대기를 향해 조금씩 다가간다.

난 목표지점을 정확히 안다. 확실히 아는 유일한 부분이다.

내가 생각해낼 수 있는 유일한 길.

놈들 눈에 띄지 않고 침입할 수 있는 길이다.

다시 멈추고 심호흡을 한 다음 올라간다. 자, 드디어 다 왔다. 보이나? 아주 작은 창문이다. 탑 꼭대기 바로 아래에 있다. 반대편에 또 하나 있다. 그건 욕실 창문이다. 이쪽에 있는 건 창고로 이어진다.

그리고 탑 위엔 더 큰 창문이 있다.

아주 엄청나게 크다.

하지만 그리로는 가지 않는다. 이유는 당신도 곧 알게 될 거다.

다시 한 번 심호흡, 아주 깊고 길게. 지금 할 일도 결코 만만치 않은 작업이다. 벽에 찰싹 붙은 상태로, 또 안에서 아무 소리도 듣지 못하게 해치워야 한다. 가장 난감한 건 저 안에 매가 있는지 없는지 전혀 모른다는 사실이다.

여기서 보이는 만큼만 알 수 있다. 창고는 불이 꺼져 있고 큰 방으로 통하는 문 아래로 빛이 새어나오지도 않는다. 그래도 그가 거기 있을지 모른다. 불을 끄고 자는 중일지도. 하지만 이 시간에 그럴 것 같진 않다. 그리 늦은 밤은 아니니까.

난 그가 다른 어딘가에 있길 바라고 있다. 하지만 확신할 수는 없다. 그래서 난감하다는 거다. 그 인간은 그냥 스탠드만 켜놓고 책상 앞에 앉아 있을 수도 있다. 그리고 스탠드 불빛은 창고 문 아래까지는 닿지 않는다.

마음을 단단히 먹고, 양발과 양손이 각각 벽돌과 벽돌 틈을 잘 딛고 있는지 확인한다. 몸을 조금만 더 끌어올린다. 창문을 살펴본다. 큼직하다고 하기엔 좀 뭣하지만, 나에겐 충분하다.

팔을 뻗어 창틀을 잡는다. 틀과 안쪽 손잡이를 확인한다. 픽 조그맣지만 이지의 강도질용 장비가 뚫지 못하는 건 이 세상에 아무것도 없다. 난 발을 다시 한 번 확실히 고정시킨 다음 오른손을 창틀에서 떼어 이지에게 받은 장비를 주머니에서 꺼낸다.

2분 뒤, 난 탑 안에 들어와 있다.

대강의 분위기를 살핀다. 온통 어둡고 온통 조용하다. 신중히 귀를 기울인다. 문 저편에선 아무런 인기척도 없다. 문 아래로 새어나오는 불빛은 없다. 어쨌거나 내 눈에 띄는 건 없다. 주위를 둘러본다.

창고 안엔 별게 없다. 부츠, 혹한용 장비. 말했듯이 그는 이곳을 자주 이용하지 않는다. 여기에다 이것저것 쟁여놓을 필요가 없다. 살그머니 문으로 다가간다. 예전엔 자물쇠가 없었다.

아직도 없다. 다행이다. 게다가 여닫을 때 철컥 소리가 나는 문도 아니다. 아주 좋다. 문에 귀를 댄다.

아무 소리도 들리지 않는다.

약하게 들락날락하는 내 숨소리뿐이다. 난 잠시 기다린다. 조금 더 잠잠해지도록. 물건을 확인한다. 다시 한 번. 또 한 번. 모두 문제없다. 전부 오케이이다.

그가 저기 있다면, 그러니까 지금 일을 벌여야 한다면, 난 준비가 됐다.

팔을 뻗어 문손잡이를 가만히 잡는다. 살짝 문을 연다. 아주 조금만. 틈새로는 어둠뿐이고 가장 가까이 있는 벽만 언뜻 보인다. 그리고 그 벽엔 익숙한 것들이 줄줄이 붙어 있다.

여러 마리의 매.

죽은 눈동자로 아래를 내려다보고 있다.

모두 매가 쏘아 잡은 것들이다. 전부 다. 맞은편 벽에도 박제가 더 있다. 이 집엔 매 박제뿐이다. 다른 곳에는 다른 박제들이 있다. 한번 맞춰봐라. 그래, 그래. 곰 가죽, 호랑이 가죽, 상아, 코뿔소의 뿔, 뭐든 다 있다.

말했듯이 그는 명사수다.

살생에 굶주린 사냥꾼.

이 탑에도 총이 있을 거다. 눈에 띄진 않아도 분명히 있다. 그는 절대로 총을 몸에서 멀리 떼놓지 않으니까. 문을 조금 더 밀어본다.

시야에 들어오는 벽이 넓어지면서 아래를 굽어보는 매 박제의 수도 늘어난다. 여전히 캄캄하다. 문을 활짝 연다. 천장의 유리가 반짝인다. 하지만 내가 보는 건 그게 아니다. 난 방 안을 살펴보고 있다.

그는 없다. 그리고 어디에도 불이 켜져 있지 않다.

기억에 생생한 물건들의 그림자뿐이다. 그렇다, 나는 저것들을 모두 똑똑히 기억한다. 난 이 안에 들어오는 게 허락된 유일한 사람이었다. 그가 날 좋아했기 때문이다. 그가 좋아하는 사람은 오직 나뿐이었다. 그가 나에게 그렇게 말했다. 그리고 난 그 말을 믿었다.

여전히 믿는다.

이유는 알 것 없다. 그냥 그런 거다. 그가 나를 간절히 원하는 이유도 바로 그거다. 정확히는 내가 죽기를 원하는 거지. 왜냐하면, 지금도 난 그가 가장 좋아하는 사람이니까. 그렇다, 구경꾼 양반. 여전히 난 그런 대상이다. 어떻게 아는지 묻지 마라. 하여간 그는 내가 죽기를 원한다.

내가 그를 배신했기 때문에.

어둠 속에 윤곽만 흐릿한 방 안을 둘러본다. 화려하게 만들어진 길고 넓은 침대, 깔끔하게 정리된 이불과 베개. 꽃향기. 모든 게 아주 쾌적하고 특별하게 꾸며져 있다. 전부 그의 손으로 직접 한 것이다. 아무렴, 그렇고말고. 그는 이 방을 혼자서 어지럽히고 혼자서 치운다. 자신만의 비밀스런 둥지에선 언제나 그렇게 한다. 이유는 내가 말한 그대로다.

여기 들어오도록 허락된 사람이 아무도 없기 때문이다.

지금껏 그게 가능했던 사람은 절대 없었다.

오직 나만 예외였다.

시선을 옮긴다. 책장 위의 책들, 장식품, 그림, 사냥용 칼이 든 장롱. 벽에 매달려 아래를 내려다보는 매 박제들. 붙박이장, 욕실로 통하는 문. 스탠드가 놓인 책상, 전화기, 못생긴 문진.

그리고 그 옆에 그가 이 탑을 지은 진정한 이유가 있다.

자, 시선을 오른쪽으로 두고 위를 올려다봐라.

바닥을 좀 높여놓은 층이 있고, 망원경이 있고, 그 위엔 거대한 유리로 된 돔이 있다. 그렇다, 구경꾼이여. 그는 이리로 와서 별을 본다. 별빛 아래에서 잠을 자고 꿈을 꾼다. 그리고 나는, 별빛 아래에서 시달림을 당했다.

하늘을 올려다본다.

오늘밤은 별이 하나도 없다. 안개와 어둠뿐이다. 하지만 별들은 여전히 저 위에 떠 있다. 별들이 거기 있다는 걸 나는 안다. 나도 여기서 그 별들을 올려다보곤 했다.

여기선 언제나 위를 올려다봤다. 유리창 너머로 밤하늘을 보며 별을 찾았다. 그래야 현실을 잊을 수 있으니까. 때에 따라 효과가 무척 좋은 방법이었다. 별이 보일 때 말이다. 오늘밤도 그럴 수 있다면 좋겠다.

다시 눈을 내려 이지가 준 물건을 확인한다.

이 짓도 그만해야지.

준비는 완벽하게 끝났다. 이제 상대만 나타나면 된다.

창고로 돌아가 약간의 틈만 남기고 문을 닫는다. 바닥에 주저 앉아 등을 벽에 기대고 주먹을 불끈 쥐었다 편다. 이 시간이 싫다. 기다리는 시간.

허공을 가만히 응시한다.

다시 머릿속에 베키가 떠오른다. 하긴 이걸 굳이 댁한테 보고하는 나도 참 한심하다. 그러니까 내 말은, 한번 생각해봐라. 베키가 내 머릿속에 있지 않았던 때가 있었던가? 머릿속에서 베키가 사라지는 걸 바란 적도 없다.

재스도 있다. 자그마한 귀염둥이. 그리고 메리 할멈도. 착한 메리 할멈.

"사랑해, 당신들 모두."

창고 안에서 내 목소리가 이상하게 들린다. 거의 속삭이는 수준이지만 어둠을 뚫고 말 한 마디 한 마디가 스스로 소리를 내는 것만 같다.

"사랑해."

다시 조용해진다. 이제 난 파파를 생각하고 있다. 배너만과 펀도. 루비와 그녀의 친구들도. 그리고 벡스도. 후우, 그들은 어떻게 됐을까? 난 제이크스에게 잡혔지만 그들에겐 제발 아무 일도 없어야 하는데.

하지만 지금으로선 그들을 도울 방법이 없다.

오로지 지금 이 일만을 할 수 있을 뿐. 이것으로 충분하기만을 바란다.

좀 더 괜찮은 방법을 생각해라. 루비가 그랬다. 다리에서 뛰어내리지 말고. 좀 더 괜찮은 방법을 생각해. 베키를 위해서. 그래요, 루비. 나도 알아요. 하지만 매가 내게 준 상처는 너무 크고 깊어요. 그건 이해해줘야 해요. 절대 돌이킬 수 없는 그런 게 있다고요. 절대 용서할 수 없는 그런 거요.

좀 더 괜찮은 방법을 생각했어요. 노력해볼게요.

"베키, 널 위해서야."

다시 어둠 속으로 말들이 흩어져 나간다.

"내 친구, 내 사랑, 너를 위해서."

천천히 올라오는 발소리가 들린다. 순간 난 긴장한다. 벌떡 일어서서 물건을 다시 살핀다. 창고 문에 바짝 붙어 귀를 기울인다. 발소리가 점점 커진다. 잠시 멈춘다. 열쇠 돌아가는 소리, 방문이 열리는 소리.

다시 정적.

긴 정적이 이어진다. 가만히 서서 방 안을 둘러보며 안전을 확인하는 걸까.

문이 닫히고, 열쇠가 잠긴다. 다시 발소리가 들린다. 바닥을 가로질러 침대로, 침대를 돌아 멈춘다. 난 뒤로 물러서 문틈에서 떨어진다. 그는 나를 볼 수 없고 나 역시 그를 볼 수 없다. 하지만 난 그가 뭘 하는지에 촉각을 곤두세우고 있다.

그는 꼼짝 않고 서 있다. 그리고 그가 주위를 둘러보는 게 느껴진다.

불이 하나 켜진다. 방을 밝히는 전등은 아니다. 확실하다. 책상의 스탠드다. 의자 끄는 소리가 난다. 그가 책상 앞에 앉는다. 서랍이 열렸다 닫히고, 다시 의자가 밀린다. 발소리가 욕실로 향한다.

물이 흐른다.

목욕이나 샤워를 하는 건 아니다. 그는 세면대에 물을 채우고 있다. 난 계속 귀를 기울인다. 지금이 움직일 타이밍이다. 더 기다릴 것도 없다. 다 된 일이다. 그는 혼자다. 문까지 잠근 상태다. 그가 나갈 수 있는 길목만 차단하면 된다.

그리고 그가 총을 꺼내기 전에 해치워버리는 거다.

식은 죽 먹기다.

하지만 난 움직이지 않는다.

내 손만 빼고. 내 손은 움직이고 있다. 덜덜 떨고 있다. 그래, 구경꾼 양반. 손을 어떻게 할 수가 없다. 이젠 팔까지 떨린다. 다리도. 모두 말을 듣지 않는다. 당장 무슨 수든 써야 한다. 이 떨림을 멈추지 않으면 그가 인기척을 느끼고 곧바로 나를 찾아낼 것이다.

그런다 해도 난 그를 해치울 수 있다.

하지만 기습공격은 물 건너가겠지.

계획이 틀어진단 말이다.

반드시 내 쪽에서 먼저 덮쳐야 한다.

그래야 이 일이 제대로, 멋지게 먹혀든다.

하지만 여전히 몸이 말을 듣지 않는다. 그리고 이제 다시 그의 발소리가 들린다. 욕실에서 나와 옷장으로 향한다. 옷장 문이 열리고 옷걸이가 움직인다. 그가 옷을 갈아입고 있다. 다시 나갈지도 모른다.

잠자리에 들기엔 너무 이른 시간이다. 내가 뛰쳐나가야 할 또 하나의 이유인 셈이다. 하지만 그래도 움직일 수가 없다. 여전히 귀만 기울인 채, 욱신대는 통증을 느끼며 덜덜 떨고 있을 뿐이다. 전등이 꺼진다. 그리고 발소리가 다시 들린다.

이쪽으로 온다.

난 주머니에 손을 넣어 물건을 더듬어본다. 모두 그대로, 완벽하게 준비된 상태로 잘 있다. 준비되지 않은 건 나뿐이다. 나 자신을 다잡아야 한다. 여기까지 이렇게 왔잖은가. 이제 와서 실패할 수는 없다. 복잡할 것도 없다. 간단한 일이다.

필요한 건 모두 주머니에 들었다. 내가 찾아야 할 건 콩알만큼의 용기다. 그게 다다. 몸을 움직이게 할, 콩알만 한 용기. 어차피

다 끝장났다. 그가 다가오고 있으니까.

터벅, 터벅, 터벅.

곧장 나를 향해 오고 있다. 내가 여기 있는 걸 알고 오는 걸까? 그럴 수도 있고 아닐 수도 있다. 참 내, 이 마당에 그게 무슨 상관이람? 주머니에 넣은 손의 긴장이 풀리는 게 느껴진다. 몸 전체의 긴장이 풀린다. 이제 난 괜찮다. 준비가 됐다. 그리고 그가 온다.

터벅, 터벅, 터벅.

창고로 다가온다.

하지만 내가 틀렸다. 그가 문 앞에 멈춰 선다. 그런데 문은 열리지 않는다. 가만히 서서 내 기척에 귀를 기울이고 있는지도 모른다. 하지만 또 틀렸다. 다시 소리가 들린다. 오른쪽으로 움직이는 발소리. 아, 어떤 상황인지 알겠다.

그는 방 안을 빙글빙글 돌고 있다.

이유도 알 만하다. 유리 돔을 통해 위를 자세히 살펴보는 중인 거다. 하늘에서 뭔가를 발견했겠지. 그리고 지금은…… 그럼 그렇지, 그는 망원경이 있는 관측대로 올라서고 있다.

그래, 지금이다.

이보다 더 나은 타이밍은 있을 수 없다.

문을 연다. 아주 조금만. 밖을 엿본다. 그가 저기 있다. 내가 말한 대로 바닥을 한 단 돋운 관측대 위로 올라가 망원경으로 하늘을 보고 있다. 잠옷 차림이다. 내가 있는 줄은 꿈에도 모르고 하늘만 쳐다보고 있다. 아, 그럴 만도 하군. 봐라, 구경꾼 양반. 안개가 말끔히 걷혔다.

밤하늘에 별들이 찬란히 빛나고 있다.

눈부시게 아름다운 별 밭이다.

푸근하고 예쁜 달도 떴다.

이만 시선을 돌려 매를 바라본다. 그는 하염없이 하늘을 올려다보고 있다. 난 재빨리 방 안을 빙 둘러본다. 아까 모습 그대로다. 침대는 잘 정리돼 있고 책상도 마찬가지다. 옷은 안 보이는 곳으로 치워져 있다. 오로지 매와 나뿐이다. 그리고 빈 방 하나.

난 살며시 문을 빠져나와 침대를 향해 살금살금 걸어간다. 시선은 매에게서 떼지 않는다. 그는 나에게서 등을 돌린 채 망원경만 들여다보기 바쁘다. 그러다 순간 굳어지더니 허리를 펴고 돌아선다.

그리고 내게 미소를 지어 보인다.

나 역시 뻣뻣이 굳어버린다. 어찌할 도리가 없다. 표정이 변하지 않게끔 애쓴다. 또한 가능한 한 험악하게 그를 마주 노려본다. 그는 여전히 미소를 짓고 있다. 편안하고 차분하게. 나를 만나 기쁘다는 듯이. 마치 오랜 친구를 만난 듯이. 오랜만이라고 인사를 건네는 것 같다. 왜 그동안 연락 한번 없었느냐고 핀잔을 주는 것도 같고.

난 계속 바라본다. 그의 얼굴만 보는 게 아니다. 그의 손도 살피는 중이다. 잠옷 속엔 아무것도 없을 게 분명하다. 하지만 옷에 주머니가 두 개 달려 있고, 말했다시피 그는 언제나 총을 가까이 둔다.

내 손은 코트 주머니 안에 있다.

이 거사를 해치울 열쇠가 들어 있기 때문이다.

주머니 안에 있는 그것. 저 인간을 없앨 물건. 손을 움직여 지그시 감싸 쥔다. 준비는 다 됐다. 이번만큼은 그도 날 어쩌지 못하리라. 난 한 걸음 내디딘다. 필요해서가 아니다. 문가로 멀찍이 떨어져 있어도 그를 없앨 순 있다.

하지만 저 인간의 얼굴을 보고 싶다.

또한 그도 내 얼굴을 봤으면 좋겠다.

똑똑히 봐두라고.

하지만 내 시선은 그의 손 언저리를 맴돈다.

그는 아무 일 아니라는 듯 여전히 빙긋 웃고 있다. 잠시 후 천천히 움직이기 시작한다. 오른쪽으로 내려오더니 창고를 지나쳐 책상으로 향한다. 그냥 평소와 똑같은 걸음걸이. 나를 보는 눈길이 부드럽다.

그는 더 이상 다가오지 않는다.

그냥 내게서 멀찍이 떨어져 느긋하게 걷는다.

책상 쪽으로 다가간다.

내가 입을 연다.

"그만."

그가 걸음을 멈추고 나를 건너다본다. 미소가 사라진다.

"그거 명령인가?"

미소가 돌아온다.

"난 명령 같은 거 듣지 않거든."

그러고는 다시 발걸음을 뗀다. 주머니 속의 내 손이 움찔거린다. 아무래도 상관없다. 그래, 얼마든지 뻐겨봐. 게임을 즐기라고. 당신은 항상 그런 식이었으니까. 난 전혀 당황하지 않았어. 책상 위에는 총이 없다. 서랍에는 하나쯤 들었겠지. 서랍마다 하나씩 들었을 수도 있고.

하지만 그는 아직 책상 근처에 닿지 못했다. 그리고 걸음을 멈췄다.

내가 명령해서가 아니다.

스스로 멈춘 거다.

여전히 미소 짓고 있다. 난 그의 손을 주시한다. 그의 손은 주머니 언저리를 맴돌고 있다. 다시 미소가 사라지고 지난 3년 동안 나를 지겹도록 따라다니던 그 얼굴이 나타난다. 단 한 번도 사랑해본 적 없는 얼굴. 지금도 앞으로도 절대 그럴 일 없는 얼굴.

그의 손이 움직인다. 전혀 서두를 필요 없다는 듯 여전히 편안하고 차분한 손짓. 주머니에 손을 넣더니 뒤집어서 안이 비었다는 걸 보여준다. 그리고 한 걸음 물러서서 책상 가장자리에 걸터앉는다.

나를 자세히 뜯어보면서.

나도 그를 마주 본다. 조금도 나이를 먹지 않은 것 같다. 오히려 더 젊어지고, 더 강해지고, 더 잘생겨진 것 같다. 죽여 버리고 싶다. 그가 입을 연다.

"그럼 이번엔 내가 목표물이 된 건가?"

난 대답하지 않는다. 그가 눈썹을 찡긋 들어 올린다.

"알잖아. 넌 못 해."

멀리 어디선가 엔진 소리가 들린다. 하나가 아니다. 매 역시 그 소리를 듣고 싱긋 웃어 보인다.

"지원군이 더 오는군. 넌 상상도 못할 만큼 규모가 어마어마하지. 위험한 살인자들이 나돌아 다니는 시점이니까."

그가 고개를 쳐들고 나를 바라본다.

"네가 그렇게 위험하다는 건 아니야. 솔직히 불쌍한 축에 들지. 내 말은, 너도 네가 정말 날 죽일 수 있다고 생각하는 건 아니잖아. 안 그래?"

"당신은 이미 죽은 목숨이야."

난 나직이 말한다.

다시 한 번 그가 눈썹을 추켜올린다. 엔진 소리는 계속 들려온다. 아직 꽤 멀지만 조금씩 소리가 커진다. 어차피 상관없다. 지원군이건 뭐건 이 인간을 지켜줄 수는 없다. 내가 신경 쓰는 건 오로지 그것뿐이다.

"그래 주머니 속엔 뭐가 들었나? 뭐, 칼이겠지."

난 손을 빼내지 않는다. 주머니 속의 물건을 꽉 움켜쥐고 준비를 한다.

"칼이 아닌데. 칼은 때려치웠어."

"그럼 총인가."

난 고개를 젓는다.

"그건 너무 위험하지. 빗나가면 어쩌라고."

매의 표정이 흐려진다. 처음이다.

그리고 그의 눈동자에 뭔가가 스쳐지나간다. 그의 얼굴에서 이걸 보게 될 줄이야. 두려움에서 비롯된 전율. 그의 시선이 내 손으로, 주머니로 옮겨간다. 내 시선은 그의 얼굴에 고정돼 있다. 그가 느닷없이 움직일 경우에 대비해서.

엔진 소리는 부단히 커진다. 도대체 얼마나 많은 지원군을 끌어들인 걸까. 그 망할 놈의 호위부대 놈들이겠지. 하지만 세상의 모든 지원군이 다 몰려와도 이제 매의 목숨을 구할 수는 없다. 여기엔 오로지 그와 나, 단 둘뿐이니까. 이 순간을 얼마나 기다렸던지.

"블레이드, 주머니에 든 건 뭐지?"

"폭탄 스위치."

난 잠시 그를 바라보며 뜸을 들이고는 다시 입을 연다.

"폭탄으로 된 조끼를 입고 있거든."

난 주머니에 넣지 않은 손으로 코트 앞을 열어 그 안에 있는 걸 보여준다. 그는 움직이지 않고 바라만 본다. 차 문 닫히는 소리가 들리고 부산하게 자갈 밟는 소리가 울려 퍼진다. 나는 위로, 유리 돔을 향해 턱짓을 한다.

"자, 준비나 해두시지. 곧 우리 둘이서 저 별들을 향해 날아갈 거니까. 조각조각 찢어져서 말이야."

마음의 준비를 하고, 스위치에 손가락을 얹고는…… 멈칫한다. 분명 소리가 났다. 작고 부드러운 소리. 머리털이 쭈뼛 선다. 두려움이 순식간에 나를 가득 채워버린다. 왜냐하면 그 소리는 저 아래서 나는 게 아니기 때문이다.

이 방 안에서 나는 소리다.

지금은 쥐 죽은 듯 고요하다. 하지만 난 들었다. 틀림없이 들었다. 침대 근처 어딘가에서…… 자그맣게 바닥이 스윽 쓸리는 소리. 하지만 그럴 리가 없다. 난 이 방을 분명히 확인했다. 다시 살펴볼 수는 없다. 매에게서 눈을 뗄 수가 없다.

단 일 초도 안 된다.

내 손가락은 여전히 폭탄 스위치에 얹혀 있다. 반쯤 누른 상태이고 나와 매는 이미 반쯤 죽음의 문턱에 가 있다. 하지만 다른 누군가가 있다면……? 하긴, 지금 그게 문제인가? 놈들 중 하나가 이 방 안에 같이 있는 거라면, 우리와 함께 저세상으로 가면 그만이다. 하지만 그게 아니라면?

놈들이 아닌 다른 누군가라면?

매의 표정이 슬며시 변한다.

자신감이 피어오른다.

미소가 번진다.

그 순간, 다시 그 소리가 들린다. 작고 은밀한 움직임. 왼쪽 어딘가. 내 시선이 그쪽으로 홱 돌아간다. 막을 수가 없다. 그러지 말아야 한다는 걸 안다. 하지만 소리의 정체를 알아야겠다. 방의 안쪽 구석으로 시선을 던진다.

아무것도 없다.

아까와 똑같다.

아무도 없다. 침대 위에도, 안에도, 밖에도. 하지만 침대 반대편 아래는 여기서 보이지 않는다. 누가 바닥에 납작 엎드려 있는지 확인할 길이 없다. 확인하고 싶어도 기회가 없다. 내가 다시 매에게로 시선을 옮기는 순간, 뭔가 묵직하고 단단한 것이 내 얼굴을 후려친다.

난 비틀거린다. 머리가 어지럽게 돈다. 어쨌든 난 내 발로 서 있다. 책상 쪽으로 몸을 숙인 매의 모습이 흐릿한 시야로 들어온다. 그가 던진 건 문진이었다. 그리고 지금은 서랍을 뒤지고 있다.

나는 오른손으로 주머니 위치를 더듬더듬 찾는다. 얻어맞았을 때 저절로 주머니에서 손을 빼 얼굴을 감쌌다. 난 다시 주머니 속의 폭탄 스위치에 손을 얹는다.

콰직!

총알이 내 손목을 찢는다. 난 고통에 찬 신음을 내뱉는다.

콰직!

또 한 발이 팔뚝에 명중한다.

날카로운 고통이 밀려오고 피가 마구 솟구치기 시작한다. 제멋대로 흐느적거리는 팔을 제어하려 애쓰며 주머니에 손을 넣으려 해보지만, 닿지 않는다. 매가 성큼성큼 다가오고 있다.

콰직!

세 번째 총알. 내 허벅지를 할퀴고 지나간다.

나는 등을 세게 부딪치며 쓰러진다. 충격에 숨이 턱 멎는다. 피가 분수처럼 콸콸 솟구친다. 의식이 점점 멀어진다. 하지만 그 와중에도 난 어떻게든 주머니에 손을 넣으려 안간힘을 쓴다. 매가 내 위로 올라타고 내 오른팔을 바닥에 탁 꽂는다. 총구를 코트 안으로 밀어 넣고는 폭탄 조끼를 훑다가 한 지점에 고정시킨다.

총구를 쑥 들이밀며 몸을 깊게 숙이고 혀를 끌끌 찬다.

"어리석어. 정말 어리석어."

그의 시선이 내 눈을 짓이기듯 노려본다.

"정말로 네 녀석이 날 죽일 수 있다고 생각한 거냐?"

그의 숨결이 뜨겁다. 그래. 아주 뜨겁다. 언제나 그랬다. 내가 또

렷이 기억하는 이 숨결. 그가 총구를 한층 더 세게 쑤셔 박는다.

"진정 네놈이 특별한 줄 알았던 거야, 그렇지?"

난 대답하지 않는다. 그럴 수가 없다. 비릿한 피가 입과 눈을 가득 메워버렸다. 그가 나직이 코웃음을 친다.

"넌 절대 특별하지 않아."

그가 짐승처럼 으르렁거린다.

"네가 어떤 놈이었는지 말해주지. 넌 그냥 길거리에서 주워 온 애새끼 중 하나였을 뿐이야. 별 볼일 없는 쓰레기. 네놈들 다 그런 존재였거든. 한 놈도 안 빼고 전부 다. 별 볼일 없는 쓰레기 새끼들."

그의 입가가 조롱으로 일그러진다.

"더는 못 참겠군. 자, 죽을 시간이다."

그가 살짝 물러선다. 총구는 여전히 나를 강하게 짓누르고 있다. 난 그가 뭘 하려는지 안다. 더 잘 보고 싶은 거다. 몸부림치며 피를 흘리고 경련하다가 자지러드는 내 모습을 보고 싶은 거다. 그래…… 이젠 아무래도 상관없다. 보고 싶으면 실컷 보라지.

그를 저지하기 위해 내가 할 수 있는 건 아무것도 없다.

실패하지 않았다면 좋으련만. 그를 꼭 죽이고 싶었는데.

베키를 위해서.

그의 얼굴에 또다시 미소가 번진다. 나에게 너무도 익숙한 그 미소.

"잘 가라, 블레이드."

그가 속삭인다.

그는 총구를 내 심장에 비스듬히 박더니, 돌연 상체를 뒤로 홱 젖힌다. 미소도 사라진다. 난 혼란스런 얼굴로 위를 올려다본다. 그리고 그의 눈동자에 어린 공포를 본다. 그는 헉, 하는 숨소리를 내더니 내 위로 엎어지며 컥컥거린다.

그의 어깨 너머로 작은 소년이 보인다.

여덟 살 남짓 된, 벌거벗은 아이. 소년의 온몸에 채찍자국이 가득하다. 아이의 손에 매의 사냥칼이 들려 있다. 칼엔 피가 묻어 있다.

매가 꿈틀거린다. 경련하며 힘겹게 숨을 몰아쉰다. 소년은 매의 등 아래를 찔렀지만 죽이진 못했다. 난 아이를 바라본다. 나와 너무도 닮은 아이다. 같은 얼굴, 같은 눈동자, 같은 두려움. 그래, 특히 두려운 표정이 닮았다.

난 소년에게 나직이 이른다.

"여기서 나가라, 꼬마야. 옷을 찾아 입고 달려. 그냥…… 도망쳐."

방 밖에서 목소리가 들려온다. 놈들이 고함을 질러댄다. 총성을 듣고 부리나케 달려온 것 같다. 누군가가 문을 걷어찬다. 난 왼손으로 총을 찾는다. 매가 정신을 차리기 전에 치워버려야 한다.

하지만 너무 늦었다.

그가 움직임을 눈치챘다. 신음소리를 내더니 내게서 총을 빼앗아 다시 내 코트 안으로 찔러 넣는다. 밖의 고함소리는 더 커지고, 문 두드리는 소리도 더 커진다. 점점, 점점 더 커진다. 그리고 이제 고통이 날 조각조각 찢어내고 있다.

난 소년의 눈동자를 바라본다.

지금 나에게 중요한 건 오직 저 아이뿐이다.

"도망쳐."

난 웅얼거린다.

"죽어라 달려…… 도망쳐……."

매가 으르렁대며 총구를 내 심장에 바짝 댄다.

다음 순간, 모든 것이 검게 변해버린다.

그렇게 그대로. 더 이상 변하지 않는다. 그냥 계속이다. 끝없는 어둠. 하지만 난 내가 있는 곳을 안다. 그럼, 당연하지. 익숙한 곳이다. 예전에도 와본 적이 있다. 외롭지만 아주 좋다. 새까만 정적. 그리고 나.

혹은 나를 떠나버린 나. 왜냐하면 난 지금 영혼이니까. 허무의 공간을 헤매고 다니는 영혼. 죽을 길을 찾아 헤매는 것이다. 그래, 맞다. 난 그 녀석을 찾고 있다.

죽음.

더럽고 비열한 자식.

난 그를 만난 적이 있다. 기억나나? 디그가 내 이마를 그어버린 직후에 말이다. 아주 코앞까지 다가갔었지. 그 자식은 날 갖고 놀았다. 내 머릿속을 완전히 휘저어놓고는 날 죽음의 자루에 넣고 묶었다가 다시 밖으로 꺼냈다.

그리고 난 살아났다.

나쁜 자식.

이번엔 어떻게 될까? 그 녀석이 나를 발견하면 말이다. 그는 그리 멀리 있지 않다. 어찌 아느냐고 묻지 마라. 나에게 와 닿는 녀석의 부드럽고 슬픈 숨결을 느낄 수 있다. 하지만 괜찮다.

난 정말 죽고 싶으니까.

지금 당장 죽음을 대면하고 싶다.

하지만 대신 다른 얼굴들이 나타난다. 보고 싶지 않다. 내가 보고 싶은 건 죽음의 얼굴이다. 그 녀석이야말로 내가 원하는 유일한 존재다. 하지만 다른 얼굴들이 잔뜩 모여들고 있다.

"꺼져."

난 한껏 인상을 쓰며 그들을 쓸어내려 한다. 그들은 사라지지 않는다. 와글와글 주위로 몰려들 뿐이다. 음산하고 무서운 얼굴들. 이제 난 이 얼굴들을 알아본다. 내가 죽인 이들이다. 전부 다 왔다. 놈들은 내 주위를 맴돌며 나를 쳐다본다. 가만히, 뚫어져라 응시할 뿐이다.

세상에.

죽음이 날 위해 준비한 게 이건가? 내가 칼로 끝장낸 뒷골목 쓰레기들? 이게 빚 청산이라는 건가? 내가 저들을 죽였으니, 이제는 저들에게 갇혀 영원을 보내야 한다?

문득 어떤 목소리가 귀에 와 닿는다.

"블레이드."

메리 할멈이면 좋겠다. 할멈이 내 이름을 불렀을 때가 기억난다. 그때 난 의식을 잃은 상태에서 할멈의 목소리를 듣고 깨어났다. 듣기 좋은 아일랜드 억양이었지. 하지만 이건 메리 할멈이 아니다. 웬 남자의 목소리다.

"블레이드."

시끄러워. 난 그냥 여기서 죽을 거야.

네놈이 누구든 나불나불 장단 맞춰줄 생각은 없다고.

"블레이드."

다시 그 목소리다.

"꺼져."

하지만 이 녀석은 꺼질 생각을 안 한다. 몇 번이고 계속 내 이름을 불러대기만 한다.

"시끄러, 닥치라고."

난 한껏 귀찮은 티를 낸다.

얼굴들을 응시한다. 여전히 내 주위를 맴돌고 있지만, 아까보다는 좀 멀어졌다. 난 그들을 노려본다. 모두가 나를 바라보고 있다. 그런데 이해가 안 되는 점이 있다. 저들은 화난 표정이 아니다. 왜지?

다들 나를 향한 분노를 활활 불태워야 마땅한데.

내가 저들을 전부 저세상으로 보냈으니 말이다.

그래, 그래, 저 녀석들은 죄다 쓰레기였다. 분명 아직도 쓰레기일 거다. 내가 녀석들을 죽였다고 해서 그 사실이 바뀌진 않는다. 그런데 왜 저들이 날 갈기갈기 찢어놓질 않는 거지? 왜 날 증오하지 않는 걸까?

당연히 그래야 한다. 나도 날 증오하니까.

아무렴. 난 내가 죽도록 밉다.

"블레이드."

그 목소리가 또 부른다.

얼굴들이 사라진다. 그리고 다시 어둠뿐이다. 하지만 내가 틀렸다. 얼굴 하나가 남아 있다. 또렷이 보이질 않는다. 내 위를 둥둥 떠다니는 것 같다. 그리고 이제 뭔가가 보인다. 이 얼굴은……그 쓰레기 녀석들 중 하나가 아니다.

다른 얼굴이다. 좀 전엔 없었던 얼굴이다. 너무 어두워서 아직잘 보이지 않는다. 그리고 이제야 한 가지를 깨닫는다. 어두워서잘 안 보이는 것만은 아니다. 얼굴 자체가 검어서다.

"블레이드."

그 얼굴이 입을 연다.

느릿하고 낮은 목소리.

"블레이드, 돌아와다오."

난 돌아가지 않는다. 절대로 안 갈 거다. 죽음이 날 낚아채갈 때까지 여기서 떠다닐 거다. 그 녀석이 올 때가 다 됐다. 난 계속 그를 찾아 헤매야만 한다. 이젠 흑인 남자의 얼굴도 보이지 않는다. 고맙기도 해라. 하지만 그 얼굴이 다시 말을 걸기 시작한다.

"얘야, 맞서 싸워야 해. 들리니? 네 평생 가장 힘든 싸움일 거야. 무척 심하게 다쳤으니까. 정말 많이 아프겠지. 그러니 정신 차리렴. 할 수 있다는 걸 보여줘."

난 아무것도 보여주지 않을 거다. 그냥 가만히 있을 거다.

그리고 죽음이 나타나면 녀석의 자루 속으로 곧장 뛰어들 테다. 이 세상에서 영영 사라져버리는 거다. 아무것도 없는 곳으로. 아무것도 없는 아름다운 허무의 세계로. 왜냐고? 왜냐하면 난 실패했으니까. 완전히 망쳐버렸으니까.

베키의 원수를 갚지 못했다. 매를 죽이지 못했다.

그리고 그 소년도 성공하지 못했을 것이다. 뒤에서 찌른 칼이 제대로 박히진 않았겠지. 매는 나를 쏘자마자 돌아서서 꼬마의 머리를 날려버렸을 거다. 내 머리도 그렇게 날려버리지. 그럼 더 빨리 죽었을 텐데.

하지만 거의 다 온 것 같다.

잠시만 더 기다리면 된다.

그러면 난 가는 거다.

하지만 또 그 남자의 목소리가 들려온다. 그리고 이번엔 좀 이상한 점을 깨닫는다. 목소리가 귀에 익다. 왜지? 아까는 이렇게 익숙하게 들리지 않았는데. 어둠 속에 언뜻 보인 얼굴도 낯설었고. 너무 흐릿해서였을 거다. 내가 죽인 쓰레기 중 하나가 아니란 건 금방 알았으니까.

"애야, 힘내."

목소리가 계속 들려온다.

"포기하면 안 돼."

아, 이제 알았다. 이 남자가 누군지 말이다.

하지만 그 순간 남자도 스스로 정체를 밝힌다.

"파파다."

목소리가 말한다.

"베키 할아버지."

그 얘기까진 안 해도 좋았을 텐데. 마지막 부분 말이다. 굳이 그럴 필요는 없잖은가. 기분만 더 안 좋아졌다. 여기서 베키의 이름을 듣게 되다니. 좀 전보다 훨씬 더 간절히 죽고 싶다. 파파를 탓하는 건 아니다. 그의 따뜻한 마음엔 감사한다. 내가 얼마나 처참하게 실패했는지 그가 어떻게 알겠나? 그의 얼굴을 마주보는 게 내게는 얼마나 괴로운 일인지 짐작도 못 할 거다. 물론 베키 엄마의 얼굴도.

분명 루비도 파파와 함께 여기에 있을 것이다.

그녀의 목소리가 들릴까봐 겁이 난다.

하지만 아직은 파파의 목소리만 들려온다. 다만 순식간에 분위기가 달라졌다. 그가 말을 건네고 있는 대상은 내가 아니다. 다른 누군가에게 이야기를 하는데, 굉장히 빠르다. 당신도 알겠지만 파파는 이렇게 급하게 말하는 법이 없다.

"의사 선생!"

그의 목소리다.

"숨넘어가는 것 같아!"

분주한 발소리, 뒤이어 다른 목소리가 들린다.

"간호사, 여기!"

그리고 갑자기 온통 급박한 목소리들이 에워싼다.

"마음의 준비를 하세요."

누군가가 말한다.

난 신경 쓰지 않는다. 왜냐하면 갑자기 어둠이 깊어지고……
그래, 이거다. 어둠이 내 숨통을 조여 온다. 어둠은 한때 블레이드였던 모든 것을 몽땅 쥐어짜낸다. 블레이드는 사라진다. 남은 건 아주 작고 보잘것없는 조각 하나뿐이다.

어쩌면 좀 더 나은 모습이었을지도 모를 나의 작은 한 조각이 별빛처럼 깜박인다. 되돌리기엔 너무 늦어버렸다. 다시 시작하기엔 너무 늦었다. 그리고 이젠 그 빛마저 흐려진다. 드디어…… 오,

고마워. 드디어 나타났구나. 널 기다리고 있었어. 날 절대 실망시키지 않을걸 알고 있었다고.

달콤한 죽음이여.

어서 와서 날 데려가줘.

그래, 이 아저씨야. 냉큼 와서 당신의 작은 자루 속에 날 퐁당 넣으라고. 옳지, 이제 가자.

하지만 우린 가지 않는다. 갑자기 말소리가 되돌아온다. 하지만 평범한 말이 아니다. 얼어붙은 꿈결처럼 단어들이 어둠 속을 부유하고 있다.

"죽지 마, 베키를 위해서."

섬뜩한 전율이 느껴진다. 죽음이 말하는 게 아니기 때문이다. 다른 목소리다. 죽음보다 훨씬 더 무서운 목소리. 긴 정적이 이어진다. 길고 검은 정적. 그리고 루비의 목소리가 다시 들린다.

"베키를 위해 살아줘."

그래서 난 살아났다. 하지만 이상하다. 모든 게 어스레한 그림자가 되어버렸다. 나는 말을 하지 않는다. 할 수가 없다. 이유를 모르겠다. 난 말하고 싶다. 하고 싶고 묻고 싶은 말이 무척 많다. 무슨 일이 벌어진 건지 알고 싶다.

하지만 입을 열어도 목소리가 나오지 않는다.

그래서 다른 사람들 말을 듣는다.

떠드는 사람은 아주 많다. 모두 수다를 떨어댄다. 재잘재잘 소리가 온통 나를 둘러싸고 있다. 그들의 모습이 또렷이 보이지 않는다. 말했듯이, 전부 그림자 같다. 목소리도 마찬가지다. 그러니까, 단어 하나하나 정확히 들리진 않는다는 거다. 오로지 재잘거리는 음성뿐이다.

병원 사람들이다. 그건 알겠다. 하지만 나머지는 잘 모르겠다. 그래도 저들이 맘에 든다. 그래, 좋은 사람들이다. 계속 날 돌봐준다. 한 명은 달콤하게 속삭이며 내 얼굴을 쓰다듬어주기도 했다. 무척 좋았다. 그리고 한 번은 저들이 급히 내 주위로 모여들었다. 뭐가 잘못됐는지는 기억나지 않는다.

나에게 뭔가를 했다.

내가 다시 의식을 잃었기 때문이다.

하지만 무섭지 않았다. 이번엔 아니었다. 거기서 난 베키의 얼굴을 보았다. 기분 좋은 일이었다. 그리고 웬일인지 루비 말을 따르는 게 옳은 것 같았다. 난 돌아와야 했다. 결국은 돌아올 것이었다. 그리고 돌아왔다. 난 깨어났다. 그 손이 또다시 내 얼굴을 쓰다듬었다.

이런 일이 계속 반복됐다. 난 몇 번이고 옮겨졌다. 아마 내가 아는 것보다 더 많이 옮겨졌을 거다. 왜냐하면 난 계속 잠에 취해 있었으니까. 깨어 있을 수가 없다. 통증이 아우성칠 때만 빼고. 그럴 때면 다시 또 누가 달려온다. 그리고 또 어둠이 덮친다.

하지만 중요한 사실이 있다. 웬일인지 더 이상 불안하지 않다. 난 베키를 위해 살고 싶다. 그러기로 결심했다. 하지만 그거 아나? 만약 살아내지 못한다 해도, 난 괜찮다. 그러면 베키를 만나게 될 테니.

그냥 괜찮은 정도가 아니다. 아아, 얼마나 근사할까?

그러니 이젠 간단하다. 성공하고 살거나, 성공하고 죽거나.

그래, 그래. 당신이 무슨 생각하는지 다 안다. 지금 머릿속에 떠오르는 의문이 있겠지. 성공? 누가 뭐에 성공했다는 거야? 그래, 우린 아직 매가 어떻게 됐는지 모르니까 말이다. 구경꾼 양반, 이번엔 댁이 제대로 짚었다. 하지만 이거 하나는 알아둬라. 내가 이 꿈결 같은 작은 세상에서 알아낸 사실이 있다.

성공이란 건 존재하고 난 성공했다.

그리고 난 한 가지는 분명히 안다. 내가 어떤 잘못을 얼마나 많이 저질렀건 간에, 잘한 일도 한두 개쯤은 있다는 것. 그리고 말이다, 난 그것을 성공이라 부를 거다. 되찾는 데 성공했다. 내가 베키에게 줄 수 있는 그것을 되찾았다.

베키에게 용서받을 수 있게 해줄 그것.

심지어 날 사랑해줄지도 모른다.

이 생각을 얼마나 많이 했는지 모른다. 그러니까, 사랑 말이다. 왜냐하면…… 베키가 날 사랑해주다니, 그건 꿈에서도 가당치 않은 일이라고 생각했거든. 예전에 내가 한 말 기억하나? 베키의 얼굴에서 본 것, 메리 할멈과 재스의 얼굴에서도 발견한 그것. 내가 그걸 뭐라고 불렀지?

증오의 반대말.

사랑일 수 없는 그것.

하지만 그걸 사랑이라 부르면 안 될 이유라도 있나? 불현듯 떠오르는 사실이 하나 있단 말이다. 의식을 잃고 사경을 헤맬 때 보았던 베키의 얼굴은 루비가 간직한 사진에 있는 모습과 같지 않았다. 내 기억 속의 모습과도 달랐다. 그 이미지들 속에서 베키는 거의 여신 같았으니까. 난 베키를 보며 생각했다. 어떻게 저런 사람이 나 같은 쓰레기를 사랑할 수 있겠어?

누군들 그럴 수 있겠냐고?

하지만 의식이 없을 때 만난 베키는 그런 모습이 아니었다. 그녀가 나를 보는 눈길은 마치…… 괜찮아, 넌 괜찮은 사람이야, 넌 아직 내 친구야, 라고 속삭이는 것 같았다. 마치…… 날 사랑할 수 있을 것처럼.

마치 늘 그랬다는 듯이.

다시 그 손길이 내 얼굴을 어루만진다. 난 제대로 보려고 애쓴다. 누군지 보려고 기를 쓴다. 하지만 그저 그림자 같은 윤곽뿐이다. 익숙한 그림자. 뭐라고 자분자분 속삭이고 있다. 난 계속해서 베키를 생각한다. 손이 뺨 위에 놓였다가 사라진다.

베키는 사라지지 않는다. 내 마음속에 따뜻하고 포근한 모습으로 머물러 있다.

꿈을 꾸다 통증에 깨고 다시 까무룩 잠들어버리는 과정이 이어진다. 시간이 어딘가로 흘러가버렸다. 그냥 사라졌다. 어디로 갔을까. 내가 여기서 얼마나 오래 있었는지 전혀 모르겠다. 아니, 여기가 어딘지도 모르겠다. 그래, 병원이겠지. 그건 당연하고. 하지만 어디에 있는 병원인지를 모르겠다.

며칠은 여기서 지낸 것 같다. 하지만 아무래도 상관없다. 이제 더 이상 하루하루는 존재하지 않고 난 끝없는 밤 속을 유영하고 있으니까. 그런데 어느 순간 모든 게 말갛게 밝아진다. 눈을 떴는데 캄캄한 어둠 속이 아니다.

창문으로 쏟아져 들어오는 햇살이 보인다. 창백한 벽과 조화, 침상 주변을 빙 두른 커튼. 삑삑거리는 의료기기들. 맞은편 벽에 걸린 조잡한 그림.

그리고 벡스.

의자에 앉아 내 얼굴을 보고 있다.

난 고개를 돌린다. 어라, 원하는 대로 움직인다. 기대하진 않았는데. 하지만 잘 움직인다. 병실 안을 둘러본다. 침상은 내가 누워 있는 것 하나뿐이고 다른 사람은 없다. 나와 벡스 둘뿐이다. 복도 저편에서 간호사의 목소리가 들린다. 나는 다시 고개를 돌려 벡스를 본다.

그녀는 자리에서 일어나 내 쪽으로 몸을 숙인다.

“내가 보여?”

그녀가 묻는다. 목소리가 이상하다. 한마디 한마디가 딱딱 끊겨 들리는 게 전혀 벡스랑 어울리지 않는다. 아마 나 때문일 거다. 한동안 말소리를 제대로 듣지 못했으니까. 그녀가 다시 말한다. 이제야 예전처럼 익숙한 목소리로 들린다.

“블레이드? 나 보여?”

“응.”

“맙소사, 말도 하네!”

“그럼, 당연하지.”

“가서 다른 사람들 불러올게.”

“잠깐.”

난 손을 뻗으려 한다. 하지만 팔이 너무 무겁다. 그래도 벡스는 그대로 기다린다.

“진정해.”

그녀가 말한다.

“난 괜찮아.”

“너 몰골이 완전 엉망이야.”

“시끄러.”

벡스는 복도 쪽을 바라본다. 도움을 청해야 한다고 생각하고 있을 거다. 내가 잘못될 때를 대비해서 말이다.

“난 괜찮아, 벡스.”

"뭐?"

벡스가 귀를 기울이며 몸을 더 가까이 숙인다. 그리고 난 그녀가 옳다는 걸 깨닫는다. 난 분명 몰골이 엉망진창일 거다. 왜냐하면 느낌이 엉망진창이니까. 게다가 그 몇 마디 했다고 기력이 완전히 소진돼버렸다. 아마 내가 생각하는 것보다 목소리는 훨씬 더 가냘프겠지.

천천히 숨을 내쉰다.

"벡스?"

"응?"

"그 전에…… 누굴 부르기 전에…… 무슨 일이 있었는지 얘기해줘."

그녀는 다시 복도 쪽을 힐끗 보고는 의자를 가까이 끌어당겨 앉는다.

"들을 수 있긴 한 거야?"

"그래. 근데…… 너무 빠르게 말하진 마."

그녀는 천천히 이야기한다.

"나도 잘은 몰라. 알았지? 자초지종 말이야. 경찰은 말해주지 않을 거야. 우리 아빠가 체포됐다는 것만 알아. 그게 다야. 그리고 넌 죽을 뻔했어. 수도 없이 죽을 고비를 넘겼다고. 총에 제대로 맞았단 말이야. 그건 너도 알지? 의사선생님도 네가 정말 열심히 버텼거나 아니면 정말 운이 좋은 거랬어. 혹은 기적이라고."

구경꾼 친구, 난 기적이라고 생각하련다.

그녀가 더 가까이 숙인다.

"해줄 얘기가 많지는 않아. 난 아빠한테서 달아났어. 새엄마한 테서도. 루비네 집으로 갔어. 거기서 루비랑 친구들을 만났지. 세 스라는 덩치 큰 아저씨랑, 여자 셋, 남자도 두 명 더 있었어. 넌 누 군지 기억할 거야. 루비한테 들었어, 너도 그 사람들 만났다고."

"기억해. 그런데 그 사람들은 어떻게 됐어? 난……."

다시 통증이 밀어닥친다. 그리고 피로도.

"그만할까?"

벡스가 말한다.

"아냐, 저기 말이야……"

난 다시 길게 숨을 쉰다.

"난 납치됐어. 맞지? 네 아빠가 보낸 사람들한테."

"그건 알아. 루비가 말해줬어. 집에서 창문으로 봤대. 우리 아 빠? 아빠는 무슨. 흥, 그 인간은 악마야. 그 인간이 너한테 무슨 짓을 한 거야?"

"알 거 없어. 그나저나 넌 어떻게 된 거야? 루비랑 아줌마 친구 들은?"

"아무 일도 없었어. 모두 무사했어. 널 찾으러 온 사람들이랑 약간 다툼이 있긴 했지. 세스가 좀 맞았어. 루비랑 다른 사람들 은 협박당했고. 하지만 그게 다야. 네가 잡혀간 다음엔 전부 사라졌어."

아, 아주 단순한 일이었던 거다. 제이크스는 함정을 설치했고 목표는 오로지 나였다. 정말 다행이다. 아무도 다치지 않았다니. 그리고 벡스도 괜찮다. 괜찮아 보인다. 그녀를 가만히 바라본다.

"너 지금은 어디서 지내?"

"루비랑."

안심이다. 루비와 함께 지낸다면 괜찮을 것이다. 그녀가 벡스를 돌봐줄 테니까. 벡스가 그 집에서 나올 때까지 말이다. 언젠가는 그렇게 될 것이고. 항상 그랬으니까 말이다. 이 여자애는 그러고도 남을 인간이다. 어떻게 아느냐고 묻지 마라. 벡스가 머뭇거린다.

"루비가 재스 얘기를 해줬어. 네가 그 애를 위해 무슨 일을 했는지."

그녀가 불쑥 다가와 내 뺨에 키스한다. 그리고 재빨리 일어선다.

"다른 사람들 데려올게."

하지만 이미 오고 있다. 간호사 몇 명과 남자 하나. 분명 의사겠지. 젊어 보이지만 생긴 게 꽤 믿음직스럽다. 그리고 두 명 더 있다. 순간 전율이 온몸을 훑고 지나간다. 뭔가 야릇한 떨림이다.

행복한 동시에 두려운, 묘한 감정.

루비와 파파다.

둘은 뒤에 서서 의사와 간호사들이 이것저것 만지는 것을 지켜본다. 대체로 간호사들이 의료기기나 내 몸 상태를 확인해보며 나직하고 친근한 목소리로 말을 건네고 있다. 신기하다. 그냥 일상적인 이야기를 하는 것 같은데 실상은 몸 상태를 확인하고 있다.

의사 선생도 자기 할 일을 하는 중이다. 이 아저씨도 주절거린다. 간호사들처럼 꼭 대답을 듣지 않아도 될 얘기들을 늘어놓는다. 다행이다. 어차피 나도 대답할 힘 따윈 한 톨도 남아 있지 않으니. 지금은 정말 입을 열 힘도 없다.

벡스와 잠깐 대화했다고 기운이 쭉 빠져버렸다.

"대답 안 해도 된다."

의사가 말한다.

어이구 그렇군요. 설마 내가 그걸 모를까봐?

의사와 간호사들은 계속 부산하게 움직인다. 맥박을 재고, 혈압을 체크하고, 뭐 그런 것들. 꽤 오래 걸린다. 그동안 나는 내내 루비와 파파를 바라본다. 둘은 의료진의 동선에 방해가 되지 않게 멀찍이 물러서서 말없이 기다린다. 나를 보면서.

의사와 간호사의 움직임을 지켜보면서.

벡스는 의자에 앉아 있지만 둘은 서 있다. 간호사가 남는 의자를 두 개 가져다주었지만 그들은 앉지 않는다. 그냥 서서 지켜볼 뿐이다. 나도 마주 본다. 이 기분은…… 아까 말한 그대로다.

루비와 파파를 보고 있다는 사실이 행복한 동시에 두렵다.

두려운 건 죄책감 때문이다. 그래, 안다. 겁에 질릴 필요 없다는 거. 저 두 명의 얼굴을 보라. 나를 위협하려는 기색 같은 건 전혀 없다. 파파는 지난번과 똑같아 보인다.

늙고 슬퍼 보이는, 선한 얼굴.

그러면 루비는?

루비는…….

관두자. 아무래도 아직 루비는 좀 무섭다.

의사가 다시 말을 건넨다.

"좋아. 친구들이랑 잠깐 동안은 얘기해도 된다. 하지만 정말 잠깐이야. 때가 되면 간호사가 와서 그만하라고 할 거다. 알겠니?"

난 용케 눈짓으로 의사표현을 한다.

그리고 의사는 알아듣는다.

"알았다. 일단 원하는 대로 하려무나. 하지만 조심해야 해. 말하는 게 생각보다 훨씬 피곤하다는 걸 알게 될 거다."

의사가 다른 이들을 둘러본다. 그들의 대답도 기다리는 것이다. 루비가 고개를 끄덕여 보인다. 의사는 그것도 알아듣는다. 간호사들에게 눈짓을 하고 의료진은 전부 병실을 빠져나간다.

파파와 루비가 천천히 침대 옆으로 걸어온다. 벡스도 일어서서 같이 온다. 모두 가까이 그렇게 서서 나를 내려다본다. 잠시 후 파파가 몸을 숙여 내 손을 부드럽게 감싸 쥐고는 차분하고 따뜻한 목소리로 말한다.

"그럼 이제 더는 도망 다니지 않는 게지?"

난 그를 올려다본다.

"네, 파파. 이제 도망 다니지 않아요."

그의 눈가에 눈물이 맺힌다. 더는 아무 말도 않고 그저 내 손을 다시 한 번 꼭 쥔다. 내 눈길이 루비에게로 옮겨간다. 그녀가 뭐든 말해주길 기다린다. 뭐든 괜찮다. 내가 받아들일 수 있는 얘기라면 정말 뭐든지. 하지만 루비는 말하지 않는다. 아무 말 없이, 손을 뻗는다.

내 뺨 위에 얹는다.

난 눈을 감는다. 문득 그 손의 정체를 깨달았기 때문이다. 이전에 느꼈던 그 감촉이다. 모든 게 어둠 속에 묻혀 있을 때. 간호사의 손이 아니었다. 그건 루비의 손이었다. 내 얼굴을 어루만지고, 속삭이던 사람. 바로 루비였다. 혹은 어쩌면…….

어쩌면 그건 다른 누군가였을 것이다.

그렇다고, 감히 생각해본다.

짜잔. 다시 여기다. 처음의 그 경찰서. 심지어 장소도 같다. 여덟 살인 내가 횡단보도 한복판에 서서 차들을 세우고 운전자들에게 욕설을 퍼붓다가 잡혀 들어온 바로 그날.

와아, 정말 대단했지.

그래, 예전의 그 방이다. 그동안 손을 좀 본 모양이다. 하지만 변한 건 별로 없다. 일단 책상은 다르다. 취조용 녹화 장치도 있다. 그때는 저런 게 없었다. 그 외에는 전부 다 똑같다.

내가 휠체어에 처박혀 있는 것만 제외하면 말이다.

사회복지과에서 나온 아저씨가 함께 있다. 경찰은 나더러 저 아저씨가 꼭 붙어 있어야 한다고 귀 따갑게 강조했다. 법적인 문제라나 뭐라나. 저 아저씨가 없으면 심문인지 면담인지가 이루어질 수 없단다. 아무튼 경찰들 말로는 그렇다고 한다. 개인적으로 저 아저씨한테 특별히 악감정은 없다. 다만 저 양반이 필요가 없을 뿐이다.

이런 일이 어떻게 돌아가는지 나는 잘 안다. 난 체포되었고 경고도 받았다. 난 여러 건의 살인에 연루돼 있다. 아마 감옥에 가겠지. 그거야 뭐, 괜찮다. 앞으로 어떤 일을 겪어야 하건 난 준비가 됐다.

저 밖에 있는 기자 나부랭이들은 빼고. 저 인간들에 대해선 아직 준비가 안 됐다. 아니, 실은 저렇게 많이 몰려든 게 당황스럽다고나 할까. 내가 엄청난 뉴스거리라는 사실을 잠깐 잊었던 것 같다. 하지만 뭐, 역시 괜찮다. 한 번에 하나씩 해결하는 거다. 다시 방 안을 둘러본다.

사회복지과 아저씨는 구석에 서 있고, 내 뒤엔 휠체어를 밀어주는 여경이 있다. 그리고 병원에서 날 데려온 짭새 둘도 있다. 우울하게 생긴 꼰대들이다.

문이 열리고 편 경위가 들어온다.

뒤이어 배너만 경감이 들어온다.

이런. 정말 뜻밖이다. 특히 배너만은.

둘은 책상 뒤에 앉아 서류들을 살펴본다. 일부러 내 시선을 외면하는 것 같다. 배너만이 헛기침을 하더니 내 뒤에 선 여경을 힐끗 본다.

"카메라에 잘 잡히게 책상 쪽으로 약간만 더 밀어주게. 나머지는 우리가 알아서 하도록 하지."

여경이 나를 앞으로 민다.

"오케이, 그 정도면 됐네."

배너만이 말한다. 여경은 휠체어 바퀴를 잠그고 방에서 나간다. 남자 짭새 둘도 함께 나간다. 그리고 이제 방 안엔 넷뿐이다. 사회복지과 아저씨가 내 옆에 의자를 끌어다 놓는다.

나는 슬쩍 그를 넘겨다보고는 배너만을 쳐다본다.

"이 아저씨는 필요 없는데요."

"저분이 출석하는 건 의무다. 널 돕기 위해서야. 그냥 면담 과정을 보고 확인하……."

"이 아저씨가 여기 왜 있는지는 나도 알아요. 그냥 필요가 없다는 뜻이에요."

말해봐야 내 입만 아프지. 난 사회복지과 아저씨를 똑바로 본다.

"나쁘게 듣진 마세요. 하지만…… 그냥 입을 다물고 있어주시면 좋겠네요. 알았죠?"

아저씨는 어깨를 으쓱해 보인다. 대답은 없다. 괜찮은 반응이다. 계속 그렇게 있어주면 좋겠다. 난 배너만과 펀 쪽을 향해 몸을 돌린다. 배너만이 비디오카메라 작동 버튼을 누르고 날짜와 시간을 말한다. 다른 자질구레한 것들도. 다 끝내고 나서 내 눈을 들여다본다.

난 찡긋 윙크를 한다.

"실업자 신세 면하셨네요, 배너만 경감님."

"보다시피."

"그때랑 똑같네요, 그렇죠? 난 여기 앉아 있고, 아저씨는 거기 앉아 있고. 그리고 펀 경위님도 있고."

난 그녀를 힐끗 본다.

"하지만 경위님은 보통 문 옆에 서 있었는데."

"승진했거든."

농담이겠지. 흠, 농담이 아닌가? 아무튼 난 다시 배너만을 돌아본다.

"확인은 안 하시나?"

"뭘 확인해?"

"내 양말 속에 칼이 있을지도 모르는데."

"기꺼이 위험을 무릅쓰도록 하지."

그가 나를 뚫어져라 응시한다. 그리고 난 그의 얼굴에서 뭔가를 읽는다. 펀에겐 없지만 배너만에겐 있는 것. 물론 그는 절차대로 일을 처리할 것이다. 자기 할 일을 하는 거다. 하지만 그의 눈은 이렇게 말하고 있다. 쓸데없는 이야기는 다 건너뛰자. 너도 알고 싶은 게 있을 거고, 나도 알고 싶은 게 있다. 그냥 아는 걸 알려주면 나도 네게 알려주마.

구경꾼 양반, 배너만 역시 내 얼굴을 읽으니 하는 말이다.

제대로 읽고 있다.

"좋아요."

내가 말한다.

"잡담은 건너뛰죠. 아저씨한테 무슨 일이 있었는지 말해주세요. 나도 내게 무슨 일이 일어났는지 말씀드리죠."

그는 대답하지 않는다. 하지만 난 그가 무슨 생각을 하는지 안다. 이 녀석하고 어느 선까지 해결을 봐야 하나, 이렇게 생각하고 있을 거다. 그가 내게 털어놓을 수 있는 얘기에도 제한이 있으니까 말이다. 그 정도는 나도 잘 안다. 이를테면 제이크스에 관한 것—그런 건 알아도 말해줄 수 없을 것이다. 그 나쁜 자식은 이미 체포되었고 별도로 수사가 이루어지는 중이기 때문이다.

게다가 비디오카메라도 돌아가고 있고 공식적인 절차를 위해 펀도 함께 앉아 있다. 사회복지과 아저씨까지 모든 게 제대로 진행되는지 지켜보고 있다. 그러니 배너만은 절차대로 해야 한다. 하지만 그는 나에게 해줄 이야기가 있다. 나에게 들을 이야기도 있고.

"이봐요, 배너만 아저씨."

난 투덜거린다.

"나도 다 알아요. 그러니 늘 하던 쓸데없는 절차는 다 집어치우
자고요. 아저씨가 아는 걸 말해줘요. 말하고 싶은 데까지만 말하
면 돼요. 그럼 나도 말할게요."

난 잠시 말을 끊었다가 잇는다.

"내가 말하고 싶은 데까지만."

그가 한쪽 눈썹을 추켜올린다. 편은 못마땅한 눈치다. 비디오
카메라는 계속 돌아가고 있다. 난 몸을 앞으로 내민다. 휠체어에
서 떨어지지 않는 선에서 최대한.

"있잖아요, 아저씨. 내가 아저씨한테 그 목록을 넘겼어요, 기억
하죠?"

"그래, 기억해."

"물론 그 쓰레기들 싹 잡아넣는 데 도움이 되라고 준 건 맞는
데요, 다른 이유도 있었어요. 그 목록을 넘긴 건 내가 자수한다
는 뜻이었어요. 내가 저지른 일들에 대해서요. 난 아저씨한테 명
단을 모두 넘겼어요. 그러니까 아저씨는 이미 다 아는 셈이에요.
내가 죽인 인간이 몇 명인지, 이름은 뭔지. 그리고 난 아무것도
부인하지 않을 거예요. 목록에 적힌 모든 건에 대해 유죄를 인정
한다고요."

“그럼 다른 사건은?”

펀이 조심스레 끼어든다.

침묵이 흐른다.

“하플러―데베룩스 경 말이다.”

배너만이 덧붙인다.

난 천천히 심호흡을 하고는 휠체어에 다시 등을 기댄다.

하플러―데베룩스 경, 이라고? 그렇군. 구경꾼이여, 그는 죽은 거다.

고맙게도.

하지만 여기서는 누구도 더 이상 그 일에 대해 자세히 알려주지 않을 것이다. 그리고 난 그 이유를 안다. 이 사람들은 내가 말해주길 바라는 것이다. 자못 친밀하게 이루어지는 것 같은 이 대화의 진짜 속셈은 바로 그거다.

그 방에 있던 어린 소년이 떠오른다. 작고 겁먹은 꼬마아이. 나와 무척 닮았던, 바로 나일 수도 있었던 그 아이. 여덟 살의 나. 그동안 난 그 꼬마 생각을 많이 했다. 그 아이가 어떻게 됐는지 계속 궁금했다.

그 애가 아직 살아 있는지.

아직은 아무도 그 아이 얘기를 꺼내지 않았다. 그러니 나도 말하지 않을 거다. 아주 신중하게 잘 대처해야 한다. 펀과 배너만이 나를 주시하고 있다. 내가 말을 꺼내길 기다리는 것이다. 난 고개를 젓는다.

"아저씨 먼저. 난 그다음에 말하죠."

배너만은 얼굴을 찡그리더니 펀을 힐끗 보고는 결국 결심한 듯 입을 연다.

"넌 목록을 줬다. 도움이 아주 많이 됐어. 하지만 넌 하플러—데베룩스 경의 컴퓨터 백업 드라이브를 찾을 수 있는 장소도 알려줬지."

그는 계속 얼굴을 찌푸린 채로 잠시 말을 멈추었다가 다시 잇는다.

"너랑 통화를 끝내고는 밤새 차를 몰고 가서 그걸 파냈어."

"근데 잘 안 됐죠."

내가 끼어든다.

"아저씨가 그걸 제이크스에게 줘버렸으니까. 제이크스는 그걸 부숴버렸어요. 일부러 내가 보는 앞에서 산산조각을 내던데요."

배너만이 눈을 부라린다.

"너 아주 날 바보 멍청이로 보는구나?"

"가끔은요."

"돌아오는 길에 펀 경위에게 들렀다. 경위가 그 안의 내용을 전부 복사했고, 난 다음날 아침 드라이브를 상관에게 넘겼어. 네가 준 목록도 함께 건넸고. 물론 목록도 미리 복사해서 펀 경위한테 맡겼지. 내가 정직당한 날, 펀 경위가 컴퓨터 파일을 뒤졌단다."

오케이, 알았다. 이제 전부 다 이해가 된다. 배너만은 아주 똑똑하게 일을 처리했다. 철저히 대비를 해두었기에, 제이크스에게 한 방 먹었을 때 오히려 대갚음할 수 있었던 것이다. 다만 이해가 되지 않는 건 펀 경위가 백업 드라이브를 뒤지는 데 왜 그리 오래 걸렸느냐다.

최소한 그다음날 하루는 꼬박 넘겼다.

내가 잡혀서 흠씬 두들겨 맞은 바로 그날이었다. 만약 펀 경위가 더 빨리 그 내용을 뽑아냈다면 제이크스는 더 빨리 붙잡혔을 것이고 나도 그런 꼴은 안 당해도 됐을 텐데. 하지만 그게 운명이었다는 생각이 든다. 그 일이 아니었다면 내가 매를 찾아가는 일도 없었을 테니까.

그건 그렇지만…….

내 눈길이 펀 경위를 향한다. 그녀는 여전히 사무적인 표정이다. 저 여자한테서 많은 걸 알아내진 못할 것 같다. 그래도 한번 시도해보지, 뭐. 어쩌면 말해줄지도 모르니.

"백업 드라이브엔 무슨 내용이 있던가요?"

펀 경위는 입술을 앙다문다. 알았어요, 알았어. 나한테 아무것도 말해주지 않을 작정이군요. 하지만 그 순간, 그녀가 돌연 대답한다.

"파일이 수백, 수천 개는 되더구나. 온갖 종류의 파일이었어. 네가 암호를 알려줘서 정말 다행이었지. 하지만 그래도 하루 종일 뒤지고 또 저녁때까지 내내 검색을 해야 했어. 뭔가 찾아낼 수 있을 거란 희망은 거의 버리려던 참이었어. 파일의 99퍼센트는 완벽히 문제없는 내용이었거든. 하지만 거의 마지막에 가서 그렇지 않은 게 있다는 걸 발견했어."

그녀가 눈을 가늘게 뜬다.

"정말 엄청난 내용이었지."

펀 경위는 그대로 입을 다물어버린다. 뭐, 들을 필요도 없을 것 같다. 나머지는 나도 짐작할 수 있으니까. 그녀가 그 파일들을 거의 다 봤을 무렵, 나는 매의 둥지로 가는 중이었다. 그녀는 알아낸 사실들을 누군가에게 알렸을 것이다. 권위를 가진 사람, 또 믿을 만한 사람에게.

그리고 짭새들이 움직였다.

제이크스를 체포한 거다. 아마 펀 경위가 그 파일들 중에서 제이크스의 이름을 발견했겠지. 제이크스는 자기가 살기 위해 매를 팔았을 거고, 둥지의 위치를 찔러줬을 거다. 그리고 배너만이 복직되었을 테고 그다음엔 다 같이 출동한 거다.

그리고 지금 난 매의 탑에서 있었던 마지막 순간을 떠올리고 있다. 매에게 깔려 있을 때 난 문밖의 고함소리를 들었다. 그 전에는 자동차 소리가 요란하게 집 주위를 감쌌고. 기억나나? 호위대 말이다. 매는 그게 지원군이라고 호언장담했다. 그래, 그건 지원군이었다.

다만 매의 지원군이 아니었을 뿐.

그건 배너만과 짭새가 들이닥치는 소리였을 것이다.

"아저씨가 탑에서 날 발견했군요. 총에 맞고 쓰러져 있는……. 그렇죠?"

배너만이 고개를 끄덕인다. 사회복지과 양반이 자세를 고쳐 앉는 기색이 느껴진다. 힐끗 그를 쳐다본다. 그는 아무 말 없이 조용히 지켜보기만 한다. 난 다시 그 작은 아이를 떠올린다. 배너만 경감과 편 경위를 돌아본다.

그리고 입을 연다.

무슨 일이 있었는지를 전부, 아니 거의 다 털어놓는다. 꽁초 다리에서 뛰어내리려 했지만 루비가 날 구해서 파파에게 데려간 얘기, 제이크스에게 잡혀서 매의 부하들에게 인계된 얘기.

곤죽이 되도록 두들겨 맞은 다음 가까스로 도망친 일.

폭탄 조끼를 입수한 것도. 하지만 누가 줬는지는 말하지 않는다.

저들도 묻지 않는다.

비디오카메라가 계속 돌아가고 있다.

매의 둥지에 접근해서 집 주변을 돌다가 벽을 기어오르고 탑으로 잠입해 들어간 과정을 털어놓는다. 매가 들어와 별을 보다가, 돌아서서 나를 보더라는 것도. 거기서 내 이야기는 멎는다.

그 이상은 말할 수 없다. 저들이 내게 뭔가 더 이야기하기 전에는.

불편하고 무거운 침묵이 이어진다. 그러다 문득 배너만이 입을 연다.

"뭔가 안 맞는 게 있다."

"뭔데요?"

그가 날 본다.

"넌 폭탄 조끼를 몸에 감고 갔어. 뭐, 자살 동기를 캐물으려는 건 아니다. 하지만 그를 죽이는 게 목적이었다면, 그 폭탄 조끼로 충분히 너와 네 목표물을 함께 날려버릴 수 있었을 거야."

배너만은 책상 앞으로 몸을 내민다.

"그런데 왜 굳이 번거롭게 그런 무기를 써서 데베룩스 경의 등을 여러 차례 찌른 게냐? 게다가 아주 엉망으로 말이야. 검시관 말로는, 아마추어의 솜씨라더구나. 찌른 부위가 정확하지도 않고 상처가 깊지도 않았어. 그냥 마구잡이로 찌른 거지. 훈련받은 암살자의 짓이라고는 믿기 힘들단 말이다. 그리고 말이야, 도대체 어떻게 그게 가능했을까? 그는 분명 총을 들고 있었어. 넌 그 총에 맞은 후였고."

온몸에 소름이 쫙 끼친다.

여러 차례? 여러 번 찔렸다고?

다시 그 소년이 생각난다. 아주 작은 꼬마. 그 녀석이 그랬다고? 정말로 그랬다고? 그 아이가 무사히 도망쳤길 바란다. 하지만 문제는…… 설령 그 녀석이 도망쳤다 해도, 어디로 가서 무엇을 하겠느냔 말이다. 그 애의 미래는? 난 내가 어땠는지, 결국 뭐가 됐는지를 생각하고 있다. 실은 어떤 존재이고 싶은지. 진정 어떤 사람이 되고 싶은지.

어쨌든 지금의 모습은 아니다.

뭔가 더 나은 존재이고 싶다.

난 비디오카메라로 얼굴을 돌린다.

"내가 하플러—데베룩스 경을 죽였어요. 그 인간한테 당한 일들 때문에……. 원래는 둘이 같이 죽을 작정이었어요. 하지만 자제할 수가 없었어요. 그가 거들먹대며 비웃기 시작하기에 등에 칼을 꽂아버렸죠. 그가 쓰러진 후에도 난 계속해서 찔렀어요. 이미 죽은 것 같았는데도 손이 멎질 않더라고요. 그 정도로 그놈을 증오했어요. 아마 그래서 솜씨가 엉망이었을 거예요. 제정신이 아니었거든. 그러다 갑자기 정신이 들어서 칼로 찌르는 걸 멈췄어요. 그런데 그때까지도 놈은 분명히 살아 있었어요. 총으로 날 쐈으니까요. 하지만 그건 기억이 안 나네요. 바로 기절한 것 같아요."

난 고개를 돌린다. 비디오카메라를 똑바로 쳐다볼 수가 없다.

차라리 배너만에게 거짓말을 하는 쪽이 더 쉽다.

하지만 그도 내 말을 믿는 것 같진 않다.

"그럼 그 칼은 어쨌지?"

난 계속 딴 곳만 바라본다. 이젠 그 누구의 얼굴도 마주 볼 수가 없다. 배너만조차도. 내가 마주 볼 수 있는 건 오로지 머릿속에 떠오르는 그 작은 소년의 얼굴뿐이다. 그렇게 어린아이가 절대 잡아서는 안 될 사냥용 칼을 들고 있는 모습.

"치워버렸어요, 퍼그 아저씨."

난 심드렁하게 대꾸한다.

사회복지과 아저씨가 처음으로 입을 연다.

"퍼그 아저씨?"

난 그를 돌아본다.

"배너만 경감님을 부르는 저만의 애칭이에요."

펀 경위를 넘겨다본다.

"경위님 것도 하나 지어뒀어요. 하지만 안 듣는 편이 좋을 거예요."

그녀는 대답하지 않는다. 그냥 다른 질문을 던진다.

"그러니까 하플러—데베룩스 경을 찌르다 말고 총에 맞기 직전까지의 그 짧은 순간에 칼을 치워버렸다고? 우리더러 그 얘길 믿으라는 거야?"

"네."

"그렇다면 그거 너무 대단한 능력이라고 생각지 않니?"

난 바닥을 내려다본다.

"별거 아니에요."

난 작은 목소리로 내뱉는다.

그렇다, 구경꾼.

별거 아니다.

그리고 이 모든 게 내 나이 열다섯 살 때 일어난 일이다.

그렇다, 구경꾼 양반. 아주 오래전이다.

지금 나는 스물두 살이 되어 옛일을 회상한다. 돌이켜보니 신기하다. 변한 건 아무것도 없는 것 같다. 난 지금도 경찰이 싫고 사람들이 가까이 다가오는 게 싫다.

하지만 어릴 적만큼 심하진 않다.

솔직히 까놓고 말해볼까? 사실 그 당시 나는 아무도 좋아하지 않았다. 물론 베키는 예외지만. 그래, 맞다. 내가 당신한테 뻥친 거다. 솔직히 까놓고 말한 게 아니다. 진실은 이거다. 그 당시 나는 친구라는 존재에 대해 전혀 관심이 없었다. 내가 관심을 가졌던 건 죄다 더러운 일들뿐이었다.

그게 내가 아는 전부였으니까.

하지만 그 이후로 난 마음이 쓰이는 사람들을 아주 많이 발견했다. 그리고 그들 중 일부는 나에게 마음을 써주기도 했다. 그토록 끔찍한 짓을 숱하게 저지른 나를 순수하게 아껴준다. 처음엔 믿을 수가 없었다. 하지만 지금은 믿는다. 정말 기분 좋은 일이다. 내 말은, 누군가가 내게 마음을 써준다는 것 말이다. 정말 기분째지는 일인 것 같다.

그리고 하나 더 있다.

나는 감옥에 있다.

아늑하진 못해도 그럭저럭 지내고 있다. 골치 아픈 일이 생길 조짐을 미리 감지해야 한다. 그것만 주의하면 선택권이 생긴다. 한 방 날리든가 한 방 먹든가. 어느 쪽이든 통한다. 나는 말 그대로 '이름값'을 한 대가로 징역을 살고 있다. 여기 있는 녀석들 중 몇몇은 그 이름값을 시험해본답시고 다짜고짜 덤비기도 한다.

그러므로 난 항상 정신을 바짝 차리고 있어야 한다. 알겠나?

처음에 그들은 나를 미성년자를 위한 시설로 보냈다. 사람들은 그곳을 감옥이라고 부르지 않았다. 보호소라나 뭐라나. 하지만, 그래, 맞다. 그건 그냥 감옥이었다. 그래도 좋은 사람들이 운영하는 곳이었다. 공무원 꼰대들이 아니라. 그리고 확실히 그 사람들은 나를 정당하게 대해주었다.

다른 꼬마 녀석들은 그리 우호적이지 않았지만, 내가 어떤 사람이었고 어떻게 해서 들어왔는지에 대한 소문이 잦아들자 한결 편하게 지낼 수 있었다. 거의 은신처나 다름없는 곳이 되었다는 얘기다. 사실 은신처보다 더 나았다. 은신처에서는 뭐든 혼자 힘으로 해결해야 하는데, 이곳에는 그게 있기 때문이다.

도움의 손길.

도미닉이라는 남자가 내 상담사로 배정되었고, 우린 정기적으로 대화를 나눈다. 난 그가 마음에 들고 그와의 대화도 좋다. 사실 내겐 대화가 필요하기도 하다. 나 자신을 바로잡기 위해, 과거의 기억과 악몽을 이해하기 위해서. 그리고 브렌던이라는 신부님도 만났다. 역시 호감 가는 분이다. 사회복지과에서 나온 사람들도 있고, 멘토 어쩌고 하는 사람들도 있다.

또 다른 것도 있다.

책이 있다.

그렇다, 구경꾼 양반. 감옥에도 책이 있다.

난 첫날부터 책을 읽기 시작했다. 금세 감옥 도서관에 소장된 책들을 모두 읽어치운 탓에 새 책을 더 들여와야 했을 정도다. 그리고 그때부터 난 베키가 언제나 원하던 것을 하기 시작했다.

공부.

그래, 맞다. 난 수업을 듣는다. 감옥 안에서 수업을 받을 수 있도록 그들이 조치를 취해준다. 신청을 해야 하지만, 일단 신청만 해놓으면 과목별로 개인교사가 붙는다. 수업은 굉장하다. 원하는 건 무엇이든 배울 수 있다. 그들은 그 일에 굉장히 공을 들인다. 그러니까, 교육에 말이다.

공부를 시작하자마자 깨달은 게 하나 있다.

아니, 두 가지다.

첫 번째, 베키가 옳았다. 배우는 건 재밌다. 그리고 두 번째, 세상에서 제일 쉬운 일이 공부다. 과장 하나 안 보태고 하는 말인데, 학교에서 가르치는 것들은 진짜 별게 아니다. 흠, 내겐 그렇다고 해야 하려나. 첫해가 다 지나갈 무렵쯤 내가 풀지 못하는 문제는 더 이상 없었다.

그래서 그곳 사람들은 시험을 내기 시작했다.

그것도 후딱 팡팡팡 해치웠고, 내 이해력이 열여섯이나 열일곱 살 먹은 녀석들과 맞먹는다는 결과가 나왔다. 그리고 얼마 지나지 않아 대학생들이 배우는 것들을 공부했다. 1, 2년 후 난 그것마저도 모두 해치웠다.

그들은 나를 다른 감옥으로 이송시켰다. 청년 범죄자들을 위한 곳이었다. 똑같았다. 명칭만 달랐다. 더 나이 든 녀석들이 날 한 방 먹이려 드는 거다. 어쨌거나 난 계속 공부했다. 그것도 똑같았다.

그들은 내가 쉽게 풀어내지 못할 문제들을 찾으려 부단히 애를 썼다. 하지만 모든 게 너무 쉬웠다. 그래서 나는 지능검사를 받았다. 난이도가 무지 높다고 들었다. 그러니까, 머리가 지나치게 좋은 녀석들을 가려내는 검사였다.

그리고 결과가 나왔을 때 사람들은 죄다 까무러쳤다.

내가 측정 범위를 훌쩍 벗어나버렸다나.

그때부터 그들은 내게 특별수업을 배정해주었다. 내 말은, 감옥을 운영하는 인간들 얘기다. 내 머리가 계속 돌아갈 수 있게 해주었다. 그들의 노력은 실로 눈물겨울 정도였다. 그들은 아주 훌륭했다. 이전에도 이미 어마어마한 양의 원격교육을 받을 수 있게 해주었는데, 이젠 정말 특별한 선생들까지 붙여주었다.

왜 있잖은가, 천재들 말이다.

먼저 수학 선생. 난 그를 '틀림없는 트레버'라고 부른다. 그래 안다. 그리 독창적인 별명은 못 되지. 어쨌거나, 그는 수학의 신이다. 그리고 그가 말하는 건 아주 어렵고 고차원적이며 괴상한 수학이다. 트레버는 아예 외계인이다. 현실감이 없다. 하지만 수학이라는 언어로 지구인과 의사소통할 수 있다.

난 그에게 완전히 폭 빠져버렸다.

인간으로서는 완전 폭탄이다. 사교성은 아주 꽝이고 목소리는 방귀탄처럼 풍풍거리지만, 내겐 전혀 문제가 되지 않는다. 그의 수업은 정말 끝내준다. 그저 숫자들에 대한 이야기를 늘어놓는 것에서 시작할 뿐인데 매번 나를 완전히 새로운 세상으로 인도해준다.

물론 내게 특별히 붙은 다른 선생들도 있다.

그들 전부를 언급하진 않으련다.

도로시아만 제외하고. 그녀는 빼놓을 수 없다. 은퇴한 교수, 말도 못하게 똑똑한 여자, 그런데 툭하면 펜을 잃어버린다. 수업의 시작은 문학과 역사, 철학 따위를 파고드는 것이었다. 처음에 그녀는 내가 한 시간 안에 책 한 권을 독파할 수 있다는 사실을 믿지 않았다. 하지만 내가 책 몇 권을 읽은 다음 그 내용을 줄줄이 읊어주었고, 우린 금세 막역한 사이가 되었다.

그리고 우리 사이는 지금도 여전하다.

그녀는 격식에 얽매이지 않는다. 새처럼 자유로운 영혼이랄까. 이런 식이다. 우린 제인 오스틴이나 셰익스피어나 뭐 그런 작품에 대해 논한다. 그러다 갑자기 그녀가 묻는 거다.

"너 나폴레옹이 워털루 전투에서 치질 때문에 말에도 제대로 앉지 못했다는 거 알고 있니?"

맞다, 구경꾼. 이곳은 지옥은 아니다.

등 뒤를 조심하기만 하면 된다.

나는 또 이송되어 지금의 감옥으로 왔다. 여긴 성인 범죄자들이 있는 곳이다. 다시 말해 나도 다 컸다는 뜻이겠지. 하지만 그거 아나? 또 똑같다. 난 여전히 얌전히 지내고 있다. 그리고 웬만해서는 누구도 등 뒤에 두지 않는다.

뭐, 그런 거다. 이곳에선 항상 영리하게 행동해야 한다. 언제 입을 열고 언제 다물어야 할지 알아야 한다. 그리고 입을 열 땐 할 말을 아주 신중히 잘 골라야 한다. 이곳만의 질서를 존중해야 한다는 거다. 그렇게만 한다면 조용한 삶을 살 수 있다.

내가 원하는 건 그게 전부다.

조용한 삶과 책들.

그리고 내가 방금 이야기해준 그 사람들.

그리고 면회 오는 사람들.

그렇다. 내겐 면회객도 있다.

배너만이 온다. 우린 이제 아주 잘 지낸다. 늘 그랬던 것 같다. 그는 짭새질을 관뒀다. 술 마시는 데 더 시간을 쏟고 싶다나. 편은 오지 않는다. 둘이 찢어진 것 같다. 둘이 사귀었던 적이 있다면 말이지만. 그리고 좋은 소식이 하나 있다.

재스가 잘 지내고 있다. 배너만이 지난번에 만났을 때 이야기해주었다. 내가 재스 일에 무척 신경 쓴다는 걸 알기에 조사를 좀 했다고 한다. 저기 말이다, 그때 난 시선을 피해야만 했다. 내가 재스 일에 신경 쓴다는 걸 인정하기 싫은 건 아니다. 당연히 난 재스 생각을 아주 많이 한다. 다만 재스가 벌써 거의 열두 살이 되었다는 걸 믿을 수가 없었다.

베키가 죽었을 때와 같은 나이다.

어쨌든……

벡스도 종종 왔지만 점점 발걸음이 뜸해졌다. 남자친구가 생긴 모양이다. 마지막으로 왔을 때 남자친구와 함께 있다고 했으니. 하지만 그것도 몇 년 전 일이다. 그 후로는 그녀의 소식을 듣지 못했다.

루비는 반대다. 그녀의 따뜻한 마음에 감사한다. 절대 면회를 빼놓는 법이 없다. 절대로. 파파도 그녀와 함께 왔다. 그가 세상을 떠난 바로 그 주까지도. 솔직히 그 후로는 루비가 오지 않을 줄 알았다. 만나는 사람이 생겼다고 고백하기도 했으니.

하지만 여전히 루비는 계속 면회를 온다. 면회 때문에 온갖 번

거로운 일이 잔뜩 생기는데도. 그리고 그녀는 내게 정말 특별한 선물을 주었다. 자, 봐라. 이거다.

베키의 사진.

루비가 집에 간직한 것과 똑같은 사진이다. 다만 좀 더 작다. 오히려 더 좋다. 늘 지니고 다닐 수 있으니까. 그리고 난 항상 그렇게 한다. 내 주머니에서 이 사진이 나올 때는 내가 사진을 보고 싶어할 때뿐이다.

아니면 밤이거나. 밤엔 베개 밑에 넣어둔다.

구경꾼이여, 이것이 이곳에서의 내 삶이다. 난 읽고, 공부하고, 사람들을 만난다. 늘 바쁘고, 늘 영민하게 행동하고, 나를 곤란하게 만들 수 있는 문제들에게서 멀어지려 애쓴다. 그리고 생각한다. 그렇다. 난 생각을 무지 많이 한다. 그리고 다른 것도 한다. 최근에 시작한 것이다.

칼을 쓰는 일이다.

하지만 예전에 다루던 그런 방식은 아니다. 구경꾼 양반, 이리로 와봐라. 저기 선반을 봐라.

조각상 세 개가 있다.

나무를 깎아서 만들었다. 날이 아주 잘 드는 구식 칼로 말이다.

이걸 가르치는 강사에게는 '아티'라는 별명을 지어주었다. 그는 그림이나 도예, 목공일 등 감옥 작업실에서 할 수 있는 것들을 가르친다. 감옥 안에서 도구를 사용하는 일이기에 배우는 학생이 믿을 만한지 그는 항상 숙고한다. 하지만 나에 대해선 안심하는 것 같다.

그래서 이제 난 다시 칼을 잡는다. 사실 오랜만에 다시 칼을 쥐었을 땐 느낌이 아주 이상했다. 하지만 말이다, 일단 조각을 시작하자 뭔가 자연스레 넘어가는 느낌이었다. 마치 내 손이 더 이상 내 것이 아닌 것처럼.

꼭 옛날처럼. 내가 나쁜 짓에 칼을 쓸 때처럼. 내 손은 저들끼리 알아서 움직였다. 그리고 여기서도 똑같은 일이 벌어졌다. 하지만 이번엔 나쁜 짓이 아니다.

좋은 일, 그러니까 정말 가치가 있는 일.

자, 한번 훑어봐라. 아니, 자세히 뜯어봐라. 알아보겠는가? 에이, 어서 좀 보라니까. 아티가 그러는데 난 솜씨가 좋단다. 계속 노력하면 뛰어난 실력자가 될 거라고 했다. 그러니까 이 조각상 세 개가 뭔지 당신도 알아볼 수 있을 것이다.

오케이. 그래, 그래. 이제야 알아챘군. 왼쪽에서 오른쪽으로 하나씩.

베키, 메리 할멈, 재스.

세 명의 천사다.

나무로 조각한.

새 면회객이 왔다.

그가 온다는 건 물론이고 누군지 역시 아무도 말해주지 않았다. 그냥 데려가기에 가보니 그가 면회실에 앉아서 기다리고 있었다. 나이 든 남자, 폭삭 늙은 할아범이다. 척 봐도 여든은 넘어 보인다. 난 바로 그가 누군지 알아본다.

단 한 번 봤을 뿐이고, 그것도 7년 전이었다. 그는 창문가에 서 있었고, 내가 달아나는 걸 지켜보았다. 하지만 어쨌거나 난 그를 바로 알아봤다. 얼굴 때문이다. 입매, 뺨, 녹색 눈동자. 특히 그 눈동자.

그리고 또 다른 것. 딱히 뭐라고 표현하긴 어렵다. 그들에게, 내가 사랑하는 사람들에게 있는 것. 그리고 그녀에게 있었던 것. 그래. 이 정도면 당신도 짐작했겠지.

"제이콥, 메리 할머니의 동생분이시죠."

내가 말한다.

그는 대답하지 않는다. 그냥 조용히, 찬찬히 날 바라본다. 꼭 파파 같다. 충분히 시간을 들인다. 메리처럼 말수가 없다. 아무것도 묻지 않는다. 진심인데, 그가 맘에 든다.

그도 나를 좋아하는지는 잘 모르겠다. 제이콥은 여전히 나를 꼼꼼히 뜯어보고 있다. 난 기다린다. 나 역시 여유롭게 그의 시선을 받아들인다. 한참 나를 바라보던 그가 이윽고 천천히 앞으로 몸을 내민다.

"그래, 내가 제이콥이란다."

꿈결같이 들리는 아일랜드 억양. 음악 같은 그 목소리.

아직 나에 대해 확신은 하지 못한 것 같다. 처음엔 면회 오기를 꺼렸던 것 같다. 그렇다면 다른 누군가를 위해 여기 온 거다. 그리고 그렇게 할 수 있는 사람은 한 명뿐이다. 그녀를 떠올려본다. 그녀와 마지막으로 만났을 때, 난 그녀에게 사랑한다고 말했다.

그리고 그건 진심이었다.

"메리 할머니는 제 친구였어요."

난 제이콥의 눈을 들여다보며 말한다.

"지금도, 앞으로도 쭉 그럴 거예요."

제이콥의 표정은 변하지 않는다. 하지만 그 안의 무엇인가가 변한다. 아주 작은 변화. 뭔지는 몰라도 내가 점수를 딴 것 같다.

"할머니는 제 목숨을 두 번이나 구해주셨어요."

"나도 안다."

제이콥은 잠시 말을 멈춘다.

"그리고 너도 메리의 목숨을 구하려 했지. 위험에 처한 걸 알고는 크라운으로 차를 몰고 왔어. 그러다가 거의 네가 죽을 뻔했지. 창문으로 봤다."

다시 그는 입을 다문다.

내가 또 점수를 얻은 것 같다.

그가 갑자기 고개를 돌리고 기침을 한다. 탁하고 귀에 거슬리는 소리가 난다. 뭔가 불길하다. 그리고 다시 제이콥이 고개를 돌렸을 때, 난 그의 얼굴에서 어떤 걸 발견한다. 좀 전만 해도 알아채지 못했던 것. 난 메리 할멈과 할멈이 앓았던 암을 떠올린다.

"그래."

제이콥이 조용히 말한다.

"내 상태가 지금 썩 좋지 않구나."

그의 눈동자가 더 이상 그 부분에 대해선 묻지 말라고 말한다.

"메리 할머니에 대해서 말씀해주시겠어요? 제가 마지막으로 들은 건 그분이 호스피스 시설에 있다는 얘기였어요."

"거기서 죽었단다. 조용히 평화롭게. 내가 바로 곁에서 지켜봤지."

제이콥이 다시 기침을 하더니 다시 말을 잇는다.

"거기 사람들이 메리를 아주 잘 돌봐줬어. 그 사람은 전혀 후회하지 않았다. 종국엔 정말 평안해 보였지."

그가 시선을 아래로 내린다.

"그리고 그건 어느 정도는 네 덕분이었다."

제이콥은 다시 입을 다문다. 그는 분명 마음으로 갈등하고 있다. 아직 나에 대해 확신을 가지지 못했으니까. 하긴, 그런들 누가 그를 탓할 수 있겠는가? 내가 제이콥이었더라도 날 확실히 믿을 순 없었을 것이다.

메리 할멈 생각이 난다.

아름다운 메리 할멈. 용감했던 메리 할멈.

그렇다. 할멈은, 당신이 떠올릴 수 있는 그 누구보다도 용감
했다.

메리 할멈이 납치되어 고문당했던 이야기 기억하는가? 못된
동생이 사람을 시켜 저질렀다던 그 일. 메리 할멈은 탈출해서 도
망갔다. 아, 정말 메리 할멈은 굉장한 여자였다. 나보다 훨씬 용감
한 사람이었다. 이 감옥에 있는 그 어떤 남자보다도 용감했다. 이
감옥엔 꽤나 험악한 놈들이 있는데도 말이다.

할멈이 예전의 그 도시에서 편안하게 눈을 감았다니 정말 다행
이다.

제이콥이 다시 고개를 든다.

"메리는 네 이야길 많이 했다. 네 걱정을 했어."

"할머니가 제 걱정을 하는 건 원치 않았어요."

"나도 그랬다."

난 그의 목소리에 숨어 있는 가시를 느끼고 슬며시 시선을 피
한다. 한 장면이 머릿속을 떠다닌다. 마지막으로 메리 할멈을 보
았을 때의 모습. 그녀는 낡은 침대에 누워 있었다. 연약하고 병들
어 있었지만 정기만은 충만했다. 죽어가는 순간에도 할멈이 내
걱정을 했다는 생각만은 정말 하고 싶지 않다.

제이콥이 다시 입을 연다.

내 생각을 읽은 것처럼.

"임종의 순간엔 네 걱정을 하지 않았다. 그땐 나름 결심을 한

상태였으니까. 그리고 그 결심을 내게 알려주었다. 뭔가를 부탁했고, 난 그러겠다고 해야 했지."

우리의 시선이 다시 마주친다.

제이콥은 천천히 말을 이어간다.

"만약 여기서 나가게 된다면 뭘 할지 생각해본 적 있느냐?"

난 어깨를 으쓱한다.

"그럴 일은 없을 거예요."

"그건 모르는 거다."

"아뇨, 알아요."

내가 말한다.

"전 여기서 잘 지내요. 그리고 괜찮고요. 전 밖에 나갈 자격이 없어요. 사회에 아주 위협적인 인간이라고요. 제가 얼마나 많은 사람을 죽였는지 아세요?"

"네가 몇 명을 죽였는지는 아주 정확하게 알고 있다. 하지만…… 네가 더 이상 위험한 인물이 아니라는 것도 안다."

제이콥은 내 눈을 마주 본다.

"그리고 너에 대한 다른 것들도 알고 있다."

그는 얼굴을 찡그린다.

"하지만 내가 정말 알아야 하는 건 방금 전에 알았지."

그는 내게서 눈을 떼지 않은 채 의자에 등을 기댄다. 바로 그 순간 그의 눈동자에서 메리 할멈의 눈이 겹쳐 보인다. 똑같은 눈으로 나를 바라보던 메리 할멈의 눈동자.

"네 말이 맞을지도 모르지."

문득 그가 입을 연다.

"저들이 널 감옥에서 절대 내보내지 않을 수도 있어. 하지만 어쩌면 10년이나 20년, 30년 후쯤이면 가능할 수도 있다고 생각한다. 넌 밖에서 새로운 이름, 새로운 신분을 가지고 새 출발을 하게 되겠지."

"뭔가 제가 모르는 특별한 정보라도 갖고 계신가요?"

제이콥은 고개를 젓는다.

"세월이 좀 더 지나면 네게 새로운 기회가 주어질 수도 있다고 생각할 뿐이다."

"왜 그렇죠?"

"넌 다시 한 번 기회를 얻을 만하니까."

난 가만히 그를 본다. 마지막 말에서 뭔가가 느껴진다.

그는 여전히 그 무엇인가와 갈등하고 있다. 그의 말투로 느낄 수 있다.

"그걸 정말로 믿지는 않는군요."

내가 말한다.

그는 대답하지 않는다. 난 다시 시도한다.

"제가 다른 기회를 얻을 자격이 있다고 믿지 않으시잖아요. 정말은요. 할아버지는 그걸 믿는 다른 사람의 부탁 때문에 오신 거예요. 우리 둘 모두에게 특별한 사람이죠. 할아버지는 그분과 약속을 하셨어요. 그런데 약속을 지키지 못하게 될까봐 걱정이 됐죠. 왜냐하면 병에 걸렸으니까, 할아버지는……."

난 거기서 말을 멈춘다. 그 이상은 말하고 싶지 않다. 하지만 그가 고개를 끄덕인다.

"네 말이 맞다. 동시에 틀리기도 하고."

그는 고개를 돌려 또 한 번 괴로운 기침을 뱉고 다시 날 본다.

"메리는 널 믿었고 난 그렇지 않았다는 부분은 맞다. 여기 앉아서 널 기다리면서도 네가 보고 싶진 않더구나. 하지만 난 메리와 약속을 했고, 그래, 내겐 이제 시간이 그리 많지 않다. 그리고 내가 그 사람과의 약속을 지키지 못하고 죽어간다는 생각은 견딜 수가 없었어."

그가 또 기침을 한다.

"하지만 네 말은 동시에 틀렸다. 방금 전에 난 메리가 네게서 본 게 무엇인지 알았으니까."

난 그를 바라본다.

"하지만 전 방금 아무것도 하지 않았는데요. 아무것도 말하지 않았어요. 뭐 특별한 얘긴 안 했다는 거죠."

"그런 게 아냐. 그건…… 그냥 아는 거다. 뭔가 올바른 게 있을 때 그냥 아는 거야."

그는 잠시 말을 멈춘다.

"그리고 넌 내가 무슨 말을 하려는지 정확하게 이해했다는 느낌이 드는구나."

그렇다. 맙소사, 난 이해하고 있다.

하지만 난 아무 말도 하지 않는다.

그는 갑자기 아래로 손을 뻗더니 가방에서 종이 한 장을 꺼내 내민다. 난 그걸 내려다본다. 요리책에서 찢어낸 페이지다. '코코뱅(Coq au Vin: 포도주로 요리한 닭고기. 프랑스의 보편적인 가정식으로 유명하다)'이란 단어로 시작하고 있다. 그다음엔 요리 재료가 나오고 어떻게 요리하는지에 대한 설명이 있다.

난 어리둥절한 시선으로 제이콥을 본다.

그리고 그의 얼굴에서 뭔가 새로운 걸 발견한다. 미소에 가장 가까울 것 같다.

"뒷면이다."

난 종이를 뒤집는다.

"메리가 크라운에 있는 요리책에서 찢었다. 급히 찾을 수 있는 유일한 종이였거든."

뒷면은 원래 빈 페이지였다. 하지만 지금은 붉은 펜으로 휘갈겨 쓴 글씨로 가득 덮여 있다. 맨 위엔 손으로 쓴 글씨들이다. 메리 할멈의 이름, 주소, 생년월일 등 할멈의 인적사항들. 그다음 아래엔 대문자로 쓴 글자들이 이어진다.

블. 레. 이. 드.

그리고 내가 어떤 사람인지에 대한 서술들. 아니, 내가 열다섯 살 때 어떤 사람이었는지에 대한 묘사라고 해야 할까. 우리가 마지막으로 만났을 때의 내 모습. 그녀는 내 얼굴, 내 머리칼을 비롯해 나에 대해 떠올릴 수 있는 모든 것을 적어놓았다. 그다음엔 그림을 그렸다. 그림이라기보다는 도표에 가깝다고 해야 할까.

그리고 난 흠칫 놀란다.

그게 뭔지 바로 알아보았기 때문이다.

그녀는 내 등에 있는 상처들을 그렸다. 그날 밤 크라운에서 내가 보여주었던 칼자국들. 그걸 정확히 그려두었다. 가장 먼저 눈에 띄는 책에서 책장을 뜯어낸 것도 무리는 아니다. 그 상처들이 기억에 있을 때 얼른 그려두고 싶었던 것이다.

나는 시선을 들어 제이콥을 바라본다.

"왜 이걸……?"

"메리는 너에 대해 아는 게 그리 많지 않았다. 하지만 너에 대해 아는 부분만큼은 가능한 한 자세히 묘사하고 싶어했단다. 이 종이가 법적인 효력이 있는 서류가 되길 원했으니까. 메리와 너를 확인시켜줄 수 있는 서류 말이다. 아래에 메리가 서명을 하고 날짜를 적어둔 건 그 이유에서다. 그리고 나와 호스피스의 간호사 하나가 증인이 되어주었지."

제이콥은 종이를 내려다본다.

"넌 젊다."

그가 작은 목소리로 말한다.

"나 같은 나이의 사람에 비하면 넌 정말 젊어. 그리고 10년이나 20년, 30년이 지나도 넌 여전히 젊을 거다. 너에겐 아직 미래가 있어."

다시 침묵이 흐른다.

내 심장이 쿵쾅거리는 소리가 귀에 똑똑히 들린다.

제이콥이 고개를 들고 앞으로 몸을 내민다.

"세상을 뜨기 전 며칠 동안, 메리는 자신의 의지를 표현하고 싶어했어. 내게 뭘 부탁하더구나. 난 약속하고 싶지 않았어. 조건을 산더미처럼 달기 전엔 절대로. 하지만 그 사람은 그러려고 하지 않았어. 조건 따윈 전혀 없었다. 메리가 내게 부탁한 건……."

제이콥이 목소리를 낮춘다.

"블레이드에게 농장을 물려주라는 것이었다."

칼이 앞으로 휙 나아간다. 훑고, 비틀고, 찌르고. 생각은 필요 없다. 칼은 생각이란 걸 싫어한다. 생각을 하면 칼이 움직여지지 않는다. 그래서 칼은 늘 움직였던 방식대로만 움직인다. 자신만의 세계 속에서, 자신만의 생명을 가지고. 그리고 난 바라만 본다.

훑고, 비틀고, 찌르고.

사각, 사각, 사각.

나무토막이 모습을 바꾸기 시작한다.

난 감옥 작업실 안을 둘러본다. 다른 재소자는 세 명뿐이다. 마티와 텍스는 그림을 그리고, 도시는 항아리를 만들고 있다. 이미 두 개를 만들었다. 아티는 맞은편에서 감독 중이다. 하지만 표정은 딱히 심각해 보이지 않는다.

우리 중 문제를 일으킬 사람은 아무도 없으니까.

사각, 사각, 사각.

난 나무토막을 돌려서 바라본다.

사각, 사각, 사각.

구경꾼이여, 이 기분을 설명할 수 없다. 머릿속이 텅 비어버린 것만 같다.

메리, 메리 할멈.

그녀가 그랬다는 게 도저히 믿어지지 않는다. 아무런 조건 없이. 아일랜드 남쪽에 있는 그녀의 농장을. 제이콥은 자신이 세상을 떠나는 순간 그 농장은 내 것이 된다고 말했다. 법적인 절차는 모두 밟았다고 했다. 복잡한 문제는 없을 거라고도 했다. 메리 할멈의 동생 루이사는 죽었다. 그녀의 남편도 마찬가지.

농장은 메리 할멈이 예전에 고용한 남자 세 명이 운영하고 있다. 그녀의 친한 친구들이다. 아버지와 두 아들. 제이콥이 말하길, 정직한 사람들이라고 한다. 그들도 메리 할멈의 마지막 소망이 뭔지 알고 있고, 제이콥이 죽은 다음에도 계속 거기 머무를 거라고 한다. 메리와 제이콥을 위해서.

그리고 농장은 나에 대한 믿음을 바탕으로 운영될 것이다.

그렇다.

믿음.

좋은 단어다.

이해하는 데 정말 오래 걸린 단어다. 재스는 날 믿었다. 벡스가 내게 말했던 걸 기억한다. '그 아이는 그냥 믿는 거야.' 그런데 난 얼마나 어리석었나? 누군가를 믿는 사람은 죄다 멍청이라고 생각했으니. 하지만 그건 다만 타인을 믿는다는 게 어떤 건지 몰랐기 때문이었다.

재스는 그렇게 내게 가르침을 주었다. 베키가 그랬던 것처럼.

그리고 이제 메리 할멈이 똑같은 걸 내게 가르쳐주었다.

제이콥은 농장의 미래를 완전히 나에게 맡겼다. 팔든 계속 운영하든 맘대로 하라고 했다. 하지만 그 이야기를 할 때 난 그의 얼굴에서 일종의 시험 같은 걸 읽을 수 있었다. 그리고 그의 눈을 들여다보면서 그 단어가 다시 한 번 머릿속에 떠올랐다.

믿음.

그렇다, 구경꾼이여.

메리 할멈에게서 내게로 이어져오는 믿음.

그리고 난 절대 그 믿음을 배신하지 않을 것이다. 만약 평생을 이 감옥에 갇혀 지내게 된다면, 그건 당연한 결과다. 최선을 다해 기꺼이 죗값을 치르겠다. 하지만 만에 하나 여기서 나가게 된다

면, 난 그 농장이 계속 돌아가게 만들 거다. 무슨 수를 써서라도
그 세 사람이 거기 머무르도록 설득할 거다. 그리고 내가 알아야
할 게 뭔지 가르쳐달라고 해야지. 그들도 결국은 날 믿어줄지 모
른다. 내가 얼마나 빨리 배우는지 보여줄 수만 있다면.

그리고 그것만큼은 자신 있다.

난 정말 빨리 배우니까.

사각, 사각, 사각.

나무토막을 돌려서 들여다본다.

사각, 사각, 사각.

실로 많은 감정이 내 안에서 소용돌이친다. 내게 미래가 있을
거라는 생각은 해본 적이 없다. 그런 걸 가질 자격이 있다고도 생
각하지 않았다. 바깥세상에서의 미래라니. 어쩌면 그건 하늘에
떠 있는 파이 같은 것인지도 모른다. 아마 난 여기서 오래, 아주
오래 지내야 할 것이다. 하지만 그 농장을 영영 볼 수 없다 해도
난 괜찮다. 이제 내겐 다른 게 있으니까.

희망.

메리 할멈이 진정 나에게 물려준 건 바로 그것이다.

"에이, 씨!"

고함소리가 들린다.

난 나무토막에서 시선을 돌린다. 도시가 항아리를 망쳐버렸다.
그는 엉망이 되어버린 진흙덩이를 시무룩하게 내려다보고 있다.

텍스가 그림 옆으로 고개를 내밀고 도시에게 말한다.

"어이, 여기서 보기엔 괜찮은데 뭐."

"닥쳐!"

텍스는 잠잠해진다. 마티가 그에게 페인트를 튀긴다. 아티가 다가오는 게 보인다. 그는 가다가 내 곁에서 멈춰 선다.

"잘돼가?"

"네."

사각, 사각, 사각.

나무토막을 바라보는 아티의 시선이 느껴진다.

"부인께선 아이를 낳았나요?"

내가 말한다.

"지난번 만났을 때까진 아니었다."

사각, 사각, 사각.

"뭘 만드는데 그리 열중하지?"

그가 묻는다.

"나중에 오세요."

그는 싱긋 웃더니 다른 사람들에게 걸어간다.

그래, 구경꾼 양반. 내가 뭐에 열중하고 있냐고?

아티가 아는 것보다, 내가 아는 것보다 더한 거다. 난 그저……이 모든 걸 이해하려고 애쓰고 있다. 그들이 날 내보내준다는 건 도저히 가능해 보이질 않으니까. 하지만 한 가지 사실만은 제이콥이 옳다.

난 이제 타인에게 위협이 되는 인간이 아니다. 퍽 오래전부터 그랬다. 그리고 앞으로도 위험한 인간이 될 일은 절대 없을 거다. 그리고 그들 역시 그걸 알 거라고 생각한다. 어떻게 알겠냐고? 그 거야…… 내가 더 이상 칼을 원하지 않게 됐으니까. 다시는 건드리고 싶지도 않단 말이다. 감옥에선 칼 근처에도 가지 않았다.

누군가가 내 손에 쥐어주기 전까지는.

그게 누군지 아는가?

아티다.

그가 방금 그랬던 것처럼 내 곁에 서서 말했다. 어이, 한번 해봐, 조각을 해보라고. 여기 나무토막이 있어. 그러더니 그는 내게 칼을 건네주었다. 그리고 돌아서서 가버렸다. 내가 칼을 쥐고 있게 내버려두고서.

믿음.

그래. 그것도 역시 믿음이었다.

사각, 사각, 사각.

그러니 더 이상 미워할 사람이 누가 있겠나. 매도 아니다. 그리고 그가 죽었기 때문만도 아니다. 난 이제 더 이상 그를 증오하지 않는다. 그의 윗대가리 동료들도 마찬가지다. 국제경찰들이 그놈들 중 일부를 잡아들였다. 뉴스로 들었다.

까마귀, 칼새, 콘도르 등 몇 명이다. 전부가 아니라. 독수리도 잡히지 않았다. 가장 중요한 놈인데. 독수리는 여전히 밖에서 활개를 치고 날아다닌다. 그가 누구인지는 모른다. 다만 짭새들이 그놈을 잡지 못했다는 사실만 알 뿐.

그러니 '게임'은 지금도 계속되고 있는 거다.

하지만 난 더 이상 그 게임의 일부가 아니다. 이제 그 게임 속에서 내 역할은 없다.

하늘에게 감사할 따름이다.

그러니까, 이제 누굴 미워하겠는가? 적들이 거의 없어졌으니 이젠 딱히 누굴 떠올리기도 어렵다. 하지만 말이다, 하나가 남았다. 내가 해결해야 할 단 한 명의 적. 나는 다시 나무토막을 돌려본다.

자르고, 다듬고, 부스러기를 털어낸다.

들어 올려 자세히 살펴본다.

얼빠진 웃음소리가 들리더니 발걸음 소리가 다가온다. 난 고개를 든다. 네 명 모두 나에게 오고 있다.

"그래, 뭘 만드셨나?"

마티가 말한다.

모두 앞다투어 모여든다. 아티만 약간 뒤에 물러서 있다.

얼굴에 조용한 미소를 띤 채. 그런데…… 저건 그냥 우연일까?

메리 할멈도 꼭 저런 미소를 지었더랬다.

"뭘 만들었냐니까?"

다시 마티가 묻는다.

난 조각을 들어 올려 머리 부분을 셋이 볼 수 있게 해준다. 셋은 진지하게 조각을 들여다본다.

한참 만에 마티가 입을 연다.

"이거 네가 꼬마였을 때냐?"

도시가 코웃음을 친다.

"이야, 너 진짜 못생겼었구나."

"우리 강아지도 너보단 잘생겼다."

텍스가 말한다.

"그것도 강아지가 죽어서 내가 땅에 묻었을 때 얘긴데."

난 텍스의 머리를 쥐어박는다.

아티가 가까이 다가와 내 팔을 올려 조각을 내 얼굴 옆에 가까이 들이댄다. 그러더니 고개를 끄덕인다.

"정말 닮았군. 몇 살 때 모습이지? 일곱 살? 여덟? 아홉?"

"여덟 살이요."

"굉장히 세밀한데."

"네."

그들은 더 묻지 않는다. 하지만 계속해서 보고 있다.

눈치채지는 못한다.

저들이 알아채지 못해서 다행이다. 알아보면 안 된다. 아무도 그래선 안 된다. 이 조각이 정말 누구인지 아무도 알아보지 않길

원한다. 그리고 알아볼 사람이 있을 것 같지는 않다. 물론 이 조
각은 내가 여덟 살이었을 때의 모습과 닮았다. 하지만 내가 아니
다. 이건 그 작은 소년이다.

나의 적을 죽인 그 아이.

그러고 나서 바람처럼 흔적도 없이 사라져버렸지.

나는 절대 그 아이를 잊지 않을 것이다. 그리고 이제 그 아이를
나무로 조각했으니 아이는 베키와 메리, 재스 옆에 앉아 있을 수
있게 되었다.

그 아이도 역시 천사니까. 천사였을 테니까.

녀석들은 흩어져 각자 자기가 하던 작업으로 돌아간다. 그리고
나도 내 상념 속으로 되돌아간다.

여전히 질문의 답을 찾지 못했다.

미워할 만한 사람이 누가 남았나?

구경꾼이여, 진실은, 아무도 없다는 거다. 하지만 아까 말했듯
이 해결해야 할 적이 하나 남았다. 그가 미운 건 아니지만, 처리
해야 한다. 녀석은 거칠고 힘이 넘치며 영리하기까지 한데다 절
대 사라지지도 않을 테니까. 내가 녀석을 제대로 다루지 않는 한
에는. 그러니 맞다. 정말 큰 적이 딱 하나 남았다.

그 적은, 바로 나다.

밤이다. 감옥이 고즈넉해지는 시간. 이 시간이 정말 좋다. 물론

낮 시간도 좋아한다. 늘 바쁘게 지낼 수 있고 바쁜 건 행복한 일이니까. 하지만 밤이 더 좋다. 밤이 되면 나는 작은 감방에 드러누워 위를 바라보고 그러다 꿈을 꾼다.

저길 봐라, 구경꾼 양반. 천장 말이다. 온통 검고 견고하다.

하지만 저건 사실 천장이 아니다. 지금은 그렇다. 지금 저건 거대한 유리 돔이다. 매가 자기 탑에 만들어두었던 것 같은. 난 저길 통해 밤하늘을 본다. 크고 맑은 하늘이다. 와아, 정말 맑다.

구름 한 점 없이 온통 별빛뿐이다. 그리고 우스꽝스럽게 생긴 달님이 은은히 내려다보고 있다.

건설 현장의 배수관 안에서 덜덜 떨며 지새던 밤을 기억하나? 그때 나는 하늘에서 오리온자리가 빛나는 걸 바라보았다. 그런데 여기서 보는 광경이 훨씬 더 좋다. 자, 당신도 저기 하늘을 봐라. 별 이름만 대면 어디에 있는지 내가 떡하니 가리켜 보여주지.

별들이 어디에 있는지 난 다 알고 있거든.

별들에 대해 공부했으니까.

그렇게 별들은 모두 내 것이 되었다. 내가 머릿속에 고이 간직해두었다.

눈을 감고, 나직하게 숨을 쉰다.

그렇다, 구경꾼이여. 나야말로 마지막 적이다. 내가 되고 싶은 사람이 되는 길을 끈질기게 가로막는 방해꾼이다. 내겐 루비와 배너만, 도로시아, 트레버, 아티, 도미닉, 브렌던 신부님과 제이콥이 있다. 그리고 나를 도와주는 수많은 사람들이 있다.

그리고 내 영혼에 힘을 불어넣어주는 나만의 천사들도 있다.

하지만 과거의 일들이 여전히 날 괴롭힌다. 과거의 장면들과 악몽이 계속해서 찾아온다. 이만 사라져주면 좋으련만 결코 사라지질 않는다. 브렌던 신부님은 그것들이 절대 사라지지 않을 거라고 말씀하셨다. 깨끗이 사라져버리진 않을 거라고, 그걸 받아들여야 한다고. 또한 내가 나 자신을 용서해야 한다고.

난 신부님의 말씀이 옳다는 걸 안다. 나의 길을 가로막고 선 자가 있다. 그 사람은 바로 나다. 난 그 마지막 적을 해치우고 싶다. 녀석을 용서해주고 싶다. 하지만 구경꾼이여, 당신이 도와줘야만 한다. 나 혼자서는 할 수 없는 일이니까.

가만히 눈을 뜬다. 그리고 선반을 올려다본다.

나의 천사들이 나란히 앉아 눈길을 건네고 있다. 베개 밑에 손을 넣어 베키의 사진을 꺼내 든다. 그리고 상상 속의 하늘, 상상 속의 달, 상상 속의 별들을 바라본다.

자, 돌이켜 생각해보자. 어서 옛날로 돌아가보자니까.

왜냐하면 구경꾼 당신에게 물어볼 게 있거든.

왜 열다섯 살이 되어서야 당신에게 말을 걸기 시작했을까? 그전엔 그런 적이 없었는데. 난 당신의 존재조차 몰랐다. 난 그냥…… 되는 대로 살아가고 있었다. 엉망진창이었고…… 당신의 존재는 정말 까맣게 몰랐다.

열다섯 살이 될 때까지는.

그럼 내가 열다섯 살이 되었을 땐 무슨 일이 벌어진 거지? 당신이 날 찾아왔나? 내 기억으로는 내가 당신을 찾았던 건 아닌 것 같으니까 하는 얘기다. 어쩌면 우린 서로를 찾고 있었는지도 모른다. 스스로 그렇다는 사실도 모른 채 말이다.

하지만 구경꾼 양반, 하나 이야기해줄 게 있다.

처음에 우리가 대화를 시작할 때, 난 사람들이 가까이 다가오는 걸 싫어한다고 말했다. 기억하나? 그리고 그건 당신도 포함해서라고. 그래, 그땐 그랬다. 난 누군가에게 말할 준비가 되어 있지 않았다. 당신에게도 말이다. 그런데 지금은? 구경꾼 양반, 당신이 있어서 다행이다. 진심으로 당신의 존재가 기쁘다. 당신에게 말을 건넬 수 있어서 기쁘다. 이 얘기를 꼭 해주고 싶었다.

당신 때문에 열 받는 일이 없는 건 아니다. 세월이 무척 많이 흘렀는데도 그렇다. 특히 내가 뭔가 망쳐버렸을 땐 더더욱. 그럴 땐 내가 한 짓을 아무도 몰랐으면 싶으니까. 그런데 당신은 그런 나를 멍하니 보고 있다.

처음엔 그게 진짜 싫었다. 그래, 당신이 근처에 있어주길 원하긴 했지. 하지만 오직 나 편한 방식으로만 그래주길 바랐던 거다. 하지만 지금은 다르다. 정말이다. 깨달은 바가 있거든. 당신이 모든 것을 지켜본다는 사실을 알았다.

그건 당신의 강점이다. 대처만 잘할 수 있다면 그건 내 강점이

기도 하다. 당신이 아는 것이 불안하진 않다. 좋은 것이든 나쁜 것이든, 상관없다. 당신이 지닌 또 하나의 장점이 있으니까. 내 맘에 꼭 드는 점이다.

당신은 나를 함부로 재단하지 않는다.

실은 내가 갖고 싶은 장점인데 아쉽게도 나에겐 없다. 난 언제나 남을 판단한다. 늘 그렇게 재고 따지는 나 자신을 느끼곤 한다. 도시가 만들고 있던 항아리를 망쳐버리면 나는 곧장 속으로 '이런 바보 녀석' 하고 핀잔을 준다. '단지 하나 만드는 게 뭐 어렵다고?' 그 순간 난 당신이 나를 바라보는 걸 느낀다. 이렇다 저렇다 판단 내리지 않고, 당신은 그저 바라보기만 할 뿐이다.

그렇게 나는 당신에게서 한 수 배운다. 판단하지 않고 그저 바라만 보는 법을.

그러니까 말이다. 왜일까? 구경꾼 양반, 도대체 왜지? 왜 우리가 진작 만나지 못했느냔 말이다. 내 생각을 말해볼까? 우린 더 일찍 만날 운명이었지만 내가 준비가 덜 됐던 것 같다. 복잡할 거 없다. 내겐 준비가 필요했다. 그래서 준비를 했다. 준비가 되기까지 15년이란 세월이 걸렸지만, 마침내 난 해냈다.

내 짐작이 맞을 수도, 틀릴 수도 있다.

하지만 한 가지만은 확신한다.

구경꾼이여, 우린 헤어지지 않을 거다. 그런 일은 절대 없다고 장담한다. 우린 정말 영원히 철썩 붙어 있을 것이다. 어떻게 아느냐고 묻지 마라. 아무튼 그래도 난 괜찮다. 아무렴, 괜찮고말고. 오히려 간절히 그렇게 되길 바라고 있다.

이제 당신이 없는 삶은 도저히 상상할 수 없으니까.

나는 베키의 사진에 입을 맞춘다. 나만의 천사들을 바라본다.

밤하늘을 바라본다.

문득 《버드나무에 부는 바람》의 한 장면이 생각난다. 물쥐 래트와 두더지 모울이 달빛 아래서 배를 타고 나아가는 장면. 수달 오터의 아이가 없어졌다는 얘기를 듣고 찾아 나선 길이다. 배를 저어 강을 따라가다가 어떤 섬으로 향하게 되고, 분명 아이가 거기에 있을 거란 예감에 사로잡힌다.

섬에 다가갈수록 조금씩 새벽이 밝아온다. 어디선가 부드러운 음악이 들린다. 둘은 흥분과 함께 두려운 감정에 휩싸인다. 바로 가까이에 기묘하고 신비롭고 아름다운 무언가가 있다는 걸 알았기 때문이다. 그 존재를 느낄 수는 있지만 정확히 무엇인지는 모른다. 하지만 둘은 배를 대고 섬 안으로 걸어 들어간다.

그리고 깊은 잠에 빠진 꼬마 수달을 발견한다.

그리고 동시에 환영을 본다.

아주 거대하면서도 친절한 영적 존재가 그들을 굽어보는 것을.

바로 그곳, 그 섬에서.

그리고 전부 좋게 끝난다. 그들은 겁도 나고 혼란스럽기도 하고, 자신들이 너무나도 연약한 존재임을 깨닫지만, 다 좋게 끝난다. 빈집에 있을 때, 그러니까 다른 사람의 침대에서 몸을 웅크리고 잠을 청할 때, 난 내가 꼬마 수달이라고 최면을 걸곤 했다.

아주 거대하면서도 친절한 영적 존재가 나를 굽어보고 있다고.

새벽이 밝아오고 있다고.

난 다시 베키의 사진에 입을 맞춘다.

구경꾼이여, 난 내가 가진 것들에 만족할 것이다.

나의 추억들, 나만의 천사들, 나의 미래.

나를 굽어보는 거대하고 친근한 영적 존재.

서서히 밝아오는 나의 새벽.

그리고 당신. 착하고 좋은 내 친구.

나는 당신에게도 만족한다.

블레이드 4 진실 그리고 영원한 탈출

초판 1쇄 발행 2012년 2월 13일
초판 14쇄 발행 2024년 7월 26일

지은이 팀 보울러
옮긴이 신선해
펴낸이 김선식

부사장 김은영
콘텐츠사업본부장 임보윤
콘텐츠사업10팀장 김정택　**콘텐츠사업10팀** 이슬, 이나영, 김유리
마케팅본부장 권장규　**마케팅2팀** 이고은, 배한진, 양지환　**채널2팀** 권오권
미디어홍보본부장 정명찬　**브랜드관리팀** 안지혜, 오수미, 김은지, 이소영
뉴미디어팀 김민정, 이지은, 홍수경, 서가을
크리에이티브팀 임유나, 변승주, 김화정, 장세진, 박장미, 박주현
지식교양팀 이수인, 염아라, 석찬미, 김혜원, 백지은
편집관리팀 조세현, 김호주, 백설희　**저작권팀** 한승빈, 이슬, 윤제희
재무관리팀 하미선, 윤이경, 김재경, 임혜정, 이슬기
인사총무팀 강미숙, 지석배, 김혜진, 황종원
제작관리팀 이소현, 김소영, 김진경, 최완규, 이지우, 박예찬
물류관리팀 김형기, 김선민, 주정훈, 김선진, 한유현, 전태연, 양문현, 이민운

펴낸곳 다산북스　**출판등록** 2005년 12월 23일 제313-2005-00277호
주소 경기도 파주시 회동길 490
전화 02-704-1724　**팩스** 02-703-2219　**이메일** dasanbooks@dasanbooks.com
홈페이지 www.dasan.group　**블로그** blog.naver.com/dasan_books

ISBN 978-89-6370-798-3 (44840)
　　　978-89-6370-799-0 (세트)

- 책값은 뒤표지에 있습니다.
- 파본은 구입하신 서점에서 교환해 드립니다.
- 이 책은 저작권법에 의하여 보호를 받는 저작물이므로 무단 전재와 복제를 금합니다.

다산북스(DASANBOOKS)는 독자 여러분의 책에 관한 아이디어와 원고 투고를 기쁜 마음으로 기다리고 있습니다.
책 출간을 원하는 아이디어가 있으신 분은 다산북스 홈페이지 '투고원고'란으로 간단한 개요와 취지, 연락처 등을 보내주세요.
머뭇거리지 말고 문을 두드리세요.